D1723593

Tucholsky Wagner Zola Scott Sydow Freud Schlegel
Turgenev Wallace Fonatne
Twain Walther von der Vogelweide Fouqué Friedrich II. von Preußen
Weber Freiligrath Frey
Fechner Weiße Rose von Fallersleben Kant Ernst Frommel
Fichte Richthofen
Hölderlin
Engels Fielding Eichendorff Tacitus Dumas
Fehrs Faber Flaubert
Eliasberg Ebner Eschenbach
Feuerbach Maximilian I. von Habsburg Fock Eliot Zweig
Ewald Vergil
Goethe Elisabeth von Österreich London
Mendelssohn Balzac Shakespeare Dostojewski Ganghofer
Lichtenberg Rathenau Doyle Gjellerup
Trackl Stevenson Hambruch
Mommsen Tolstoi Lenz Hanrieder Droste-Hülshoff
Thoma
Dach Verne von Arnim Hägele Hauff Humboldt
Reuter Rousseau Hagen Hauptmann Gautier
Karrillon Garschin
Defoe Baudelaire
Damaschke Descartes Hebbel
Hegel Kussmaul Herder
Wolfram von Eschenbach Schopenhauer
Darwin Dickens Rilke George
Bronner Melville Grimm Jerome
Campe Horváth Aristoteles Bebel Proust
Bismarck Vigny Barlach Voltaire Federer Herodot
Gengenbach Heine
Storm Casanova Tersteegen Gilm Grillparzer Georgy
Chamberlain Lessing Langbein Gryphius
Brentano Lafontaine
Strachwitz Claudius Schiller Kralik Iffland Sokrates
Bellamy Schilling
Katharina II. von Rußland Gerstäcker Raabe Gibbon Tschechow
Löns Hesse Hoffmann Gogol Wilde Vulpius
Luther Heym Hofmannsthal Klee Hölty Gleim
Roth Morgenstern Goedicke
Luxemburg Heyse Klopstock Puschkin Homer Kleist
La Roche Horaz Mörike Musil
Machiavelli
Navarra Aurel Musset Kierkegaard Kraft Kraus
Nestroy Marie de France Lamprecht Kind Kirchhoff Hugo Moltke
Laotse Ipsen Liebknecht
Nietzsche Nansen Ringelnatz
Marx Lassalle Gorki Klett Leibniz
von Ossietzky May Irving
vom Stein Lawrence
Petalozzi Knigge
Platon Pückler Kafka
Sachs Poe Michelangelo Kock
Liebermann Korolenko
de Sade Praetorius Mistral Zetkin

Der Verlag tredition aus Hamburg veröffentlicht in der Reihe **TREDITION CLASSICS**
Werke aus mehr als zwei Jahrtausenden. Diese waren zu einem Großteil vergriffen
oder nur noch antiquarisch erhältlich.

Symbolfigur für **TREDITION CLASSICS** ist Johannes Gutenberg (1400 — 1468),
der Erfinder des Buchdrucks mit Metalllettern und der Druckerpresse.

Mit der Buchreihe **TREDITION CLASSICS** verfolgt tredition das Ziel, tausende
Klassiker der Weltliteratur verschiedener Sprachen wieder als gedruckte Bücher
aufzulegen – und das weltweit!

Die Buchreihe dient zur Bewahrung der Literatur und Förderung der Kultur.
Sie trägt so dazu bei, dass viele tausend Werke nicht in Vergessenheit geraten.

Erotische Kriminalgeschichten

Walter Serner

Impressum

Autor: Walter Serner
Umschlagkonzept: toepferschumann, Berlin

Verlag: tredition GmbH, Hamburg
ISBN: 978-3-8495-3654-1
Printed in Germany

Rechtlicher Hinweis:
Alle Werke sind nach unserem besten Wissen gemeinfrei und
unterliegen damit nicht mehr dem Urheberrecht.

Ziel der TREDITION CLASSICS ist es, tausende deutsch- und
fremdsprachige Klassiker wieder in Buchform verfügbar zu
machen. Die Werke wurden eingescannt und digitalisiert. Dadurch
können etwaige Fehler nicht komplett ausgeschlossen werden.
Unsere Kooperationspartner und wir von tredition versuchen, die
Werke bestmöglich zu bearbeiten. Sollten Sie trotzdem einen Fehler
finden, bitten wir diesen zu entschuldigen. Die Rechtschreibung der
Originalausgabe wurde unverändert übernommen. Daher können
sich hinsichtlich der Schreibweise Widersprüche zu der heutigen
Rechtschreibung ergeben.

Ein Meisterstück

Madame Guercelles war eine jener Kokotten, die hübsch genug sind, um nicht die Straße machen zu müssen, und klug genug, um es verhindern zu können, für eine Kokotte gehalten zu werden. Da ihr zudem eine kleine Revenue, welche die Familie ihres toten Mannes ihr ausgesetzt hatte, die Möglichkeit bot, wenn es einmal nicht mehr anders ginge, als Kleinbürgerin zu leben, verfügte sie trotz ihrer großen Jugend über eine ganz außerordentliche Sicherheit.

Es war daher nicht verwunderlich, daß auch de Parno, ein Hoteldieb größten Stils, als er ihr in der Hall des Hotels Beau Rivage in Genf begegnete, nach eingehender Prüfung ihres dezenten Schmucks und ihrer restlichen Haltung, sie für eine vornehme Witwe hielt, die darauf aus ist, einen zweiten Gatten zu finden. Nach dieser Feststellung wäre sie für ihn erledigt gewesen, wenn er nicht eines Abends, gelegentlich einer zufälligen Begegnung im Korridor der zweiten Etage, eine Nervosität an ihr wahrgenommen hätte, welche seinem erfahrenen Auge verdächtig erschien.

Schnell huschte er in die Toilette, wartete, bis die Tür von Madame Guercelles Zimmer sich geschlossen hatte, und bezog hierauf seinen Beobachtungsposten, den er bereits seit Tagen innehatte, um die Gewohnheiten der Gräfin Banffy, auf deren höchst wertvollen Schmuck er es abgesehen hatte, zu studieren.

Nach etwa einer Viertelstunde verließ Madame Guercelles, einen braunen Regenmantel um die Schultern, ihr Zimmer, lief auf den Fußspitzen in schnellstem Tempo den Korridor entlang und verschwand geräuschlos hinter einer Tür, die augenscheinlich nur angelehnt war.

De Parno, der nicht ohne Interesse konstatiert hatte, daß Madame Guercelles Zimmer neben dem der Gräfin lag, merkte sich die Nummer der Tür, welche Madame Guercelles soeben aufgenommen hatte, und begab sich, überaus vergnügt, noch in die Hall, wo er sich unauffällig dem Portier näherte, um ihn in ein Gespräch zu ziehen. Alsbald wußte er, daß Madame Guercelles in dem Appartement des Konsuls a. D. Steffens aus Hamburg sich befand, eines eleganten alten Herrn, der ihm bereits des öfteren im Speisesaal aufgefallen war.

Diese Nacht schlief de Parno besonders vorzüglich, wie stets, wenn er eine sichere und überdies amüsante Sache vor sich hatte.

Am nächsten Nachmittag ließ er Madame Guercelles im Lesezimmer über seinen Stock stolpern und sprang ihr absichtlich so ungeschickt bei, daß sie zu Fall kam. Während er ihr half, sich aufzurichten, stammelte er eine Entschuldigung über die andere, bemühte sich mit Erfolg, zu erröten und überhaupt alle Merkmale schwerster innerer Verwirrung darzubieten, und ergriff das Händchen, welches ihm Madame Guercelles liebenswürdig lächelnd zum Dank entgegenstreckte, mit zitternder Beglücktheit.

Noch am selben Abend kamen sie, während man den Kaffee in der Hall nahm, ins Gespräch. De Parno gelang es mit größter Leichtigkeit, jugendlichste Verliebtheit zu heucheln, und nicht viel schwieriger war es ihm, seiner rasch und im richtigen Augenblick vorgebrachten Biographie Glauben zu sichern.

Madame Guercelles, welcher der schlanke dunkle männliche Italiener über alles gefiel, betrachtete deshalb zum ersten Mal seit dem Tode ihres Gatten einen Mann nicht lediglich mit dem Kalkül der Kokotte, sondern mit jenem halbversponnenen Blick, hinter dem der Traumgeliebte der Backfischjahre seine Auferstehung feiert. Gleichwohl war sie zu klug, um dieser plötzlichen süßen Aufwallung zu erliegen. Sie schützte Müdigkeit vor und zog sich, nicht ohne eine Einladung zum Tee für den folgenden Tag anzunehmen, bestrickend lächelnd zurück.

De Parno folgte ihr vorsichtig und sah wiederum, wie sie den Korridor entlanglief und im Zimmer des alten Konsul verschwand. Im Nu war er an der Tür ihres Zimmers, zog sie hinter sich zu und öffnete mit seinem Aluminium-Taschenbesteck die verschlossene innere Tür. Nachdem er, das elektrische Licht kurz an- und abdrehend, zu seinem größten Bedauern gesehen hatte, daß nach dem Zimmer der Gräfin keine Tür führte, trat er zur Rekognoszierung auf den Balkon, den er nach kurzer Zeit sehr zufriedengestellt verließ. Dann drehte er das Licht wieder an und setzte sich mitten ins Zimmer in ein Fauteuil.

Daselbst erblickte ihn, nach drei Stunden zurückkehrend, Madame Guercelles, wie er, mit allen Zeichen heftigster Erregung, ein Paar ihrer Seidenstrümpfe leidenschaftlich küßte.

Nachdem er sich vergewissert hatte, den gewünschten Eindruck hervorgebracht zu haben, sprang er entsetzt auf und warf sich, demütig um Verzeihung bettelnd, Madame Guercelles zu Füßen.

»Wie lange sind Sie schon hier?« hauchte sie, deren Eitelkeit mit ihrer Besorgnis kämpfte.

De Parno verkniff ein Lächeln. »Vielleicht fünf Minuten.«

Eine gewisse schmerzhafte Spannung auf Madame Guercelles puppenhaftem Gesicht ließ langsam nach. Sie trat, bereits wieder im Besitz ihrer vollen Sicherheit, von de Parno weg und setzte sich würdevoll auf einen Stuhl. »Stehen Sie auf!« befahl sie herrisch und fügte wie gequält hinzu: »O Gott, wie konnten Sie nur! ... Aber welches Glück, daß ich noch nicht zu Bett war! ... Unbegreiflich, daß ich vergessen konnte, die Tür abzusperren.«

»Ich weiß selbst nicht, was da über mich gekommen ist«, stöhnte de Parno. »Aber es war stärker als ich. Ich mußte hinauf ... in Ihre Nähe ... Ich hielt es nicht länger aus ... Bitte, glauben Sie nicht, daß ich eine schlechte Absicht hatte, Tiennette.«

»Tiennette?« In Madame Guercelles Augen dunkelte es drohend.

»Verzeihen Sie bitte ... Ich habe diesen Namen in Gedanken so oft geflüstert, daß ...«

»Wie, und Sie wußten auch meine Zimmer-Nummer?«

»Ich habe Sie doch schon vom ersten Augenblick an ... Ich folge Ihnen ja bereits seit Tagen ...« De Parno spielte mit seinen Fingern wie ein ertappter Gymnasiast.

Auf Madame Guercelles Nase sprang eine kurze Angst auf: ›Wenn er doch etwas beobachtet hätte?‹ Aber ein schneller Blick auf seine spielenden Finger beruhigte sie. »Gehen Sie jetzt!«

De Parno ging. Langsam. Stockend. Ungelenk.

An der Tür wandte er sich noch einmal um, die Lippen schmerzlich verzogen, in den Augen einen hündisch zärtlichen und zugleich wehmutsvollen Blick. Das war zuviel.

Das war zu viel für Madame Guercelles ohnehin tief aufgerührte Jugendträume. Sie erhob sich majestätisch, trat auf de Parno zu und reichte ihm ihr Händchen, das er stürmisch ergriff und, fast schluchzend vor Glück, mit heißen Küssen besäte.

Madame Guercelles, neuerlich im Bann jener süßen Aufwallung, erlag ihr nun. Sie hob de Parnos Kopf hoch, faßte ihn mit beiden Händen und zog seinen bebenden Mund langsam auf den ihren.

De Parno ließ sich, sehr behutsam abgestuft, in Glut geraten, packte Madame Guercelles immer fester, ächzte immer heftiger und gelangte ohne Schwierigkeiten auf den Punkt, wo er sich ohne Gefahr besinnungslos gebärden und zur Tat hinreißen lassen konnte.

Madame Guercelles ließ sie mit ausgezeichnet verstecktem Genuß an sich begehen ...

Tags darauf erwartete de Parno sie an der Ecke der Rue du Mont Blanc und fuhr mit ihr in den Parc des Eaux-Vives zum Tee.

Als Madame Guercelles nach zwei Stunden allein in das Hotel zurückkehrte, war sie, was sie selbst sehr erstaunte, in de Parno sozusagen sterblich verliebt, ja kokettierte bereits in Ansehung der vornehmen Mailänder Familie, der er angehörte, und dem Vermögen, das er besaß, mit dem für sie nun wieder hold gewordenen Gedanken, sich zum zweiten Male zu verheiraten.

Am Abend, während sie an verschiedenen Tischen einander gegenübersaßen, stellte de Parno mit Befriedigung fest, daß der alte Konsul an Appetitlosigkeit litt und überhaupt allem Anschein nach mit einer schweren Verstimmung rang; und eine halbe Stunde später, daß die Gräfin Banffy zum Aufbruch drängte, um, was sie jeden zweiten Tag zu tun pflegte, den Kursaal zu besuchen.

Beim Kaffee in der Hall bestürmte er deshalb Madame Guercelles, ihn um zehn Uhr bei sich zu empfangen. Nach den obligaten, immer schwächer werdenden Weigerungen gab sie, verschämt das Köpfchen senkend, endlich nach und schritt eilig hinweg, als wollte sie so vermeiden, nicht schließlich doch noch anderen Sinnes zu werden.

De Parno lachte sich innerlich ins Fäustchen, ließ sich eine halbe Flasche Heidsick sec bringen und, nachdem sie geleert war, vom

Groom Mantel und Hut aus seinem Zimmer holen. Hierauf schlenderte er, eine Zigarette lässig in den Fingern, aus dem Hotel.

Dicht neben dem Gartengitter blieb er jedoch stehen, wartete wenige Minuten und lugte dann vorsichtig nach dem Hoteleingang: niemand war zu sehen. Mit einigen raschen Schritten war er wieder an der Tür und huschte hinter einen Flügel. Hier wartete er, bis ein Kellner, der allein in der Hall an einer Säule lehnte, weggegangen war, rannte, von niemandem gesehen, auf die Treppe und gewann in vier Etappen, immer wieder vor erscheinendem Personal sich verbergend, Madame Guercelles Zimmer.

Nach einer halben Stunde wand sich diese in holdesten Entzückungen. »Silvio, fühlst du, daß ich dich mit dem Herzen liebe?« Sie war der Auffassung, mit dieser Frage de Parno in diesem Augenblick endgültig zu beseligen.

De Parno schloß, wie ins Innerste getroffen, die Augen und verharrte sekundenlang regungslos. Dann griff er, gleichsam um seiner übermenschlichen Erregung Herr zu werden, durch das Hemd hindurch sich auf die auf und nieder wogende Brust. Dies jedoch lediglich, um einen daselbst befindlichen Gegenstand, der an seinem Halse hing, loszulösen, zu öffnen und blitzschnell Madame Guercelles auf Nase und Mund zu pressen. Es dauerte nur einige Sekunden, bis die Narkose ihre Wirkung getan hatte ...

De Parno kleidete sich hastig an, nahm Madame Guercelles Schmuck an sich und eilte auf den Balkon, von dem aus er mit einem kleinen, wenn auch nicht ganz ungefährlichen Sprung den Balkon des Nebenzimmers erreichte, dessen Tür zufälligerweise offenstand. Mit Hilfe seiner elektrischen Taschenlampe orientierte er sich und fand nach langem Suchen (er mußte zwei Handkoffer aufschneiden) die stählerne Schmuckkassette, die er mit einem von ihm selbst konstruierten Instrument erbrach. Hierauf befestigte er, irreführungshalber, ein gut eingeseiftes Seidenseil am Gitter des Balkons, tat, bevor er es aufwarf, einen raschen Blick auf die leeren Tische der Terrasse und ließ die hirschledernen Handschuhe, welche er während des Arbeitens getragen hatte, auf dem Balkon liegen. Den Rückweg trat er durch das Zimmer der Gräfin an, dessen innere Tür er zweimal abschloß.

Ungesehen in der Hall angelangt, schlug er den Kragen hoch, schlich sich in das leere Lesezimmer und entfernte den Portier, von dem nicht zu erwarten war, daß er sein Pult so bald verlassen würde, dadurch, daß er eine fast mannshohe chinesische Vase mit einem Fußtritt von ihrem Sockel gegen die Wand stieß, an der sie krachend zertrümmerte. Der Portier rannte erschreckt herzu, de Parno im selben Augenblick aus dem Hotel.

Fünf Minuten später hatte er seine Beute einer hübschen Krankenschwester, welche auf der Hotelseite promenierte, zugesteckt, und nach weiteren fünf Minuten erschien er in einer Loge des Kursaals, trat während der folgenden Pause, um sich ein ganz besonders festes Alibi zu zimmern, der Gräfin Banffy im Vestibül auf die Schleppe, daß es nur so knatterte, und entschuldigte sich so devot, daß die Gräfin ihm mit bestem Willen nicht böse sein konnte ...

Um Mitternacht wurde der Diebstahl bemerkt. Der Verdacht fiel sofort auf Madame Guercelles, deren Beziehungen zu dem alten Konsul und zu einem gleichfalls im Hotel wohnenden jungen Franzosen dem Hotelpersonal nicht unbekannt geblieben waren. Da sie um elf Uhr vormittags noch nicht erschienen war, klopfte man und schloß, als keine Antwort erfolgte, die Tür auf.

Madame Guercelles, der ein Riechfläschchen unter die Nase gehalten wurde, fühlte sich nach einer Viertelstunde so weit wohl, daß sie den Zusammenhang zu begreifen begann. Sie hütete sich, zu sagen, was sie wußte, und verließ sich darauf, daß es, zudem angesichts ihres fehlenden Schmucks, schwer war, ihre Behauptung, sie müsse während des Schlafs narkotisiert worden sein, zu widerlegen.

In den Zimmern des alten Konsuls und des jungen Franzosen wurden ebenfalls Durchsuchungen vorgenommen; die beiden Herren waren sehr erstaunt, als sie erfuhren, daß ihr zärtliches Geheimnis keines war.

De Parno, auf den nicht der kleinste Schatten eines Verdachtes gefallen war, lächelte leise, als er Madame Guercelles abends im Speisesaal gegenübersaß.

Aber auch Madame Guercelles lächelte. Sie hatte mit ihrem bescheidenen Schmuck nicht allzu viel eingebüßt, dafür aber eine

Erfahrung gewonnen, die jeden Rückfall in Jugendträume ausschloß und ihr jene letzte Sicherheit gab, welche allein die große Kokotte gewährleistet.

Später ging sie in der Hall, die Kaffeetasse in der Hand, an de Parno vorbei und zischte ihm schnell zu: »Das war ein Meisterstück.«

De Parno tat, als hätte er nichts gehört.

Sein Truc

war wirklich erstklassig. Er hatte weder den Vorteil, der oft ein Nachteil ist, einfach zu sein, noch den Nachteil, Komplikationen herbeizuführen. Er reüssierte stets und immer glatt und hatte der Betroffene einigermaßen von seiner Verblüffung sich erholt, so erwartete ihn die neue, nicht herausbringen zu können, wie es geschehen war. Fest stand altem Anschein nach bloß, daß ein Tic die Hauptrolle in den Manövern spielte, welche Mister Gam riesige Summen eintrugen und den Schwergeschädigten das komplette Nachsehen.

Als Fénor es hatte, hatte er es buchstäblich. Er stand nämlich an der Ecke der Rue Frochot, wo das Nachtrestaurant Le Rat Mort sich befindet, und sah Mister Gam nach, der langsam die Place Pigalle überquerte und, in Zwischenräumen von etwa fünf bis zwanzig Sekunden, mit dem Kopf zuckte. Das war sein Tic.

Mister Gam war längst im Nebel verschwunden, als Fénor immer noch unbeweglich dastand. Plötzlich blickte er auf und zuckte mit dem Kopf, als könnte ihm die Nachahmung jener Bewegung irgendwie Aufschluß über die Methode geben, mit deren Hilfe Mister Gam ihm zehntausend Francs abgenommen hatte. Auch ihm war es, als ob jener Tic das Wichtigste gewesen wäre. Er vermochte aber weder ihn sich zu erklären, noch den Rest. Schließlich ließ er den ganzen Hergang noch einmal an sich vorüber.

Er war von Mister Gam, dem er beim Verlassen des Gaumont-Palace begegnet war, zum Souper eingeladen worden und hatte angenommen, obwohl er von den Verlusten gehört hatte, die unter verschiedenen Umständen einige seiner Bekannten in Gesellschaft Mister Gams auf unerklärliche Weise erlitten hatten. Daß jene Umstände sich durchaus von der Gelegenheit unterschieden, die Mister Gam veranlaßt hatte, ihn zum Souper einzuladen, hatte sein anfängliches Mißtrauen verscheucht: Mister Gam konnte nicht wissen, daß er zehntausend Francs, welche ihm infolge einer zufälligen Begegnung im Gaumont-Palace übergeben worden waren, in seiner Brusttasche trug; und er konnte nicht wissen, daß er, Fénor, sich daselbst befinde, denn er hatte erst im letzten Augenblick, lediglich von einer Laune bestimmt, sich dazu entschlossen, ins Cinema zu gehen.

Beim Souper war Mister Gam, wie immer, überaus amüsant gewesen, hatte treffende Beobachtungen und witzige Bemerkungen über die anwesende Lebewelt gemacht und einige seiner Reiseabenteuer erzählt, die alle sich dadurch auszeichneten, daß banale Handlungen und groteske Zufälle einen unwahrscheinlichen und deshalb umso interessanteren Vorfall herbeigeführt hatten. Diese mit geschickter Disposition und feiner Diktion erzählten Geschichten hatten auf Fénor durchaus den Eindruck gemacht, wahr zu sein, umsomehr als Mister Gam in ihnen entweder nur eine nebensächliche Rolle spielte oder sogar eine passive. Und es war gerade während einer solchen Erzählung gewesen, als Fénor, seine Krawatte richtend, ahnungslos mit der Hand über seine linke Brustseite streifte: die harte Wölbung, welche das Portefeuille verursachte, war verschwunden. Ein schneller Griff in die Tasche hatte bestätigt, woran er eigentlich nicht mehr gezweifelt hatte. Mister Gam schien keine Notiz von dieser Feststellung genommen zu haben und sprach in seiner suggestiven Art weiter, ohne daß seine weiche vibrierende Stimme auch nur das geringste Déséquilibre verraten hätte. Nur sein Kopfzucken, das zuvor außerordentlich häufig stattgefunden hatte, wurde nun auffällig seltener.

Fénor fröstelte. Er war überzeugt, daß dieser Tic die Lösung enthielt. Vielleicht diente er als Verständigungsmittel, vielleicht gab er Morsezeichen? Fénor grinste müde, schloß mit einer resoluten Geste den Mantelkragen und winkte einem Taxi. Als es über den Boulevard de Courcelles rollte, jubelte er innerlich auf, daß er sich beherrscht und nichts von seiner tobenden Wut sich hatte anmerken lassen; und lächelte darüber, welch fürchterliche Szenen die ihm vorhergegangenen Opfer ergebnislos aufgeführt hatten. Plötzlich wurde sein kluges Gesicht starr. Und mit einem halb unterdrückten Aufschrei schlug er sich auf die Knie: er hatte gefunden, was allein ihm eine Chance bot, Mister Gams Truc zu entdecken.

»Ich muß mich noch einmal von ihm hineinlegen lassen«, sagte er mehrmals laut vor sich hin. »Und ich muß dabei aufpassen, als befände ich mich in Todesgefahr.« –

Die nächsten Tage verbrachte Fénor fast ausschließlich mit vergeblichen Versuchen, Mister Gam auf unverdächtige Weise in den Weg zu kommen. Hierauf versuchte er es mit sorgsam gefälschten

Rohrpostkarten, die Mister Gam zu Rendezvous bestellten, mit fingierten Telefongesprächen, die ihn auf vielerlei Art in eine bestimmte Straße bringen sollten, und endlich mit einer Depesche aus Melun. Nichts verfing. Fénor gab es resigniert auf, diesen Überfuchs anzulocken, und mußte sich entschließen, die so sehr herbeigesehnte Begegnung einem Zufall zu überlassen.

Dieser war ihm bereits am Abend nach diesem Entschluß hold. Fénor befand sich, eben als er aus der Rue Castiglione auf die Place Vendôme einbog, ganz plötzlich neben Mister Gam, welcher, die Hände in den Manteltaschen, unbeweglich dicht an der Mauer stand.

Fénor wich, allerdings ohne jede Überlegung, schnell zurück und bog um die nur ein paar Schritte entfernte Ecke. Hier blieb er stehen und dachte nach. Nach wenigen Sekunden war es für ihn außer Zweifel, daß Mister Gam jemandem auflauerte. Sein Plan war sofort gefaßt.

Fénor schlenderte an die Ecke heran und lugte vorsichtig hervor: Mister Gam stand nach wie vor unbeweglich da und hatte aller Wahrscheinlichkeit nach den Eingang des Hotel Ritz im Auge. Fénor lehnte sich an die Mauer, zündete sich eine Zigarette an und tat nur von Zeit zu Zeit einen Blick um die Ecke.

Endlich, nach etwa zehn Minuten Wartens, löste Mister Gams Rücken sich langsam von der Hauswand.

Fénor folgte Mister Gam in einem Abstand von ungefähr vierzig Schritten, sah, wie er in der Nähe des Hotel Ritz einem älteren, schon etwas beleibten Herrn geschickt in den Weg trat, sofort mit ihm in ein sehr lebhaftes Gespräch geriet und kurz darauf an dessen Seite das Restaurant Edouard VII. betrat. Fénor ließ eine Viertelstunde verstreichen. Dann betrat er gleichfalls das elegante Restaurant. Es gelang ihm, nicht ohne einige Schwierigkeiten, ungesehen zu bleiben und an dem hinter Mister Gams Rücken befindlichen Tisch Platz zu nehmen. Gleichzeitig mit dem Diner bestellte er den Figaro, um eine Deckung parat zu haben, falls Mister Gam eine Wendung nach rückwärts machen sollte.

Der Mister Gam gegenüber sitzende Herr war Fénor unbekannt, aber ein in jeder Hinsicht ganz ausgezeichnet gewähltes Opfer. Er trug eine fingernagelgroße Perle in der Krawatte, zwei Brillantringe, die auf mindestens fünfzigtausend Francs zu schätzen waren, und hörte, was Fénor ein hämisches Lächeln entlockte, seinem unausgesetzt sprechenden Tischgenossen mit devoter Begeisterung zu.

Fénor bedauerte sehr, daß er Mister Gams Gesicht nicht sehen konnte, beschied sich jedoch rasch, als er bemerkte, daß die Zahl der Kopfzuckungen von Minute zu Minute zunahm. Einige forschende Blicke genügten, um festzustellen, daß weder einer der Gäste an den Nebentischen noch einer der Kellner auf das Kopfzucken achtete. Man hatte es zwar allenthalben mit Verwunderung wahrgenommen, sich aber sofort damit abgefunden und es weiterhin ignoriert.

Es verstrich fast eine halbe Stunde, ohne daß der bis zum Schweißausbruch aufmerksam beobachtende Fénor irgend etwas hätte bemerken können, das seine wilde Neugier auch nur im geringsten befriedigt hätte.

Mit einem Mal aber schien es ihm, als wäre in den Ausdruck der Augen des gespannt zuhörenden älteren Herrn etwas Blödes, Glotzendes geraten, das vorher nicht dagewesen war. Fénor sah noch schärfer hin und glaubte, eine unnatürliche Unbeweglichkeit in der ganzen Haltung jenes Herrn bemerken zu können. Eine leise in ihm sich erhebende Vermutung wurde ihm fast zur Gewißheit, als er sich ein wenig zur Seite neigte und sah, daß Mister Gams linke Hand fest auf der seines Gegenüber lag. Und fast gleichzeitig geschah es.

Mister Gam ergriff mit der Rechten seine Serviette und fuhr mit ihr seinem Opfer übers Gesicht, als wollte er ihm in liebenswürdiger Weise ein Stäubchen entfernen. Seine Linke aber senkte sich blitzschnell in die fremde Brusttasche, eskamotierte das ergatterte Portefeuille in die Serviette und legte diese dann neben sich auf den Tisch.

Fénor hatte eigentlich bereits genug gesehen. Es interessierte ihn aber doch noch, zu wissen, wie Mister Gam das Portefeuille verschwinden lassen würde. Es dauerte denn auch nicht lange, da glitt die Serviette unauffällig zu Boden, genau zwischen die Füße Mister Gams, die sich alsbald unter sie schoben und, von ihr bedeckt, allerlei Bewegungen ausführten, um schließlich mit einem Ruck still zu stehen. Nach einigen Minuten beugte sich Mister Gam nachlässig zur Seite, um die Serviette aufzuheben. Dabei lanzierte er schnell das Portefeuille in den linken inneren Hosenrand, in dem kunstgerecht eine kleine Tasche angebracht war ...

Fénor, der das Restaurant daraufhin sofort verlassen hatte, wartete im Schatten der Vendôme-Säule, überzeugt, Mister Gam bald erscheinen zu sehen.

Nach einer Viertelstunde fuhren zwei Polizeibeamte im Taxi vor. Und nach einer weiteren Viertelstunde stürzte Mister Gams Opfer in heftigster Aufregung aus dem Restaurant, sprang in das noch wartende Taxi und fuhr in der Richtung der Rue de la Paix davon. ›Zweifellos zum nächsten Privatdetektiv.‹ Fénor lächelte selbstzufrieden.

Bald darauf erschien Mister Gam unter dem Portal des Restaurants, umgeben von einer Schar schwatzender gestikulierender Kellner und den eifrig auf ihn einsprechenden Beamten, die er mit immer abweisenderen Handbewegungen sich vom Leibe hielt, und ging, als man ihn endlich in Ruhe ließ, langsamen Schrittes auf die Rue Castiglione zu.

Fénor folgte ihm bis unter die Arkaden des Hotel Continental. Der um diese Nachtstunde nur spärliche Verkehr, auf den Fénor im Nu seinen Plan aufgebaut hatte, war nicht einmal vorhanden. Das zerstreute seine letzten Bedenken.

Er rannte auf den Fußspitzen ganz nahe an Mister Gam heran, stellte ihm von hinten ein Bein, riß dem Hingestürzten das gestohlene Portefeuille aus der Hosenbeintasche und steckte es ein.

Mister Gam war rasch wieder auf den Beinen und so verdutzt über die Anwesenheit Fénors, daß er gar nicht daran dachte, seinen über und über staubig gewordenen Mantel zu säubern. »Sie hier?« hauchte er, verwirrt versuchend, sich zu sammeln.

»Allerdings.« Fénor wartete, brennende Schadenfreude in den Augen.

Mister Gam strich sich mit beiden Händen die Wangen entlang, abwechselnd Fénor und die Straße musternd. Seine kleinen grauen

Augen flackerten eigentümlich. Miteins hielten seine Hände inne. Sein Kopf senkte sich langsam, fast unmerklich.

Fénor, dem keine der Bewegungen Mister Gams entgangen war, sah, wie er den rechten Fuß am linken Knöchel rieb. ›Um festzustellen, ob der kostbare Raub noch an seinem Platz ist.‹ Fénor grinste höhnisch.

»Also *Sie*!«, zischte im selben Augenblick Mister Gam. »Geben Sie mir wenigstens die achttausend Francs heraus, die zuviel darin sind.«

»Sie geben also zu, mir zehntausend Francs gestohlen zu haben, Herr Hypnotiseur?«

»Patati patata.« Mister Gam nahm sich, plötzlich wieder völlig ruhig geworden, eine Zigarette. »Sie haben sich Ihr Geld nicht ungeschickt zurückgeholt. Sie mögen es behalten. Aber was nicht Ergebnis Ihrer Arbeit ist, kommt Ihnen nicht zu.«

Fénor rückte lachend an seinem Hut. »Nicht Ergebnis meiner Arbeit? Ist ein gut in den Weg gestellter Fuß ein schlechterer Truc als ein vorzüglich verwendeter Tic? Es wäre übrigens sehr liebenswürdig von Ihnen, mir den eigentlichen Zweck Ihres köstlichen Tics zu verraten. Alle restlichen Details Ihres Arbeitens sind mir jetzt endlich klar.«

»Mit Vergnügen.« Mister Gam lächelte verbindlich. »Er dient lediglich der Verschleierung der Hypnose. Er fesselt die Aufmerksamkeit meines Mannes in hohem Grade, macht es ihm aber andererseits unmöglich, zu bemerken, daß ich ihm unausgesetzt in die Augen sehe.« Er hatte sich während dieser Worte Fénor genähert, ergriff plötzlich mit beiden Händen dessen Kopf, preßte sie auf die Schläfen und stierte ihm in die Augen ...

Als Fénor zu sich kam, lehnte er, halb eingesunken, an einem Arkadenpfeiler. Ein Polizist stand neben ihm, klopfte ihm auf die Schulter und riet ihm freundlich, doch endlich heimzugehen. Fénor nickte mechanisch und ging.

Nach einigen Schritten erinnerte er sich. Die Zähne aufeinanderknarrend, griff er in die Tasche: das Portefeuille, das er erjagt hatte, war verschwunden; aber auch sein eigenes, in dem sich allerdings bloß zweihundert Francs befunden hatten.

Er hätte sich nicht wochenlang fast krank geärgert, wenn er gewußt hätte, daß das gestohlene Portefeuille nur neunhundert Francs enthalten hatte.

Ein ungewöhnlicher Handel

Tralcof griff, kaum daß er erwacht war, hastig nach dem Telefonapparat, der auf dem Nachttischchen stand, und lächelte verschmitzt, während er auf die Stimme der Beamtin wartete. »Central 46 88 ... Ja ... Die Signorina Forbena, bitte ... Ja ... Luisa? Guten Morgen. Ausgeschlafen? ... Aber das muß doch wieder einmal aufhören. Ich glaube, daß es für die Erhitzung erkalteter Beziehungen genügt, wenn man sie drei Wochen lang ... Wie? Sechs Wochen? Si. Also wenn man sie sechs Wochen lang auf den Rost eines flammenden Bruchs legt. Poetisch, nicht? ... Ja, du hast recht. Ich war stets ein sachlicher Träumer. Du glaubst mir doch hoffentlich kein Wort. Jetzt, da mich die Sehnsucht treibt ... Ja, bitte, treibt. Also jetzt kann ich es dir ja eingestehen, daß ich mit dir nur gebrochen habe, weil es so nicht mehr weiterging und weil ... Was ich eigentlich will? O, du Tiefsinnige! Erstens mich mit dir aussöhnen, um die Friedlichkeit meiner seit drei, scusate, seit sechs Wochen schwer troublierten Nächte wiederherzustellen ... Ach, ich pfeife darauf, ob du es glaubst oder nicht. Wichtig ist mir nur, daß du wiederherstellst ... Nicht? ... Wirklich nicht? Warte bitte, bevor du mir endgültig abläutest, mein Zweitens ab ... Ja, heißgeliebtes Mädchen ... Du lachst nicht einmal? Dann allerdings ist die Gefahr des Abgeläutetwerdens beträchtlich gestiegen ... Ja, ja, ja, also kurz und gut und zweitens: wie konntest du eine derart fürchterliche Dummheit machen, dich mit diesem Frauenzimmer in der Via Chiaia zu zeigen und noch dazu am hellen Mittag? ... Ob ich sie kenne? Ganz Neapel kennt diese Person. Wie konntest du nur! ... O, ich vermute, daß es ein Rückzug ist, wenn man nach solch einer feuchten Mitteilung plötzlich keine Zeit mehr hat ... Was? Um sieben Uhr? Zur Wiederherstellung? ... Nein? ... Also um sieben Uhr. Arrivederci!«

Tralcof ließ sich schmunzelnd in die Kissen zurückgleiten: er war nun sicher, daß er jene schöne Frau, die er am Tag vorher am Arm Luisas, das erste Mal in seinem Leben, gesehen hatte, in wenigen Tagen kennen würde.

Abends aß er mit Luisa im Esposito auf der Piazza S. Ferdinando.

Luisa hatte sofort, als er bei ihr eingetreten war, Frau Vercelli in leidenschaftlicher Weise zu verteidigen begonnen: sie sei die Witwe eines römischen Colonels, der in Tripolis gefallen wäre, bewohne drei Zimmer im Hotel Britannique auf dem Corso Vittorio Emanuele und verkehre überhaupt nur mit zwei Menschen, mit Lina Dini und Carlo Gelli, durch den sie zufällig ihre Bekanntschaft gemacht habe. Luisa war während dieser Verteidigungsrede geradezu aufgeregt gewesen.

So hatte Tralcof, ohne selbst auch nur ein einziges Wort gesagt zu haben, mühelos erfahren, was er zu wissen wünschte; daraufhin die Möglichkeit eingeräumt, daß er sich geirrt haben könnte, daß vielleicht eine verblüffende Ähnlichkeit vorläge, und, schnell ablenkend, Luisa eine gut disponierte Liebeserklärung gemacht, die zwar zu keinem deutlichen Ergebnis führte, aber immerhin zur Annahme der Einladung zum Diner.

Beim Dessert, dem vorzüglich gebändigte Sprachattacken und mehr oder weniger heftige Wiederannäherungsversuche auf dem Souterrain vorhergegangen waren, ließ Tralcof eine kleine Pause eintreten, um mit der erforderlichen Harmlosigkeit sagen zu können: »Nein, ich glaube doch nicht daß ich mich geirrt habe. Die Ähnlichkeit war *zu* groß.«

»Du *mußt* dich geirrt haben.« Luisa wurde augenblicklich wieder aufgeregt, so daß Tralcof verwundert aufmerksam wurde. »Es ist gänzlich ausgeschlossen, daß Pina nicht ist, was sie scheint.«

Tralcof lächelte dünn. »Pina sagst du bereits? Also schon so intim? Nun, ich erinnere dich an das, was ich dir früher öfter zu bedenken gab: daß man immer nur etwas zu sein scheint und daß es deshalb lediglich darauf ankommt, herauszubekommen, ob man den frühzeitig und endgültig angenommenen Schein vor sich hat oder einen nur vorübergehend angenommenen.«

Luisa machte eine eigensinnige Handbewegung und fistelte nervös: »Laß bitte deine Erziehungsversuche! Darauf falle ich nicht mehr herein. Außerdem hat mir Pina tatsächlich bewiesen, daß sie es ehrlich mit mir meint.«

Tralcof schwieg schlauerweise und beschränkte sich darauf, als er Luisas forschenden Blick auf sich gerichtet fühlte, wie für sich hin zweifelnd den Kopf zu bewegen.

»Du kannst dich ja selbst davon überzeugen, wenn du willst.« Luisa spielte ärgerlich mit ihrer Serviette. »Ich gehe morgen mit ihr und Gelli ins Theater. Komm in die Loge! Ich stelle dich vor.«

Tralcof zuckte, sehr mit seinem Vorgehen zufrieden, leicht die Achseln und nahm seine Bestrickungstätigkeit wieder auf, die ihn denn auch nach Mitternacht in Luisas Bett brachte ...

Als er am nächsten Abend in Frau Vercellis Loge erschien, war Luisa deshalb so heiter, daß der günstige Eindruck, den er auf jene machte, noch durch die naheliegende Vermutung, er konnte diese Heiterkeit hervorgerufen haben, erhöht wurde.

Tralcof erkannte sogleich, wie vorteilhaft seine Situation sich gestaltete, und zögerte nicht, ihr kräftig nachzuhelfen: er ignorierte Frau Vercelli fast, verwickelte aber Luisa und Gelli in eine schlechthin betörend amüsante Konversation und verließ, als es ihm gelungen war, der finster abseits Sitzenden ein Lächeln zu entlocken, überraschend unvermittelt die Loge.

Am folgenden Morgen war es daher Luisa, die anklingelte, um ihn mit jenen gewissen halben Tönen heißen Stolzes zu bitten, sie abends abzuholen und ins Hotel Britannique zu begleiten.

Daselbst verursachte Tralcof mit boshafter Genugtuung ein eisiges Diner, indem er sich darauf beschränkte, mit dem Kopf zu nicken oder ihn leise zu schütteln. So daß der sonst sehr zähe Gelli es nach einigen verzweifelten Versuchen aufgab, Tralcof zum Reden zu bringen.

Umso größer war darum dessen Erfolg, als er, wahrend man noch Kaffee trank, ans Klavier ging und die reizvollsten deutschen und französischen Kabarettschlager spielte, zwischendurch sang und scherzte und schließlich die gewagtesten Späße machte, welche Frau Vercelli immer wieder vor die Wahl stellten, ihn hinauszuwerfen oder zu bewundern. Da sie selbstverständlich dieses vorzog, war es nicht weiter verwunderlich, daß sie Luisa neugierig fragte: »Ist er immer so?«

»Nein, so war er noch nie.« Luisa ahnte nicht einmal, was alles sie mit dieser Feststellung vernichtete.

Denn Frau Vercelli zweifelte nun nicht länger, wem Tralcofs Götterstimmung gelte, und erkannte, daß dessen vorhergegangene Launen bewußte, auf sie gerichtete Manöver waren.

Als Luisa und Tralcof spät nachts sich verabschiedeten, bat Frau Vercelli um Bücher. Tralcof, bereits innerlich sich als Sieger huldigend, versprach welche; Luisa, sie zu bringen.

Doch Tralcof kam ihr zuvor. Schon am andern Morgen. Und zwar um acht, überzeugt, Frau Vercelli noch im Bett anzutreffen und gleichwohl vorgelassen zu werden.

Kaum hatte das Zimmermädchen, das ihm mitgeteilt hatte, er möge ein wenig warten, den Salon verlassen, als Tralcof kurzerhand Frau Vercellis Schlafzimmer betrat.

»Giorno. Ich wußte, daß Sie nicht warten würden.« Frau Vercelli blieb, ihm nur den Kopf zuwendend, im Bett liegen.

Tralcof ließ die Bücher fallen. »Sie ... Sie ... Sie ...« keuchte er, nicht ohne effektvolle Klimax, und warf sich, nicht weniger bedacht, auf Frau Vercelli, die ihn ohne den geringsten Widerstand empfing und nach einer Stunde immer noch festhielt.

Erst als eine ganz besonders durchgearbeitete Erschöpfung stattgefunden hatte, begann sie zu sprechen. »Bist du wirklich Luisas Apoll?«

»So daneben vorbei gewesen.« Tralcofs mächtig geschwungene Brauen zuckten wie gekränkt. »Vor vielen Monaten einmal habe ich, gewiß, über ... ich fing nur deinetwegen wieder an.«

»Sie muß schon reichlich bejahrt sein, das Wesen «

»Dreiunddreißig.«

»Si. Seit sechs Jahren.« Frau Vercelli ließ Tralcof nicht aus den Augen. »Bei diesem Leben geht es eben rasch.«

»Kokotte ist sie eigentlich nicht.«

»Doch.«

»Du willst mich aushorchen.« Tralcof zupfte mißtrauisch an ihren Achselhaaren.

»Vielleicht. Liebst du sie?«

»Wie macht man denn das?«

»Bene. Hat sie mich beschimpft?«

»Nein. Vielmehr dich heftig als anständige Frau verteidigt, als ich dich eine schwere Kavallerie-Hure nannte.«

»Was?« Frau Vercelli, deren prächtiger Oberkörper vipernähnlich aufgeschnellt war, ließ sich alsbald grinsend zurücksinken. »Übrigens weshalb, wenn man fragen darf?«

»Zur Orientierung. Sage mir, auf wen eine Frau schimpft, und ich werde dir sagen, welche von beiden vorzuziehen ist.«

»Nett. Aber sie hat mich doch nicht beschimpft.«

»Eine Frau, die eine andere verteidigt, muß schwer hineingefallen sein.«

»Bravo. Aber beobachtet sprichst du noch besser. Hör mal, willst du mit mir arbeiten?« Frau Vercelli räusperte aufmunternd.

Tralcof setzte sich auf, es mit Erfolg vermeidend, erstaunt zu sein. »Was soll das heißen?«

»Das soll heißen, daß du mir in jeder Hinsicht willkommen wärst. Und wenn du mein Liebhaber bleiben wolltest, umso herzlicher.«

Frau Vercelli weidete sich, fast mit leisem Hohn, an Tralcofs gespielter Gleichgültigkeit. »Die Veränderung wäre nicht zu deinem Nachteil. Wieviel gibt dir Luisa, carissimo?«

»Sind Sie ... Bist du dessen sicher?«

»Er verspricht sich! Also doch noch ein wenig beleidigt.«

»Ich wundere mich über deine gotische Psychologie. Unnötig. Luisa gab mir gestern tausend.« Tralcof, der bloß fünfhundert erhalten hatte, ärgerte sich, nicht einen höheren Betrag genannt zu haben.

»Stimmt. Das Geld ist von mir.« Frau Vercelli küßte ihren Handrücken.

Tralcof ließ augenblicklich seine Augen träumen.

Frau Vercelli sah es, sachte schmatzend. »Ich verschaffe nämlich Kokotten, die sich der Überreife nähern, Geld. Tunlichst viel und nur gegen einen richtigen Schuldschein. Welche überreife Kokotte braucht kein Geld? Jede. Welche zahlt zurück? Keine. Das dauert also längstens zwei bis drei Jahre. Die Michés bleiben schließlich fast ganz aus und mit ihnen die Soldis. In diesem feierlichen Augenblick erscheint einer meiner Turner mit dem Schuldschein, der an ihn zediert ist, und ...« Sie hielt beiläufig inne.

Tralcof stieß ihr, süß lächelnd, sein Gesicht hin.»... und macht die dümmsten Drohungen und am Ende die Gans willig dazu ... O, das kann ich mir sehr gut vorstellen.«

»Weniger aber, daß persische, indische und chinesische Bordelle ganz unwahrscheinlich stattliche Beträge für weiße Damen zahlen, nach denen hier kein Lazzo mehr kräht. Übrigens werden diese Kühe dort wie Prinzessinnen behandelt. Ich habe Dankschreiben.« Frau Vercelli legte ihre gepflegte schöne Hand zart auf Tralcofs nackten Bauch.

»Wieviel hast du Luisa geliehen?«

»Sechstausend. Mit denen sie ja bald fertig sein wird, wenn du ...«

»... wenn ich nachhelfe.«

»Bravissimo.« In Frau Vercellis Augen blitzte es verhalten. »Ich ahnte sofort, daß du zu brauchen bist. Wie du dich mir vormanövriertest, war eine gesunde Talentprobe ... Ecco. Du mußt Luisa das Geld so rasch wie möglich wieder abnehmen. Es gehört, darüber ist nicht weiter zu reden, dir. Und mußt dich auch an andere Damen heranmachen. Aber doch lieber Genre Lina Dini, der ich viertausend geliehen habe. Diese Sache macht Gelli. Alora, va bene?«

Tralcof überhörte raffinierterweise diese Frage. »Ich kann mir aber auch vorstellen, welchen Erfolg du in diesem Metier hast, das bisher nur stinkende alte Vetteln an der Hand einiger Friseur-Beaux ausübten. Eine vornehme, sehr schöne Frau und ein neuer, wenig riskanter Truc. Meine Hochachtung! Ein ungewöhnlicher Handel!«

Frau Vercelli wartete lauernd, die Augen auf ihren rosigen Unterleib gesenkt. Dann wurde ihr Atem kürzer. »Du machst eine Bedingung?«

Tralcof lachte auf. »Wir verstehen uns ohne Hängebrücken.« Er biß, irgendwelche Schwierigkeiten markierend, in seinen Zeigefinger. »Ich möchte lediglich Präzisionen.«

»Wir machen Kontrakt. Du bekommst zwanzig Prozent des Verkaufspreises der von dir beendeten, vielmehr auf neu verfrachteten Damen, sämtliche Spesen ersetzt, wobei ich *dir* gerne durch die Haare sehe, und schließlich noch manches von mir, wenn du dich um mich weiterhin so verdient machst wie heute.« Frau Vercelli beklopfte zärtlich ihre Knie. »Ä, carissimo ...?«

Tralcof hielt es für zweckentsprechend, ein scharfes Gesicht zu machen, bevor er, plötzlich zu einem dummen Ausdruck übergehend, großartig sagte: »Va bene.«

Frau Vercelli, die nun überzeugt war, in ihm ein williges Werkzeug gefunden zu haben, schloß die Augen und bewegte begehrlich die Beine.

Tralcof, dieser Bewegung nachkommend, überlegte, während seine Lippen freche Zärtlichkeiten fabrizierten, wie er Frau Vercelli in seine Hand bekommen könnte.

Wunder über Wunder

In Begleitung eines jungen Schweizers, dessen Bekanntschaft sie im Hotel gemacht hatten, verließen Rabsborough und Leilah die St. Peterskirche.

»Jetzt weiß ich endlich, Öchsli, was Zimt ist«, sagte Rabsborough sehr leise.

Leilah spitzte süß die scharf gemalten Lippen, trüb meinend: »Aber, aber ... Übrigens ist es in der St. Pauls-Kathedrale in London wärmer, nicht?«

Rabsborough klopfte ihr, den untersten Westenknopf wieder öffnend, auf den Unterarm. »Bitte, auch ich bin nicht ganz ohne Pietät.«

»Jedenfalls ein wüster Geselle.« Leilah zupfte an seiner Krawatte.

Öchsli zog eine schwärzliche Zigarette aus der Westentasche. Er hielt es für nötig, endlich etwas zu äußern, um seine Empörung, aber auch seinen weitaus überlegenen Standpunkt kräftig zu dokumentieren. »Diese Kirche ist ein Wunder. Aber die St. Pauls-Kathedrale ist vielleicht ...« Er verfiel, die Anstrengung nicht mehr aushaltend, doch wieder in sein heimatliches Idiom: »... vülloicht kumfortablr, das rüm öch ün, dach vüle Detoils hür sind in manchr Wüs vül abwachslungsrüchr.«

»Der Knabe sieht aus ...« Rabsborough begab sich zu Leilahs Ohr hinab. »... wie ein Leitfaden durch die biblische Geschichte.«

Leilah sprang lachend die breiten Steinstufen hinunter und lief, den roten Sonnenschirm auf dem Pflaster nachschleifend im Zickzack Über den riesigen Platz.

Öchsli lief ihr nach, wobei er die Zigarette verlor, seine mühsam zusammengeklebte Haltung und einen Zwanziglire-Schein.

Rabsborough hob diesen auf, barg ihn auf seiner Brust und näherte sich, immerhin um einiges fröhlicher, Leilah, die neben einer sehr blonden Dame, welche mitten auf dem Platz unter einem großen gelben Schirm malte, stehengeblieben war.

Öchsli hatte über diesem Ereignis Leilah vergessen. Er beglotzte eifervoll die bepinselte Leinwand und bemühte sich, den Namen Hodler murmelnd, schwere Kennerschaft anzudeuten.

Rabsborough neigte sich nachlässig über das angefangene Bild. Und plötzlich flüsterte er der malenden Dame weich ins Ohr: »Mein liebes Fräulein, Striche machen ist nicht so lukrativ wie der Singular.«

Die junge Dame hielt, langsam dem Sinn dieser Worte nachgehend, einige Sekunden den hübschen Kopf gesenkt. Dann aber sprach sie zornrot empor und flammte Rabsborough ins Gesicht: »Schämen Sie sich! Das wagen Sie einer Dame zu sagen? Und hier ... hier an diesem Ort?«

»Gerade hier.« Rabsborough sah das Blut an ihren Schläfen und stöhnte heiter: »Hier bemerkt man nämlich ganz besonders deutlich, daß die Kunst traurig stimmt. Sie ist sogar traurig. Das ist ihr Todesurteil. Deshalb allein aber hat die schlaue Kirche sich ihrer bemächtigt.«

Die junge Dame nahm Rabsborough nach diesen Worten sofort ernst und fühlte die ethische Pflicht, ihm würdig zu antworten. »Sie irren durchaus, mein Herr. Nicht nur die Kunst im allgemeinen, auch die kirchliche hat einen tiefen Sinn. Daß Traurigkeit manchmal in ihrem Gefolge auftritt oder auch als bewußter Zweck, das ist ...«

Rabsborough legte seine Hand beruhigend auf den zuckenden Arm der jungen Dame, so daß sie, darüber erstaunt, schwieg. Dann räusperte er, als wäre er verlegen. »Ich kenne eine Frau, die sich unterm Isenheimer Altar schwängern ließ. Es war jedoch schwer, zu entscheiden, ob aus Traurigkeit, Leidenschaft oder lediglich zu ihrem Privatvergnügen.«

Die junge Dame blickte hilfesuchend bald Leilah an, die interessiert schwieg, bald Öchsli, der mit seinem Standpunkt kämpfte, schlug sich schließlich Rabsboroughs Hand herunter, stampfte mit dem Fuß und schrie: »Lassen Sie mich in Ruhe! Gehen Sie doch schon! Ich verabscheue Sie!« Tränen erschienen in ihren hellen blauen Augen.

Rabsborough nahm sich Leilas Ann und ging lachend weiter.

Öchsli folgte, gänzlich aus dem Schweizerhäuschen.

Dem ratlos verwunderten Gesicht Leilahs sagte Rabsborough endlich: »Sehr einfach. Ich habe dieses liebliche Wesen in einem Atem beleidigt, neugierig gemacht und in seinen heiligsten Grundsätzen getroffen.«

»Das chabe Sü nüt!« Öchslis Manneswürde hatte sich bereits wieder gefaßt. »Das war schlacht von Ühn, söhr schlacht«

Leilah zog zierlich das Mündchen kraus. Auch ihre Finger schienen, das Fichu umspielend, zu spotten. Sie ging rascher.

Rabsborough, sehr vorsichtig, supponierte diesen Spott. »Nicht so schnell, Leilah! Ich bewies dieser Dame ja nur, weshalb ihr Bild schlecht ist.«

Leilah, die lediglich Öchsli über hatte, lächelte breit, auch weil es ihr schmeichelte, daß eine hübsche Frau schlecht malte. Hierauf äußerte sie unnachahmlich: »Kokette Aufregung einer geistig Minderjährigen!«

»Ich verstoh nüt.« Öchsli hustete gewichtig. Dabei huschte sein platter Blick seitlich auf Leilah und Rabsborough, halb verlegen, halb zornig.

»Sie verstohn nüt?« höhnte Rabsborough lax. »Klingeln Sie doch die Neue Züri Zittig an!«

Öchsli japste ein wenig, hob das geschorene Haupt, bedeckte es und schritt mit völlig wiedererlangter Haltung großartig über den Platz.

»Übrigens ist es die Baronesse von Potthammer aus Rudolstadt.« Rabsborough beobachtete Leilah neugierig.

Die zeigte, wirklich überrascht, etliche Sekunden die Zungenspitze ...

Nach dem Diner saßen Rabsborough und Leilah in einer Ecke des Hotel Exzelsior und tranken eine Flasche Marteaux.

»Rom!« Rabsborough unternahm es, alles, was seine Stimme an verachtungsähnlichen Tönen gelernt hatte, in diese komische Silbe zu pressen: »Rom! Ich finde, diese Stadt ist nur eine besonders verfallene Art von Provinz. Wo in anderen Städten Kinos langweilen, stören hier Kirchen. Jeder Mann über dreißig sieht aus wie Garibaldi, darunter wie Theodor Körner oder Alfred de Musset. Aber du kennst, dank deiner instinktiven Haltung, weder den einen noch den andern.«

»Können Sie denn Ihr Lästermaul nicht eine Minute halten?« Die Baronesse von Potthammer, welche ihre Niederlage nicht verschmerzen konnte, hatte es unwiderstehlich in die Nähe ihres Peinigers getrieben.

Rabsborough wandte sich ihr ohne den kleinsten Ausdruck der Verblüffung zu. »Jetzt, meine Gnädige, beginnen Sie mich ernstlich zu interessieren. Wollen Sie uns das Vergnügen machen?«

Die Baronesse ließ sich, nach Sekunden mißlungenen Überlegens, schließlich, nervös lachend, am Tisch nieder. »Sie müssen mich entschuldigen ...« Sie wandte sich an Leilah, die urban grinste, aber doch so, daß man es auch für entzückt halten konnte.

Nicht weit vom Tisch hatte sich ein junger Italiener aufgestellt, der es verstanden hatte, der Wachsamkeit des Portiers zu entgehen. Und plötzlich stieß sein gequälter Tenor eine melodische alte Serenata in die Nacht.

»Trottel!« hauchte Rabsborough.

Leilah beugte sich zur Seite, um den Sänger zu sehen. »Ein sehr netter Junge ...«

»Aber bitte, Leilah! Du weißt doch, daß ich *dagegen* nie etwas einzuwenden habe.«

Leilah winkte gleichgültig ab. »Warum nur ein singender Mann so entsetzlich blöde wirkt?«

»Weil er ...« Rabsboroughs Augen blitzten lustig drauflos. »Ach, weil er eben zu primitiv exhibitioniert.«

»Sie sind ja ein Monstrum!« Die Baronesse versuchte vergeblich, ein Entsetzen, das sie längst nicht mehr fühlte, zu markieren. »Sie sind ja ganz gräßlich.«

»Wenn Sie mit mir schlafen wollen, müssen Sie mich deutlicher auffordern.« Rabsborough legte seine Pfeife weg und schob seine Manschetten ein wenig zurück.

Leilah, die jedes Wort vernommen hatte, entfernte sich, um dem Sänger eigenhändig fünf Lire zu überreichen.

Die Baronesse trachtete immer noch, eine Antwort zu finden oder eine Geste oder einen Entschluß oder irgend etwas, das ihr den Triumph über Rabsborough gesichert hätte. Aber je länger es dauerte, desto deutlicher fühlte sie, daß sie nichts finden würde. Und schließlich sah sie ein, daß es überhaupt bereits zu spät sei. Sie tat, was man in solch einem Fall fast stets zu tun pflegt: sie lächelte.

Und auch Rabsborough lächelte. »Sie wirken Wunder, meine Gnädige.«

»Wieso.« Die Baronesse fand nicht einmal mehr die Kraft, darüber zu erstaunen, daß sie danach fragte.

»Ihr Lächeln hat mich auf – Minuten aus meiner Absicht geworfen.«

»Aus welcher Absicht ...?«

Rabsborough ergriff seine Pfeife. »Gestatten Sie mir eine kleine Abschweifung, die es gleichwohl aber nur scheinbar ist ... Ich hörte einmal, irgendwo in Deutschland, durchaus zufällig, ich versichere Ihnen, jemanden sagen, daß die Wunder der Erde die Gesetze des Himmels seien. Und habe mich augenblicklich sehr gewundert, daß es im Himmel noch nicht – unordentlicher zugeht. Ich bin vielmehr eher geneigt, zu glauben, daß die Erde ein schlechter Witz des Himmels ist und dieser ein Bluff des lieben Gott, der ja, da ihm nichts anderes übrig bleibt, als an sich selber zu glauben, ein großer Halunke sein muß. Die Erde sieht ihm fast noch ähnlicher als der Himmel. Vielleicht bin ich sogar fromm, wenn ich mein Lästermaul auf tue.«

Die Baronesse, längst von Rabsborough dunkel begeistert, warf ein Bein über und schien zu übersehen, daß ihr Rock den Knien um vieles zu nahe zu liegen gekommen war. »Sie phantasieren.«

»Wirke ich nicht bereits Wunder?« Rabsborough kniff, um zu erregen, sich in die Hand. »Übrigens phantasiert man immer. Aber man braucht diesen faulen Zauber, je fauler, desto süßer, um sich in die erforderliche Stimmung für das süßeste Wunder zu bringen, für das oberste Gesetz des Himmels: das Zusammenkommen von Mann und Weib.«

»Wirklich, wenn Sie so Ihre Resultate präsentieren, könnte man glauben, daß Sie zaubern.« Die Baronesse lächelte bereits ein Versprechen.

»Sehr richtig. Ich bin sogar der Auffassung, daß man dem großen Weltenschieber nur deshalb nicht hinter seine Schliche kommen kann, weil er nur das Resultat präsentiert und sich selber fürsorglich im Verborgenen hält. Sollte er fürchten, entlarvt und gelyncht zu werden?«

»Dafür, daß er Sie auf dem Gewissen hat, würde er es bereits verdienen.«

»Sie geben mir also recht. Das tröstet mich über den – Minutenverlust von vorhin, der dadurch entstand, daß Ihr Lächeln mich veranlaßte, mir Ihre Gunst nicht zu erzwingen, sondern zu holen. Jenes war meine Absicht. Dieses ist das Wunder.«

Leilah trat schnell neben den Sessel Rabsboroughs und flüsterte ihm, jedoch so, daß die Baronesse es hören mußte, in den Kragen: »Ich fahre noch ein bißchen auf den Pincio. Die Nacht ist so warm und der gute Junge so wundervoll blöde.« Sie schlüpfte davon, scheinbar die Baronesse gänzlich vergessend.

Diese, im Banne einer nie noch gekannten Lockerung sämtlicher Lebensgewohnheiten, sagte leise: »Wie hätten Sie denn aber meine Gunst sich erzwingen wollen?«

»Ach.« Rabsborough winkte jemandem mit der Pfeife. »Ich werde es Ihnen, lediglich zu Ihrer Erheiterung, vorführen.« Worauf er dem zögernd und ungelenk an den Tisch tretenden Öchsli seinen Zwanziglire-Schein unter die Nase hielt und, mit der andern Hand auf die Baronesse weisend, behauptete, diese hätte gesehen, wie er ihr die Banknote aus dem Handtäschchen stahl.

Öchsli, der zum Überfluß an einem Kaffeefleck seinen bereits schmerzlich vermißten Schein wiedererkannt hatte, geriet dermaßen in Wut, daß er Miene machte, sich auf die Baronesse zu stürzen.

Rabsborough versetzte ihm, gerade als seinen speichelspritzenden Lippen das Wort »Chaibe ...« sich entrang, rechtzeitig einen wohlgezielten Uppercut, der ihn auf den Boden legte, von wo zwei rasch herbeigestolperte Kellner ihn bestürzt entfernten.

Die Baronesse, die abwechselnd erbleicht und errötet war, suchte, naturgemäß resultatlos, ihr Bewußtsein in Ordnung zu bringen. »Aber ... was ... soll ... denn ... das ... was ...«

»Das bedeutet, daß nach diesem Skandal jeder, ausnahmslos jeder im Hotel Sie für meine Geliebte hält. Es ist also durchaus unmöglich, sich äußerlicher Gründe wegen mir noch weiterhin zu versagen.«

»O Sie ...«, stammelte die Baronesse unterwühlt.

»Du!«

»Wie heißt du eigentlich?«

»Fritz Hasemann, mein Täubchen.«

Das Zéro

Mit Semmelhug wollte es, seit er in Stuttgart war, nicht vorwärtsgehen. Schon nach acht Tagen hatte er das Hotel Marquardt mit dem Hotel Wörner vertauschen müssen und wenige Tage darauf dieses mit einem kleinen Zimmer in der Rosenbergstraße. Da er einsah, daß es mit ihm bald so weit sein würde wie vor fünf Jahren, als er, zu sehr seinem Glück vertrauend, plötzlich gepäcklos auf der Straße stand, überzählte er zähneknirschend den Rest seiner Barschaft: Fünfunddreißig Mark! Entsetzlich!

Wohl wissend jedoch, daß ein Zustand solch negativer Art am wenigsten dazu geeignet ist, eine miserable Situation durch einen schmucken Einfall zu sanieren, stieg Semmelhug resigniert auf die Straße hinunter, gleichsam um sich selber aus dem Weg zu gehen.

Verdrießlich vor sich hin pfeifend gelangte er zu der schmalen Stiege, welche von der Rosenbergstraße zum Hoppenlau-Friedhof hinabführte. Dessen Bäume und die mit Recht gemutmaßte Stille zogen ihn an wie jeden, der mit sich nichts Wichtigeres anzufangen weiß.

Semmelhug erging sich sohin auf den engen sauberen Pfaden dieses einsamen Ortes, von Zeit zu Zeit gedankenlos vor einem Grab stehenbleibend. Nach einer Viertelstunde fiel ihm auf, daß er die Inschriften las, und gleichzeitig, daß er soeben eine sehr merkwürdige gelesen hatte. Er kehrte um, trat neuerdings vor den Grabstein und las laut vor sich hin: »Heinrich von Inten, geb. am 3. März 1850, gest. am 10. März 1911 aus Gram über seinen verlorenen Sohn.«

Kopfschüttelnd, aber grinsend ging Semmelhug weiter: sein Vater hatte sich in dieser Hinsicht bei weitem mehr beherrscht. Bald darauf verließ er, keineswegs heiterer als vordem, den Friedhof und gelangte langsamen Schrittes allmählich auf die Königsstraße. Nachdem er sie etliche Male passiert hatte, ermüdete er. Nie ist man mehr geneigt, Impulsen statt Überlegungen sich hinzugeben, als wenn das Lebenstempo sehr reduziert ist. Und so widerfuhr es auch Semmelhug, daß er in einem spontanen Anfall von galgenhumoresker Gleichgültigkeit sich kurzerhand entschloß, koste es, was es wolle, im Wilhelmsbau zu essen. Als dies nach einer Stunde in opulenter Weise geschehen war, befiel Semmelhug, der nun doch der wiederkehrenden Klarheit sich nicht länger zu entziehen vermochte, eine wahre Katastrophen-Stimmung. Es war ihm, als müsse er unter allen Umständen Bewegung in seine Lage bringen, um eine erfreuliche Änderung herbeizuführen. Und da ihm, der Teufel weiß warum, just jene merkwürdige Inschrift auf dem Hoppenlau-Friedhof durch den Kopf ging, rief er den Kellner in der Absicht heran, irgend etwas zu provozieren.

»Kennen Sie eine Familie namens von Inten?« fragte er mit schwerlich zu überbietender Arroganz den Kellner, der vorsichtig neben ihm stand.

»Von Inten? Aber gewiß. Eine sehr vornehme Familie. Ein von Inten war fünfzehn Jahre lang Bürgermeister. Ich glaube, er dürfte erst vor wenigen Jahren gestorben sein.«

»Richtig«, meinte Semmelhug gnädig. »Er ist auf dem Hoppenlau-Friedhof begraben. Er hatte einen mißratenen Sohn. Der Schmerz darüber hat ihn ins Grab gebracht.«

»Der Herr sind Stuttgarter?« Der Kellner nahm bereits eine zutraulichere Haltung ein.

»Nein.« Semmelhug entaschte seine Zigarre überaus liebevoll, um eine distanzierende Pause hinausdehnen zu können. »Aber ich kannte seinen Sohn. Ich kannte den jungen von Inten sehr gut ... Ich ...«.Er wußte nun doch nicht, wie er eigentlich weiterlügen wollte.

Der Kellner trat geschmeichelt von einem Bein aufs andere. »Der Herr wollen wohl Näheres über den alten von Inten in Erfahrung bringen, wenn ich mich nicht im Irrtum befinde ...«

»Sie befinden sich nicht«, versicherte Semmelhug herablassend.

Der Kellner, eine romantische Natur wie viele seiner Berufsgenossen, schien plötzlich mit einer bestimmten Vermutung zu kämpfen. »Wenn der Herr vielleicht ... ich meine ... sich mir anvertrauen wollten ... Ich glaube, daß eine gewisse Ähnlichkeit ...«

Semmelhug stutzte. Und überlegte. Kam aber schnell zu dem Schluß, daß er, selbst wenn der Kellner nicht bloß probiert hatte und wirklich eine Ähnlichkeit vorhanden wäre, nicht darauf bauen

dürfe. »Ich bin kein von Inten. Aber sein bester Freund gewesen.«
Der letzte Satz war ihm entfahren, er wußte selbst nicht wie.

»Gewesen?« Das Gesicht des Kellners zerfiel, als hätte er persönlich einen schweren Verlust erlitten.

Das beruhigte Semmelhug und gab ihm seinen Plan ein. »Ja, gewesen. Er starb in Sevilla in der Calle San Forge. An der Malaria. Gerade gegenüber der bekannten keramischen Fabrik von Viuda e Gomez. Und hat mich vor seinem Tod gebeten, eine gewisse Affaire privater Natur hier für ihn zu regeln. Wissen Sie, ob noch jemand von seiner Familie lebt?«

Der Kellner, von Semmelhugs Distinguiertheit durchdrungen, wußte, es unendlich bedauernd, nichts Bestimmtes mehr zu sagen, äußerte sich aber, immer wieder nach kleinen Störungen an Semmelhugs Tisch zurückkehrend, noch eine halbe Stunde über die Wechselfälle des Lebens und die Geschicke der Menschen und versprach, ohne dazu aufgefordert worden zu sein, bis morgen Näheres in Erfahrung bringen zu wollen.

Semmelhug fand am nächsten Mittag den Kellner sehr verändert vor; als hätte eine unerwartete Rangerhöhung stattgefunden: von derart schrankenlosem Stolz und selbstbewußter Dienstbeflissenheit troff seine ganze Haltung. Kurzum, nach wenigen Minuten war Semmelhug drei alten Herren vorgestellt, die alle den alten von Inten und seinen verlorenen Sohn gekannt hatten und sich außerordentlich freuten, die Bekanntschaft des Mannes zu machen, welcher der beste Freund des unglücklichen Hans von Inten war und nun dessen Testament zu vollstrecken hatte.

Semmelhug wurde an den Tisch geladen und erfuhr im Verlaufe einer sehr animierten Kneiperei, daß Frau von Inten mit ihrer einzigen Tochter Stella eine elegante Acht-Zimmer-Wohnung in der Cannstatter Straße innehabe; daß das von ihrem Gatten hinterlassene, zweifellos nennenswerte Vermögen sicherlich noch intakt sei; und daß nun die Tochter dereinst alles erben werde. Den zwischendurch immer wieder an ihn gerichteten Fragen über des jungen von Inten Leben und Treiben wich Semmelhug geschickt aus, sichtlich bemüht, dessen Geheimnis zu wahren und sein Andenken in Ehren zu halten. So kam es, daß gegen drei Uhr nachmittags, als man bei der achten Flasche Mosel angelangt war, die ganze Tischrunde nicht nur des Lobes voll war über Semmelhugs Freundestreue und männliches Verhalten, sondern beim endlichen Auseinandergehen in Einladungen sich geradezu überbot.

Diesen kam Semmelhug in den folgenden Tagen mit dem Vorsatz nach, den diversen Ehegattinnen Details über die Familie von Inten zu entlocken. Dies gelang ihm mit auffälliger Leichtigkeit und solchem Erfolg, daß er, als er endlich eines Nachmittags die Wohnung Frau von Intens verließ, bereits zu einer Tasse Tee für den Abend eingeladen worden war.

Dessen Verlauf gestaltete sich für Semmelhug zu einem Sieg von unerhoffter Vollständigkeit: Frau von Inten, von den Berichten über ihren immer noch geliebten Sohn stets wieder bis zu Tränen gerührt, kompensierte diese mit endlosen Liebenswürdigkeiten für den Gast, und ihre Tochter, deren Herz nach einer an Desillusionen allzu reichen Verlobungszeit mit einem verlotterten Rittmeister einer edleren Mannesgestalt umso heißer entgegenpochte, befliß sich unter schärfster Einsetzung ihrer immerhin ansehnlichen Reize, Semmelhugs persönliche Zuneigung zu gewinnen. Da dieser, äußerst vorsichtig wie stets, durchaus nicht vom Tode seines Freundes gesprochen hatte, lediglich von einer bereits überstandenen schweren Krankheit, sich aber, angeblich Hansens striktem Auftrag zufolge, weigerte, Genaueres über dessen Aufenthaltsort mitzuteilen, glaubten beide Damen, Semmelhug durch ein Übermaß an Gastfreundschaft und Liebenswürdigkeit doch noch zum Sprechen bewegen zu können. Infolgedessen verlebte Semmelhug, der von sich selber in tiefer Bescheidenheit teils schwieg, teils im Vergleich mit seinem kühnen Freund als Zéro sprach, bei Frau von Inten eine lange Reihe sehr angenehmer Abende, indem er sich stets von neuem überreden ließ, noch einige Tage zu bleiben.

Einmal aber, als er wieder zum Abendessen erschien, empfingen ihn die beiden Damen völlig verstört; es gelang ihnen nur mühsam, nicht sofort in Tränen auszubrechen. Fast eine halbe Stunde dauerte es, bis das in den seltsamsten Wendungen sich ergehende und stets wieder abbrechende Gespräch sich zu verdeutlichen begann.

»Wie ist das nur möglich«, jammerte Frau von Inten hinter ihrem Spitzentaschentuch. »Sie haben uns doch gesagt, daß Sie in der Rosenbergstraße wohnen und daß Sie nicht adelig sind.«

Fräulein Stella schlug heftig die Fingerspitzen aufeinander. »Man muß ihn verleumdet haben. Wenn man nur wüßte, wer.«

In Semmelhug stellte sich miteins eine trübe Ahnung ein. Sein Magen zog sich leise zusammen. »Wer war denn eigentlich bei Ihnen, gnädige Frau?«

»Zwei Herren.«

»Von der Polizei?«

Frau von Inten nickte.

Semmelhug, dem dieser Zwischenfall gleichwohl überraschend kam, hielt es für das Schlaueste, sich nicht verwundert zu zeigen. »Die Herren haben Ihnen sicherlich mitgeteilt«, begann er mit nachlässiger Ironie, »ich wäre ein Hochstapler, hieße mich von Semmelhug, dieweil ich nur ein ganz simpler Semmelhug, hätte mich als Testamentsvollstrecker Ihres Sohnes ausgegeben, der gar nicht tot sei, um Betrügereien zu versuchen, und mich bei Ihnen lediglich in dieser Absicht einzuführen verstanden. Ists nicht so, gnädige Frau?«

Frau von Inten blickte, unter Tränen lächelnd, auf. »Sie wissen sehr wohl, lieber Herr Semmelhug, daß Stella und ich Ihnen vollauf vertrauen und daß wir Sie durchaus nicht für einen Zéro halten. Was die Herren von der Polizei uns über Sie sagten, bewies ja nur, daß Sie uns nie angelogen haben. Das sagten wir den Herren auch, die darüber zwar erstaunt waren, uns aber versicherten, das wäre ein Schachzug von Ihnen, denn Sie wären bereits seit drei Wochen in Stuttgart gewesen, als Sie uns zum ersten Mal besuchten, und ...«

»Das Hotel Marquardt ..« Semmelhug lachte mokant, »... das Hotel Wörner ... die Rosenbergstraße ... nun, das sei eine auffällige Peripetie, der nur zu sehr der Wunsch entspräche, vermittels einer ungewöhnlich problematischen Freundschaft mit einem fälschlich Totgesagten sich zu rangieren. Ists nicht so, gnädige Frau?«

Frau von Inten nickte wiederum, diesmal bereits beinahe heiter.

»Daß Sie das alles aber wissen?« Fräulein Stellas Veilchenaugen irrten schmerzlich über Semmelhugs Züge.

»Wie ist das nur möglich?« Sie schluckte mit Erfolg etliche Tränen.

»Phantasie macht einsam, gnädiges Fräulein.« Semmelhugs Pupillen erglühten sanft. »Und Einsamkeit schult die Phantasie.«

Fräulein Stellas Schultern hoben sich beseligt. »Und denken Sie nur ... daß das diesen Herren nicht die Augen öffnet, begreife ich einfach nicht! Die Herren sagten uns, daß Sie erzählt hätten, mein Bruder sei in Sevilla an der Malaria gestorben, dann wieder in Syrakus am Stich einer Kobra, dann wieder in Batum am gelben Fieber usw. Das beweist doch nicht, daß Sie ein Schwindler sind. Das beweist vielmehr, daß man Sie verleumdet. Denn in Spanien gibt es keine Malaria, in Sizilien keine Kobra und in Batum kein gelbes Fieber. Nicht wahr, Mama?«

Frau von Inten nickte schnell. »Und *uns* haben Sie ja gar nicht einmal gesagt, wo Hans sich eigentlich befindet.«

Semmelhug senkte, von so viel Vertrauen niedergedrückt, schweigend den Kopf.

Nach einer Weile harmonischer Trauer rückte Fräulein Stella mit dem Stuhl. »Und daß die Polizei nicht weiß, was Herr Semmelhug in den letzten neun Jahren eigentlich getrieben hat ... ich meine, wovon er gelebt hat, das beweist nur, daß die Polizei nicht tüchtig ist. Und daß Herr Semmelhug herumreist und auch schon anderswo die Polizei auf ihn aufmerksam geworden ist, das beweist nur, daß er eben infolge seines interessanten Äußern, seiner besonderen Lebensgewohnheiten und seiner überlegenen Art den Idioten auffällt, die sich in ihrem Haß und Neid mit ihm beschäftigen und ihn verleumden und denunzieren.« Sie erhob sich in jäh aufwallendem Zorn. »Dieses Gesindel!«

»Stella!« mahnte Frau von Inten, das Spitzentaschentuch wieder vor den Lippen.

Semmelhug wußte nun, warum es mit ihm in Stuttgart nicht vorwärtsgegangen war; wer die fragwürdige Rangerhöhung des Kellners vom Wilhelmsbau herbeigeführt; und weshalb die Tischrunde und die diversen Gattinnen in Höflichkeiten sich geradezu überboten hatten: die Hand der Polizei! Semmelhugs Situation war nicht angenehm. Sie war aber, was er geistesgegenwärtig sofort erkannte, keineswegs so hoffnungslos, wie sie schien.

Semmelhug stand langsam auf und sagte mit leise bewegter Stimme: »Ich danke Ihnen, meine sehr verehrten Damen, für Ihr mich ehrendes Vertrauen und für die so selten gastfreundliche Aufnahme in Ihrem entzückenden Heim. Ich bin glücklich, Hans das Beste von seiner gütigen Mutter und seiner reizenden Schwester berichten zu können. Und ich hoffe, daß es mir gelingen wird, ihn ins Elternhaus zurückzubringen. Ich bedaure nur, daß es mir privater Gründe halber nicht möglich ist, direkt zu ihm zu reisen. Aber ich kann Ihnen versprechen, hochverehrte gnädige Frau, daß Sie von mir und ihm in etwa vier Monaten Nachricht haben werden.«

Semmelhug verließ am Abend darauf Stuttgart, dreitausend Mark in der Tasche, da Frau von Inten ihn nach langen Bitten zu bewegen vermocht hatte, direkt zu ihrem Sohn zu reisen. Im Netz über Semmelhugs Kopf lag ein geschmackvolles Veilchen-Arrangement, dessen Boden eine deliziöse Bonbonnière barg, in welcher ein kleines lila Briefchen ruhte. Als Semmelhug es gelesen hatte, bedauerte er nur zu sehr, daß er den Bruder der Schreiberin nicht persönlich kannte und daß er hier doch nur ein Zéro war.

Aber er hatte keine Zeit, solch wehmütigen Meditationen sich hinzugeben. Er mußte sein Gehirn dem Augenblick zuwenden, der ihn vor die nicht allzu leichte Aufgabe stellte, die Schwierigkeiten, welche die Polizei ihm allenthalben weiterhin bereiten würde, in ingeniöser Weise zu besiegen.

Der Vicomte

war in der Absicht nach Marseille gekommen, mit Bec-Salé und Gugusse einen großen Coup zu machen.

Er hatte eben ein kleines Café auf dem Boulevard Baille verlassen, als er vor der Auslage einer Buchhandlung stehenblieb: ein Kriminalroman, dessen blutrünstiges Titelbild weithin leuchtete, hatte es ihm angetan. Seine Jugendleidenschaft lebte in alter Macht wieder auf: er nahm ein Exemplar in die Hand, blätterte darin und entfernte sich lesend. Das war immer schon sein Truc gewesen.

Unter einem Haustor las er stehend weiter. Das Buch war langweilig und dumm. Schon wollte er es wegwerfen, als ein Einfall seinen schmalen feinen Mund kräuselte. Er riß noch einige Seiten mit den Fingern auf, verknitterte das Titelblatt ein wenig und löste den kleinen Zettel der Firma des Buchhändlers ab. Hierauf ging er langsam zurück, trat in die Buchhandlung und bot dem Inhaber dessen eigenes Buch zum Kauf an. Er empfing zwei Francs.

Diese in der hohlen Hand schwenkend, schlenderte er vor sich hin, als er, plötzlich aufsehend, vor Wut aufzischte: er hatte den Geheimagenten Rebbis erkannt, der sich ihm wie zufällig näherte. Da eine Begegnung unvermeidlich geworden war, zog er es vor, Rebbis freundlich zu winken.

Der war dermaßen durchsonnt von diesem glücklichen Zusammentreffen, daß es ihm nur schlecht gelang, so zu tun, als suche er in seiner Erinnerung. Als er sich hinreichend gequält zu haben glaubte, zog er den Hut: »Ah, monsieur le vicomte! Was für ein überraschendes Wiedersehen!«

»Überraschend?« Der Vicomte blinzelte listig.

Rebbis frottierte sich betreten die Hand. »Sie glauben also neuerdings ...«

»Nein.« Der Vicomte schmunzelte zart. »Sondern daß Sie immer noch ...«

»Ich werde Sie überzeugen.« Rebbis nahm mit jener einzigartigen Innigkeit, mit der man nur sein Opfer liebt, den Arm des Vicomte. »Aber stecken Sie doch schon das Geld ein!«

Der Vicomte, der bloß davon überzeugt war, daß Rebbis ihn schon längere Zeit beobachtet hatte und die Herkunft des Geldes kannte, lächelte frech. »Ich wollte Ihnen gerade eine Mominette anbieten. Henri da drüben kennt mich. Ich bestelle Anisette und er bringt ...«

»Immer noch der Alte«, sagte Rebbis lachend. »Gehen wir also hinüber. Die Luft hier ist übrigens fehlerlos.«

»Das sagten Sie auch in Paris vor der Brasserie Lavenue, als Sie mir vorschlugen, Madame Briffant in der Avenue Loewendall auf den Plafond zu klopfen.«

»Die Sache hätte Sie groß gemacht.«

»Oder – krumm.« Der Vicomte legte die zwei Francs vor sich auf das Marmortischchen und schneuzte sich geräuschvoll, um seine Heiterkeit zu maskieren.

»Ich versichere Ihnen ...« Rebbis spielte, während er ein verblüffendes Gesicht aufsetzte, an dem großen runden Stein seiner Krawattennadel.

»Kosten Sie den Absinth!« Der Vicomte änderte ganz unerwartet den Ton. »Was tun Sie jetzt?«

»Es ist ja doch nur Anisette.« Rebbis kordialisierte flott mit. »Ich amüsiere mir den Kopfschmuck weg und schiebe Auskünfte.«

Der Vicomte wunderte sich, als glaube er es.

»Aber«, machte Rebbis gedehnt und warnte sich mit dem Zeigefinger. »Citroën ist eine Canaille.«

»Sie lügen ja beleidigend.« Der Vicomte trank und sah in sein Glas.

»Hören Sie, Vicomte ...«

Und während Rebbis weitschweifig begründete, daß er der berühmten Automobilfabrik die schwierigsten Privatinformationen besorge, dachte der Vicomte unausgesetzt darüber nach, wie er ihn sich vom Halse schaffen könnte. Schließlich kam er zu dem Schluß, daß ihm nichts anderes übrigblieb, als seinen gewagtesten Truc loszulassen. »Hé, Rebbis, wie gefällt Ihnen das?« Er hatte mit einem Mal seinen Browning in der Faust und richtete den Lauf auf die Bar.

Rebbis schwieg sofort und blickte, die Hand bereits in der Tasche an seiner Waffe, scharf auf den Browning des Vicomte.

»Henri!« rief der Vicomte durchdringend. »Stell einen Stöpsel mit einem Streichholz auf die Etagère dort oben!«

Henri, ein flinker schlanker Bursche, tat es scheu, aber schnell.

Die Gäste an den umstehenden Tischen staunten mit gläsernen Augen umher.

Der Vicomte stand auf, zielte auf das Streichholz und schoß. Im selben Augenblick aber sauste seine Linke, die einen Schlagring umklammert hielt, über sein Waffe hinweg auf Rebbis Schläfe, der sofort blutüberströmt zusammenbrach.

Der Vicomte feuerte noch zwei Schüsse in die Luft, bevor er mit einem wilden Satz über die Bar sprang, durch die dahinter befindliche Tür und durch das Fenster, das vom Nebenraum aus auf den Hof führte.

Als Rebbis unter den Händen des rasch herbeigerufenen Arztes zu sich kam, blickte er zuerst auf den Schrank: das Streichholz war weg. Er ließ sich den Stöpsel herunterreichen. »Da ist die Kugelspur ... Wo ist der Kellner Henri?«

Henri war gleich dem Vicomte unauffindbar ...

Die auf dieses Ereignis folgenden Tage benützte Rebbis ausschließlich dazu, die Buchhandlung auf dem Boulevard Baille und das gegenüberliegende kleine Café scharf überwachen zu lassen. Mit dem Resultat, daß auch nach zwei Wochen nicht die kleinste brauchbare Beobachtung registriert werden konnte. Erst in der dritten Woche fiel es einem Flic auf, daß zwei jugendliche Kokotten, Joop und Miette geheißen, beim Verlassen des kleinen Cafés sich wiederholt nach allen Seiten umblickten. Er folgte ihnen und konnte feststellen, daß sie in einem alten baufälligen Haus in der Rue St. Bruno verschwanden.

Andern Tags wartete Rebbis persönlich auf dem Boulevard Baille. Joop und Miette kamen denn auch gegen fünf Uhr nachmittags, hielten sich etwa eine Stunde in dem kleinen Café auf und verließen es ebenso vorsichtig wie tags zuvor. Als sie das Haus in der Rue St. Bruno betreten hatten, eilte Rebbis zur Tür, postierte seinen Begleiter in den Hausflur und stieg mit Hilfe seiner elektrischen Taschenlampe eine bereits angemorschte Holztreppe empor. Er hatte kaum die erste Etage erreicht, als ihm von hinten ein dickes Wolltuch über das Gesicht gerissen wurde ...

Als er wieder sah, saß er auf einem Holzstuhl in einem anscheinend leeren Zimmer. Aus einer Ecke hinter ihm kam ein schwacher Lichtschein. Er wandte sich nach ihm um und erhielt gleichzeitig eine fürchterliche Ohrfeige.

Bec-Salé, den er ebenfalls von Paris her kannte, stand breitspurig vor ihm und lachte, sich die zerbeulte Glatze reibend. »Hein, sale dresseur des mouches? Läufst kleinen Mädchen nach?«

Rebbis biß die Zähne aufeinander. In seinem Kopf hackte es so schmerzhaft, daß ihm Tränen in die Augen kamen.

»Pleure pas pour ça!« Bec-Salé versetzte ihm eine zweite Ohrfeige.

Rebbis sah rot. Rasend vor Wut stürzte er vor, lag aber sofort auf dem Boden, von dem er sich erst nach Minuten aufzurichten vermochte. Halb besinnungslos taumelnd schleppte er sich zu dem Stuhl.

Da trat Henri ein, die Hände tief in den weiten braunen Samthosen. »Y a pas d'erreur. C'est Rebbis!« Er betrachtete ihn mit dem feuchtmatten Blick des Homosexuellen. Dann trat er näher, spie ihm ins Gesicht und riß ihm einige Haare an der Schläfe aus. Als Rebbis schwach die Hand hob, stieß er den Stuhl unter ihm fort. Rebbis krachte zu Boden.

Schließlich kam der Vicomte. Er sah Rebbis schmerzhaften Versuchen, sieh zu erheben, bewegungslos zu. Erst als es Rebbis gelungen war, an der Wand sich hochzuschieben, sagte er scharf:»Sie wollten mich hier bei fehlerloser Luft, die nur Sie selber verpesten, mit einer Sache à la Madame Briffant exen. Ich hielt es daher für weise, Ihnen zwei kleine Mädchen zu schicken.«

Rebbis war trotz den fast unerträglichen Schmerzen imstande, sich zu ärgern. »Ich räume gern ein ... daß Sie nur ... nur diesem Umstand es zu verdanken haben, mich hier zu sehen.«

Des Vicomte stechend aufleuchtende Augen verrieten ihm, daß er keine Sekunde zu verlieren hatte.

»Ihr Truc mit dem Buchhändler war wunderbar«, stieß Rebbis schnell hervor.

»Das ist sogar wahr.«

»Ich habe mich auch überzeugt, daß Sie das Streichholz tatsächlich heruntergeschossen haben. Fabelhaft!«

»Auch das ist wahr.«

»Und Ihre Flucht ... und wie Sie mich hierher lockten ... spät, aber sicher ... Alles erstklassige Sachen. Mein Kompliment.«

»Nehme ich und werfe es Ihnen wieder an den Kopf.«

»Vicomte, Sie sind ein Gigant!«

»Esel! Worauf wollen Sie eigentlich hinaus?«

Rebbis löste sich mühsam von der Wand und wankte ins Zimmer vor. In der Mitte blieb er vor Schwäche stehen. »Wir zahlen sehr viel«, lispelte er.

»Immerhin sind vor drei Monaten Ihre Flics sogar auf die Straße gestiegen.«

»Der Präfekt ist im Grunde vernarrt in Sie. Ich würde Sie ihm nicht einmal einzureden brauchen.«

»Was für ein Sonntagsherz Sie haben!«

Rebbis machte einen Schritt nach vorn. »Mein Wort darauf, daß ...«

Der Vicomte wich ausspuckend zur Seite.

»Ich übernehme Ihre Leute.«

»Albern!«

»Ich werde alles tun, was Sie wollen. Ich werde ...«.

Der Vicomte sah ihm wie müde auf die Brust. »Sie haben eine schöne Krawattennadel. Ich wundere mich, daß Gugusse sie übersehen hat.«

»Ein schwarzer Onyx. Nichts Besonderes.« Rebbis strich sich das verknitterte Plastron zurecht und spielte mit dem Stein. »Sie wollen also nicht?«

»Nein, zum Teufel!«

»Warum nicht? Es ist doch das bessere Geschäft. Und absolut sicher für Sie.«

Der Vicomte blies ihm auf den Mund.

Rebbis überwand sich schluckend. »Ich begreife Sie nicht. Sie sind doch wie alle hochbegabten Kriminellen nur von den Umständen ins Verbrechen hineingetrieben worden. Wie die sozialen Verhältnisse heute liegen, gibt es von da keinen Aufstieg mehr. Nur ein elendes Proletarierleben, wenn Sie einmal zurück wollen. Sie wissen aber auch, daß Sie, wenn Sie dieses Leben fortsetzen, ja doch über kurz oder lang unter der Guillotine liegen. Und nun biete ich Ihnen die Rehabilitierung an und wahrhaftig kein Proletarierleben. Die Sicherheit erhalten Sie dadurch, daß Ihre Ernennung zum Kommissär im Regierungsblatt erscheint, bevor Sie sich melden. Und da sagen Sie nein? Warum?«

Der Vicomte näherte sein Gesicht und schrie: »Weil ich Vicomte bin und kein Flic!«

»Ich bin nicht so naiv, Ihnen derlei zu glauben. Sie mißtrauen mir.«

»Wie kamen Sie mir hier auf die Spur?«

Rebbis besann sich lange. Dann entschied er sich, da sein Gehirn versagte, für die Wahrheit. »Ich erkannte Sie auf dem Boulevard Baille wieder. Trotz Ihrer guten Maske. Das ist meine Spezialität. Ich merke mir eine Augenpartie, eine Stirnpartie, ein Ohr.«

Der Vicomte schwieg nachdenklich. Dann sagte er hastig, »jemand muß mich verraten haben. Wer?«

Rebbis lächelte geschmeichelt. »Sie irren. Ich sah Sie aus dem Buchladen kommen, mit dem Geld in der Hand. Irgendwie kamen Sie mir verdächtig vor. Mein Blick ist geschult. Ich ging um Sie herum, um Ihnen zu begegnen und Ihr Gesicht zu sehen. Ich erkannte Sie sofort. An Ihrem Mund.«

»Und nachher gingen Sie zu dem Buchhändler sondieren.«

»Nein. Ich ließ den Buchladen überwachen.«

Der Vicomte stampfte auflachend mit dem Fuß. »Woher kennen Sie dann meinen Truc? ... Ah, Ihr erstes Wort hier war also schon eine Falle.«

»Den Buchladen hielt ich für eine Verständigungs-Etappe.« Rebbis begann am ganzen Körper zu zittern. »Sagen Sie mir, Vicomte, was haben Sie mit mir vor! Ich kann Ihnen vielleicht von größtem Nutzen sein ...«

»Geschmeiß!« Der Vicomte wischte sich mit dem Handrücken den Mund ab. »Bon. Ich lasse Sie frei, wenn Sie vier Dossiers für mich stehlen und mich über den Inhalt einiger anderer informieren.«

Rebbis griff sich an den Kopf; er verwünschte sich, weil ihm kein Ausweg einfallen wollte. Plötzlich aber huschte ein kleines Lächeln über seine Nase hinweg.

Der Vicomte sah es und wußte, daß er ihn hintergehen wollte. »Nun?«

»Ich bin bereit.«

»Merci.« Der Vicomte wandte ihm verächtlich den Bücken. »Bec-Salé!«

Da hob Rebbis die rechte Hand an die schwere Silberfassung des Steins in seiner Krawatte. Seine Finger zuckten ein bißchen. Und mit einem Ruck riß er den Onyx heraus, an dem im Schein der Petroleumlampe eine lange schmale Dolchnadel aufblinkte.

Als aber seine Faust sich gegen den Rücken des Vicomte schnellen wollte, fiel durch die Türspalte ein Schuß.

Rebbis taumelte röchelnd zurück.

Bec-Salé stürzte herein, versetzte Bebbis einen Fußtritt in den Hintern, so daß er in die Knie brach, und hierauf einen Faustschlag ins Genick, der ihn zu Boden streckte.

Der Vicomte, der auf dem Kinn des Daliegenden einen dünnen Faden Blutes erblickte, neigte sich über ihn. Und erst jetzt sah er die Dolchnadel.

»Bec-Salé, hast du deshalb ...?«

Bec-Salé nickte.

Der Vicomte reichte ihm die Hand.

Gugusse und Henri erschienen in der Tür.

»Das Auto ist in einer halben Stunde auf der Place Castellani«, meldete Henri.

Gugusse stieß mit dem Fuß verächtlich gegen den Leichnam. »Grotte! ... Der unten ist für acht Tage verstaut.«

»Und was machen wir«, fragte Bec-Salé, »wenn alles glattgeht, mit unseren achthunderttausend?«

»Schluß!« Der Vicomte zog seine Mütze aus der Tasche. »Wir tauchen unter, frisieren uns und werden in Reims ein Bar-Restaurant. Joop und Miette können wir gut brauchen.«

Die dilettierende Pension

Pasztor, ein schwarzäugiger Ungar, hatte in einem Pariser Restaurant einen so wuchtigen Faustschlag auf den Mund bekommen, daß er zwei Vorderzähne ausspie. Zu allem Pech hatte er seinen weitaus einflußreicheren Gegner daraufhin dermaßen aufs Ohr gehauen, daß dieser ohnmächtig wurde. Deshalb zog Pasztor in weiser Erkenntnis es vor, unverzüglich abzureisen. Da er jedoch lediglich ein Billett dritter bis Basel zu kaufen imstande war, einer Stadt, welche er mit Recht für ungeeignet hielt, verfiel er unterwegs auf einen sehr praktikablen Ausweg: er ersuchte, nachdem er dem Hoteldiener des ›Basler Hof‹ langsam und deutlich seinen Gepäckschein eingehändigt hatte, den Portier, ihm vierzig Franken zu leihen, was dieser mit sauersüßer Liebenswürdigkeit schließlich tat. Pasztor verließ daraufhin in einem gut gewählten Augenblick das Hotel, fuhr mit der Tram zum Bahnhof, nahm dem Hoteldiener vor der Gepäckausgabe-Stelle mit einem kleinen Trinkgeld seinen Gepäckschein wieder ab und gab seinen Koffer bis Buchs auf, wo er mit demselben Zug, den er vor einer halben Stunde verlassen hatte, ankam und mit einem in österreichischen Kronen beträchtlichen Betrag.

Spät am Abend dieses Tages war er in Wien, schlief im Hotel Wimberger schlecht und wenig und war deshalb am folgenden Tag so durchaus nicht auf der Höhe, daß er seiner Depression erlag und, statt im Hotel Imperial abzusteigen, in der kleinen, nicht sonderlich sauberen Pension Vienna in der Frankgasse ein Zimmer mietete.

Die Folge davon war, daß Pasztor, dem das seit dem Weltkrieg durch zwanzig dividierte Wien schon nach dem ersten Ausgang Lebensüberdruß verursachte, in einen gräulichen Zustand von Apathie verfiel, der ihn nicht nur verhinderte, über die Behebung der Leere in seinem Portefeuille nachzusinnen, sondern überdies zu gänzlich zwecklosen Grübeleien über die Vergänglichkeit alles Glanzes verleitete. Glücklicherweise war Pasztor eine selten labile Natur, so daß er bereits nach wenigen Tagen an das schmutzige, farbenarme und unelegant gewordene Wien sich gewöhnt hatte, ja sogar, was beiweitem deutlicher seine wiederkehrende Kraft verriet, auch an die unsägliche Pension, die ihn beherbergte, und an deren noch unsäglichere Gäste, die, auch wenn sie deutsch sprachen, ein gebrochenes Kroatisch zu mauscheln schienen, und überhaupt weniger den Eindruck einstiger Österreicher machten als vielmehr den von heruntergekommenen Parvenues.

Die von grotesken Verblödungserscheinungen durchsetzten Konversationen, mit denen sämtliche Mahlzeiten arrosiert wurden, begannen Pasztor allgemach derart zu amüsieren, daß er sich entschloß, sein bisheriges Schweigen zu brechen und das um vieles größere Vergnügen sich zu machen, Sprengversuche an diesen soliden Existenzen vorzunehmen. Dazu benützte er, allerdings auch in der Hoffnung, einige Dupes sich zu holen, eine Äußerung, welche eine junge hübsche Kölnerin über einen jüngst von ihr bewunderten Abenteurer-Film machte. Pasztor versicherte, auch ihm habe dieser Film sehr gefallen, und fügte, konsekutiv reflektierend, hinzu, der Hochstapler sei vollauf mit Recht der Held von heute, der Heros aller zugkräftigen Romane, Theaterstücke und Filme: er verkörpere die Sehnsucht der nach wie vor verbürgerlichten Menschheit nach einem lockeren luftigen Leben, frei von geographischen und anderen Grenzen; weshalb es aber umso unfaßlicher sei, daß gerade diese Menschheit, die den Hochstapler in der Projektion vergöttert, ihn mit der schändlichsten Nichtachtung behandelt, wenn sie ihm im Leben begegnet, ja mit Verachtung und Hohn; welches Verhalten weder von der Furcht vor einer Vermögenseinbuße gerechtfertigt werden könne noch von dem Neid, der hier vollendet sieht, was er selber vielleicht vergeblich erstrebt hatte.

Nach dieser wohl hingelegten Suada überließ sich Pasztor, zart schmunzelnd, seinem Braten und die überaus peinlich berührten Umsitzenden einem gehässigen Schweigen.

Nur die junge Kölnerin hielt es nicht. Der quälende Wunsch, zu dokumentieren, daß sie derselben Meinung sei, zitterte nicht weniger aus ihren Augen als ein gewisser Wissensdurst. Ihre Stimme wurde voll und schwer: »Wenn es aber weder Furcht ist noch Neid ... ich meine ... schändlich ist es ja auf jeden Fall, aber ... aber es ist vielleicht die Angst vor der Polizei.«

Pasztor freute sich über diese unerwartet herausfordernde Bemerkung so sehr, daß er sogar ein wenig zu genau replizierte: »Sollte die Angst davor, mitgefangen zu werden, jene von mir gerügte

Einstellung verschulden, so würde das denn doch ein ungewöhnlich großes Maß von Feigheit bedeuten. Denn dafür, daß man mit einem notorischen Hochstapler sich unterhält, ohne das Bedürfnis zu haben, ihn anzuzeigen, wird man noch nicht eingesperrt, ja, wenn man in einer bürgerlich einwandfreien Situation sich befindet, schwerlich auch nur molestiert. Zudem werden Sie, wenn Sie bedenken, daß ein Hochstapler ohne die Polizei gar nicht möglich wäre, leicht einsehen, daß ein mäßiges Wohlwollen für diese Institution unerläßlich ist.«

Die junge Kölnerin riß an den schwarzen Verschnürungen ihres prall anliegenden Samtkleides. »Sie sagen das alles sehr treffend ... wirklich sehr treffend ... Aber wenn es nicht die Angst vor der Polizei ist, was ist es dann?«

Pasztor verspürte ein Jucken unter der Nase: das für ihn untrügliche Zeichen, daß Beute nahe. Das machte ihn fast schon verwegen. »Es ist derselbe Widerspruch, der enragierte Verehrer der Antike zu Skat-Fanatikern macht, begeisterte Buddha-Jünger zu Shimmy-Fexen und hartnäckige Theosophinnen zu Gelegenheits-Kokotten.«

»O!« rülpste in diesem Augenblick die am Tischende breit und klebrig thronende Pensionsinhaberin Scheutich und wischte sich mit einem Schürzenzipfel etwas Schweinefett aus den Mundwinkeln.

Die junge Kölnerin bemühte sich, die Hände zitternd an den Ohren, durch ihre heißen Blicke Pasztor zum Weitersprechen zu bewegen.

Dessen hatte es zwar nicht bedurft, aber es bewirkte immerhin, daß Pasztor sich endgültig hinreißen ließ: »Es ist derselbe Widerspruch, der leider eine deutsche Spezialität ist. Während man anderswo, besonders in südlicheren Ländern, jene Leute, von denen man nicht genau weiß, wovon sie leben, mit Wohlgefallen betrachtet, behandelt man sie nördlicher wie übelstes Pack. Die Menschheit hat zwar nirgends den vollen Mut zu sich selbst, aber nur hier hat man sich diesen vollendeten Knacks seiner Person geleistet, vor dem andere gleichsam mit offenem Mund dastehen.«

Sämtliche Pensionäre ließen empört die Bestecke auf die Teller sinken und die Köpfe drohend nach hinten.

Frau Scheutich thronte schlechthin majestätisch.

Die junge Kölnerin aber schien wie auf dem Sprung, jemandem an den Hals zu fahren. Ihre dunklen Augen zuckten feucht. Ihre weichen Finger griffen ins Leere.

Pasztor, der sie schon in seinen Haaren fühlte, widerstand begreiflicher Weise nun umso weniger dem Schauspiel, das von Sekunde zu Sekunde bedrohlicher um ihn sich entfaltete, und warf sich mit aufschmetternder Stimme und erhobener Faust nach vorn: »Man müßte diesen unerträglich banalen Gaunern und diesem ganzen billigen Bürgergebock die Kopfsteuern und Unterleibsgebühren erhöhen, verdreifachen, verhundertfachen. Und zwar in dem Maße, als diese Bande sich von ihrer schiefen Romantik retiriert, wenn sie sie einmal vor sich gerade auf den Beinen sieht.«

Das war zu viel. Frau Scheutich hob ihr gewaltiges Posterieur um Zentimeter und krähte: »Herr Pasztor, ich muß Sie nun doch energisch darum ersuchen ...« Sie quappte zurück, außerstande, Weiteres zu formulieren.

Gleichzeitig flogen allenthalben Servietten auf den Tisch. Stühle polterten zurück. Fassungslose Interjektionen erstarben.

Nur die junge Kölnerin hing verzückt an Pasztors schwarzen Augen, die sie jetzt schlankweg mit Innigstem überschwemmten, und ergriff über den Tisch hin feurig seine Hand, dieweil ihre Füßchen sich nach seinen Waden schnellten ...

Selbstverständlich verbrachte Pasztor die folgenden Nächte in den weißen Armen der jungen Kölnerin, für welche er längst zu einer grandiosen Kreuzung von Übermensch und Lebenskünstler avanciert war; die Tage eng an ihrer Seite mit Spaziergängen oder Autofahrten. Die Mahlzeiten nahmen sie gleichwohl in der Pension, um des Vergnügens der Konversationen, die immer bissiger und versteckter geführte Raufereien waren, nicht entraten zu müssen. Und da die junge Kölnerin, wohl glaubend, daß Pasztor vorübergehend geniert sei, alle Ausgaben bestritt, wäre dessen Glück sonnenfleckenlos gewesen, wenn nicht ...

... wenn er nicht eines Morgens auf der Treppe die Wahrnehmung hätte machen müssen, daß nun schon zum dritten Mal eine alte Frau neben dem Eingang zur Pension an der Mauer lehnte. Und kaum war sein Mißtrauen wach geworden, als auch schon die Symptome sich mehrten: Frau Scheutich wich ihm ängstlich aus; die Tischgespräche versiegten stets unwahrscheinlich schnell; die Dienstmädchen sagten nicht mehr ›Küß' d' Hand‹, sondern sehr laut und hochdeutsch ›Guten Tag‹ und richteten, wenn sie es unbemerkt tun zu können glaubten, mit brennender Neugier, aber doch nicht ganz ohne einen gewissen kalten Schauer, die Augen rund auf ihn; und eines Sonntags saßen zur Mittagstafel zwei undefinierbare ältere Frauen ihm gegenüber und Frau Scheutich zur Linken ein auffällig steifer Herr unklaren Kalibers, in welchen Gelegenheitspersonen Pasztor augenblicks die amtierende Kriminalpolizei agnoszierte. Er war lediglich im Zweifel, ob er diese unerwünschte Aufmerksamkeit der hinterlistigen Beflissenheit eines rachelustigen Pensionsinsassen verdankte oder der Basler Polizei. Nicht im Zweifel aber war er darüber, daß nun ein sehr vergnüglicher Kleinkrieg ausgefochten werden würde.

Seine Erwartungen wurden noch übertroffen: die ganze Pension, mit Ausnahme der jungen Kölnerin, die taktischer Weise in ihrer Ahnungslosigkeit belassen wurde, hatte mit der Polizei paktiert und wetteiferte, ihn zu überführen. Sein Tischnachbar, ein Lederhändler en gros namens Feijfkeikow, begann allerlei verfängliche Fragen zu stellen, die nicht erst dermaßen naiv hätten stilisiert sein müssen, um Verdacht zu erregen; ja, er sprach Pasztor sogar einmal in einem Kaffeehaus an, in der unabweisbaren Absicht, sein Vertrauen zu gewinnen und ihn auszuhorchen. Auch das Stubenmädchen pirschte sich eines Abends an Pasztor heran, legte ihm die Finger mit zartem Druck auf den Unterarm, sprach von seinen weißen Zähnen und plötzlich von den Ringen und der Brillantbrosche der Frau Pokorny. Und deren Gatte, ein Gemischtwarenhändler a. D., zog Pasztor wiederholt in eine Ecke des Speisezimmers und daselbst in langwährende Gespräche, um seine Ansicht über etwaige Geschäftsverbindungen mit Temesvar zu hören. Kurz, die ganze Pension dilettierte hinter ihm her.

Dieser Zustand, so vergnüglich er auch war und reich an Gelegenheiten, all dieser Kleinbürgerkrapül feiste Niederträchtigkeiten zu versetzen, wurde Pasztor auf die Dauer doch zu prekär. Sonderlich in Hinsicht auf die junge Kölnerin, die irgendwie aufmerksam geworden zu sein schien. Und als sie eines Nachts eine Nervosität bekundete, die zu deutlich harmlose Motive ausschloß, fragte Pasztor sie kurz entschlossen, was sie beunruhigte.

»Ach, ich fürchte, dich bald zu verlieren.« Dabei zog sie ihre dicken Haarflechten sich um den Hals, als wollte sie sich mit ihnen erdrosseln, und machte ein Gesicht, dessen Schmerz schon halb ins Jenseits zielte.

Pasztor, der auf solches zwar gefaßt gewesen war, geriet angesichts der vollendeten Tatsache nun aber doch in Hitze: »Helene, aber Helene ... Was fällt dir nur ein!« Er rannte, mit den Armen fuchtelnd, durchs Zimmer und fing an, so viel und so wirr zu reden, daß er sich schließlich verplapperte: »Ah, so leicht fängt man Pasztor nicht!«

Aber noch bevor er seinen Lapsus hätte korrigieren können, begann Helen herzzerbrechend zu schluchzen.

Pasztor, der alles auf dem Spiel sah, kroch rasch ins Bett und preßte seinen Leib an den ihren; begütigte, liebkoste, bettelte, schwieg.

Plötzlich warf Helene Kopf und Hände ihm auf die Brust und heulte auf: »Ach, Lieber, alle laufen sie dir nach. Alle. Bis eben einmal eine kommen wird, die dir besser gefällt als ich. 0, ich habe solche Angst, dich zu verlieren!«

Pasztor lächelte unbeschreiblich. Dann richtete er sich langsam auf. Es war, als geränne er zu seinem Monument. Endlich lispelte er, die Sachlage voll auszunutzen im Begriffe: »Mein Einziges, sei ruhig, ich bleibe bei dir ... wenn du es ganz ernsthaft willst, wenn du bereit bist, mir ...«

»Aber hast du auch wirklich nichts mit der Frau Pokorny?« Helene hatte ihm gar nicht zugehört. »Um dich mir abspenstig zu machen, hat sie mir erzählt, du wärst ein gefährlicher Hochstapler und die Zähne hätte man dir auch schon eingeschlagen ... Ich solle mich aus deinen Klauen retten, aber nicht sagen, daß sie es mir sagte ... wegen der Polizei, die dich in flagranti erwischen will ... Ich weiß gar nicht mehr, was sie noch alles sagte ... Aber so etwas spricht doch Bände!« Sie schmiegte ihren vollen Bauch herausfordernd an ihn.

Pasztor wußte, daß es nun galt. »Und wenn ich nun tatsächlich ein Hochstapler wäre.«

»So würde ich dich noch unmenschlicher lieben.«

»Aber die Polizei?«

»Man kann mich doch nicht einsperren. Das hast du selbst gesagt.«

»Würdest du mit mir fliehen?«

»Ich habe keinen Knacks!«

»Wir haben zu wenig Geld.«

»Ich habe genug für uns beide. Ich werde dir sogar eine Brücke machen lassen. Außerdem heirate ich dich einfach. Dann ist alles in Ordnung. Denn wenn die Polizei wirklich etwas wüßte, wärst du doch schon verhaftet.«

Die Richtigkeit dieses so einfachen Schlusses verblüffte Pasztor. Und da er sich nicht das erforderliche Ausmaß zusprach, um gegen eine Weltorganisation wie die der Polizei, nachdem er ihr verdächtig geworden war, sich mit Erfolg zu halten, hielt er es für das klügste, Helenes Antrag anzunehmen. Es mußte ja trotz allem noch nicht das Ende sein.

Eine kuriose Karriere

Mit zwanzig Jahren widerfuhr Döll das Glück, die Aufmerksamkeit der Münchner Polizei zu erregen.

Das geschah folgendermaßen. Döll saß in sehr vorgerückter Nachtstunde an der Seite eines blonden Ladenmädchens im Café Müller, unweit des Sendlingertors, und vertiefte also die ihn noch gar außerordentlich dünkenden Wonnen der ersten Liebe von erfahrener Hand. Da er zudem im Besitze von fünfundzwanzig Mark sich befand, die er seinem ehrsamen Vater meuchlings aus der Brieftasche entwendet hatte, kannte sein Hochgefühl keine Grenzen. Es nahm, als die zweite Flasche Pfälzer geleert war und Gusti, das erfahrene Ladenmädchen, ihn mit kundigsten Handgriffen neuerlich bedrängte, derartige Dimensionen an, daß er, mit äußerst ironischer Haltung des gesamten Körpers, zu singen anhub:

>»Du hast ja die schönsten Blauaugen,
>hast alles, was Menschenbegehr,
>du hast mich ...«

»Du *hast* mich«, unterbrach ihn Gusti, sehr zur Unzeit, aber mit grandios vollführtem Augenaufschlag und einem patenten Griff durch die Manschette nach seinem nackten Unterarm.

In Döll gor es toll. Immer toller. Bis seine nunmehr komplette Ekstase explodierte: er richtete sich hoch auf, stieß seine Arme weit von sich und sang mit einem Ausdruck, der zwischen tragischester Schicksalsergebenheit und inbrünstigem Zynismus divin die Mitte hielt:

>»du hast mich zugrunde gerichtet,
>du Fetzen, du Schlampen, du Hur.«

Gusti schien dies nun doch zu weit gegangen. Sie schnellte sich empört zur Seite, sprang auf und eilte in die Toilette.

Döll, plötzlich unsäglich vereinsamt, sann nach. Er wußte zwar nicht genau worüber, aber er machte für alle Fälle ein höchst grausames Gesicht.

Dieses sah ein kleiner kraushaariger Herr, der am Nebentisch saß und von Dölls schmählichem Gesang insoferne mit ganz besonderem Interesse Notiz genommen hatte, als er davon lebte. Nun hielt er es für günstig, die Abwesenheit der Frauenperson zu einer Annäherung zu benützen. Er schwenkte sich mit der allen Spitzeln eigenen Grazie, die gleichsam unterwegs in die Brüche geht, heran, winkte jovial mit seiner Taschenuhr und behauptete betrübt, daß sie nicht richtig gehe.

Döll, dadurch wieder in wachsender Laune, grinste ihm mit dem Hohn eines Menschen, der allen Kleinkram des Lebens im Sturm hinter sich warf, zwischen die schiefen Äuglein und schnarrte hochmütig: »Erstens bin ich kein Ingenieur, sondern eine Lokomotive. Und zweitens dürften Sie ja doch nie wissen, wie viel es geschlagen hat.«

Der kleine Herr konstatierte zwinkernden Blicks eine alles Erwartende depassierende Frechheit und setzte sich, weiterhin Aufschlußreiches erhoffend, ungeniert an den Tisch.

Trotz seinem bereits stattlich der Undeutlichkeit sich nähernden Zustand empfand Döll diesen Vorgang als durchaus ungehörig. Weshalb er ohne Zögern, ja mit unverkennbarem Wohlgefallen daran, eine Gelegenheit zur Verwendung seiner vagierenden Kraftgefühle zu haben, also Stellung nahm: »Sie sind entweder ein verfehlt maskierter Luki. Dann sind Ihre Manieren von sehr bedauernswerter Dürftigkeit. Oder Sie sind ein miserabel angezogener Halbseidener. Dann haben Sie wenig Aussicht, sich erfolgreich zu nähern. Denn nur ein Kavalier, der mir meine Dame erneuert, hat Aussicht, sie zu besitzen.«

Dölls Ausdrucks weise, welche jeden Feineren vorerst hätte vermuten lassen, daß es sich bloß um einen Sensationslüsternen handle, däuchte den kleinen Herrn sofort die Routine des geriebenen Anreißers zu sein; die Äußerungen selber ein eklatanter Beweis für seine scharfsinnigen Unterstellungen. Er lächelte deshalb devot, lehnte sich weit zur Seite, um, ohne aufstehen zu müssen, sein Glas vom Nebentisch sich holen zu können, und stieß mit ihm an das Dölls, der dies mit den Worten geschehen ließ: »So gestoßen, ist halb verloren.«

Der kleine Herr, der diesmal nicht ganz verstand, hielt es für eine neuerliche Frechheit; dieweil Döll sich leise rötete, da er hinterher bemerkt hatte, daß es seinem Aphorismus sowohl an Schärfe als auch an Format gebrach. Er hatte deshalb, umsomehr als er mit der typischen Empfindlichkeit Jugendlicher des kleinen Herrn zweifelndes Gesicht für überlegenheitstrunken hielt, das ununterdrückbare Bedürfnis, mit Stärkerem noch und Blitzenderem aufzutrumpfen. Zu diesem Zweck riß er seine Visage ä la Napoleon zusammen, schob die Lippen machtvoll aufeinander und preßte bedeutungsschwer hervor: »Ich liebe den Kavalier. Er ist meine spanische Fliege, die ich, nicht so stupid, sie etwa verächtlich zertreten zu wollen, sogar zu kultivieren pflege, indem ich mit ihr konversiere ...« Dölis Geist verlor sich für Sekunden, rang dann aber gleichwohl sich durch: »Der Kavalier versieht mir die Dame mit dem Kontrast seines schütteren Liebhabertums und mit modernen Hüten. Sie sind zwar nicht einmal der Mann, nach dem zu triumphieren ein Triumph wäre, geschweige denn ein zählender Zahler; aber immerhin ein possierliches Subjekt, das sich versucht und, nachdem es zweifellos jahrelang im leeren Zimmer unter Visionen sich minorenn vergnügte, heute Nacht mit anerkennenswerter Tollkühnheit auf das Leben losgeht. Geben Sie acht, daß Sie nicht Ihr Deka Selbstbewußtsein einbüßen, um dafür die Gewißheit einzutauschen, Ihre eigene Würzen zu sein.«

Ganz unerwartet machte der kleine Herr jetzt eine schnelle Verbeugung über den Tisch hin. »Sie gestatten, Jukundus Nieder mein Name.«

Döll übersah die dargebotene, ihm zu rote Hand. »Ich, Bruno Döll, gestatte. Aber auf die Dauer nur, wenn Sie sich ernsthaft bemühen wollen, besser dazusitzen, weniger zu zwinkern und überhaupt ein bißchen mehr Anziehungskraft zu entwickeln.«

Herr Nieder hob abermals sein Glas, wobei es ihm zur Gänze mißriet, verlockend dreinzuschauen, und stöhnte eifrig: »Ich kenne meine Fehler, lieber Herr Döll. Wer hat keine Fehler? Auch sie haben vielleicht Fehler. Was liegt schon daran? Wenn man nur genügend Moneten hat.« Er zog ein umfangreiches silbernes Zigaretten-Etui aus der Westentaschen und legte es vor sich auf dem Tisch zur Betrachtung aus.

Döll, dem Herr Nieder daraufhin noch unsympathischer wurde, hielt dessen Bemerkungen für alberne Platitüden, zwang sich aber, um sich selber nicht zu desavouieren, auf jene unzweideutige Geste noch unzweideutiger einzugehen. »Daß Sie doch Geld zu haben scheinen, ist ein sehr erfreulicher Zug von Ihnen. Ob er aber auch gegebenenfalls bei mir halten würde?«

Herrn Nieders Mund zerlief feixend. »Er wird halten, Herr Döll. Er wird halten, wenn Ihre Liebste einsteigt.«

Döll war darüber, daß er zum ersten Mal eine halbwegs ebenbürtige Antwort erhalten hatte, sofort derart begeistert, daß ihm der Geist noch schneller und holder kam: »Sie wird einsteigen. Und den Aufenthalt dazu benützen, Ihnen für den Rest Ihrer Lebensfahrt eine Erinnerung zu besorgen, die nicht mit Gold aufzuwiegen ist.«

Herr Nieder bewegte, mehr gewohnheitsmäßig als geringschätzig, den Kopf.

Weshalb Döll wie vorgepeitscht sich weit über den Tisch legte. »Selbstverständlich hängt es davon ab, ob Sie eine große Station sind. Denn wenn Sie bloß zehn Minuten halten, werden Sie schwerlich dazu kommen, etwas mit Gold aufzuwiegen, was nicht die erforderliche Zeit hatte, sich dermaßen wertvoll zu entwickeln.«

Herrn Nieders rötliche Stumpfnase blähte sich süßlich. Er war bereits überzeugt davon, einen schweren Jungen aufgespürt zu haben; dennoch wollte er sich den Fang nicht zu viel kosten lassen, weil sein Vorgesetzter hohe Spesenrechnungen als Mangel an Geschicklichkeit interpretierte. »Ich werde halten«, meinte er mit widerlicher Bereitwilligkeit, »aber wie lange ich halte, wird von Ihrer Dame abhängen. Und davon auch alles andere. Einverstanden?«

Mittlerweile hatte Döll vor der ihm gegenüber befindlichen Toilette Gusti erblickt. Dadurch war er so nervös geworden, daß er Herrn Nieders Propositionen überhört hatte. »Ob sie einverstanden ist?« knurrte er in schnell steigender Unruhe. »Wenn ich es verlange, ist es so gut wie geschehen. Aber wenn Sie ihr zu sehr mißfallen sollten, was ja möglich wäre, so ...«

Gusti trat an den Tisch. Sie hatte ihre taktische Entfernung dazu benützt, Frisur und Gesicht zu restaurieren; aber auch zu einer gewichtigen Unterredung mit der alten Toiletten-Paula, die ihr zu ihrer jüngsten Wahl gratulierte und als gerissene ehemalige Kokotte dringend riet, ihren Bruno an sich zu schmieden, sei es durch ein Kind, sei es durch ...

An dieser Stelle des Gesprächs hatte die Toiletten-Paula eine unbeschreibbare Handbewegung gemacht, die etwas sehr Bestimmtes und durchaus Ungesetzliches ausdrücken sollte. Gusti hatte verständnistriefend geschmunzelt, ein fürstliches Trinkgeld gegeben und sich tatsächlich entschlossen, ihren Bruno auf ähnliche Art sich zu holen.

Sie stand deshalb mit einer Miene am Tisch, die so völlig von Selbstsicherheit durchflutet war, daß Dölls Verlegenheit zu einem ungewissen Zorn sich auswuchs, der wiederum den Vorteil hatte, ihn das Richtige treffen zu lassen. »So setz dich doch schon!« Seine Stimme schwoll männlich an. »Wo warst du überhaupt so lang? Ich möchte sehr darum gebeten haben, mich über sämtliche deiner Rendezvous auf dem laufenden zu erhalten.«

Gusti glaubte ihn eifersüchtig und setzte sich, schelmisch pfeifend. Als sie aber Herrn Nieder erblickte, glaubte sie an eine Intrige und lächelte mitleidig.

Dies hatte zur Folge, daß Dölls geheime Besorgnis, Herr Nieder könnte Gefallen erregen und ihn dadurch in die peinlichste Situation bringen, augenblicks der übermütigsten Laune wich. Er begann, die gefährlichsten Ansichten zu entwickeln, die funkelndsten Sätze zu zimmern, die seltensten Vokabeln zu firsten. So daß Gusti, teils voll Stolz ob der Rarität ihres künftigen Bräutigams, in die ohnedies wohl geborene Brust sich warf, teils innerlich tief beglückt darüber nachgrübelte, wie sie ihren Bruno am besten an sich schmieden könnte. Da fiel ihr Auge, das den scheinbar nur mit halbem Ohr zuhörenden Herrn Nieder wegen Mangels an Erquicklichkeit geflissentlich mied, auf dessen Zigaretten-Etui. Ohne noch recht zu wissen, was sie damit bezwecken wollte, ergriff sie es, nickte lobend und sagte schließlich, Döll in seinen kühnsten Ausführungen gnadlos unterbrechend: »Sehr geschmackvoll. Und sicherlich furchtbar teuer.«

Herr Nieder bejahte, mit Nachdruck die Hand hebend.

Döll schwieg verwirrt.

»Darf ich es Ihrem Freund schenken? Sie würden es doch an ihm noch lieber bewundern, nicht wahr?« Herr Nieder brachte eine beinahe gentlemanlike Haltung zuwege.

Diese beruhigte Gusti, der plötzlich unklare Gedanken gekommen waren. Sie lachte verliebt, um einen Rest von Unsicherheit hinwegzuspülen. »Gefällt es dir denn überhaupt, Bruno?«

Döll zuckte, noch verwirrter als vordem, die Achsel und versuchte, sich einzureden, alles nehme einen günstigen Verlauf.

Als Gusti ihm aber, nunmehr bereits mit einer bestimmten Absicht, das Etui in die Tasche steckte, wollte er doch einlenken.

Zu spät. Herr Nieder hatte sich schon feierlich erhoben, schwang sein Glas und sprach: »Ich danke Ihnen, Herr Döll, für die mich ehrende Annahme dieses kleinen Geschenks. Und Ihnen, mein Fräulein, für Ihr Entgegenkommen, das nicht unbelohnt bleiben wird.« Hierauf setzte er sich wieder und sogleich seinen rechten Fuß auf Gustis linken.

Diese, welche in der Gunst dieses Zufalls einen Wink des Schicksals zu sehen sich beeilte, gab Herrn Nieder heimlich ein Zeichen und verschwand ...

Als sie nach einer Stunde, ohne Herrn Nieder, an den Tisch zurückkehrte, fand sie Döll in einer grauenhaft lethargischen Stimmung vor, welche nicht so sehr der übermäßige Alkoholgenuß verursacht hatte als vielmehr die bohrende Pein, nicht zu wissen, ob Gusti ihn für das Etui plus Extra betrog oder ob es nur ein Vorwand für sie war, einer rasch aufgeflammten Leidenschaft sich hingeben zu können. Der schier unerträgliche Umstand, durch seine Aufschneidereien zur Ohnmacht verurteilt zu sein, hatte Döll anfangs zwar zu wüsten Selbstanklagen hingerissen, war aber doch bald vor genannter Pein zurückgetreten.

Gusti lehnte sich schmeichelnd an ihn. »Bruno, hörst du?«

»Ja«, grunzte Döll.

»Jukun ... Herr Nieder hat mir dreißig Mark gegeben.«

Döll erzitterte leicht. »Und du?«

»Ich mußte ...« Gustis Köpfchen sank tiefer. »... ihm meinen Leib überlassen.«

Döll erzitterte stärker. »Du – mußtest?«

»Er sagte mir, du hättest es mit ihm vereinbart.« Gusti hielt pfiffig inne. Als keine Antwort kam, fügte sie traurig hinzu: »Und da ich dich mehr liebe als mein Leben ...« Sie steckte ihm die dreißig Mark in die Tasche zu dem Etui. »... und du mich doch heiraten wirst ...«

Döll riß bei diesen Worten die Augen weit auf und sein Taschentuch entzwei. »Was? ... Ich? ... Habe ich denn ... Wollte ich denn ...«

Gusti quetschte mehrere Tränen hervor. »Ich wußte doch, daß du deinem Vater die fünfundzwanzig ... und du mußt sie doch zurückgeben. Deshalb bist du doch nur auf das mit dem Nieder eingegangen. Und deshalb habe ich es doch auch nur getan, Bruno ...«

Döll, der nicht vergeblich ganze Bibliotheken verschluckt hatte und lediglich in Sensationen lebte, erschauerte toll. Immer toller. Bis die unermeßliche Fülle dieses Erlebnisses in ihm sich ausgebreitet hatte und ihn außerstande setzte, etwa irgend etwas in Zweifel zu ziehen.

Er heiratete nach Jahresfrist, nachdem er, selbstverständlich gegen den Willen seiner Eltern, das Jus-Studium mit einer kommunalen Anstellung vertauscht hatte, seine edle Gusti, die, eine zweite Monna Vanna, für ihn sich geopfert hatte, und trug das erinnerungsträchtige Zigaretten-Etui tagaus, tagein, obwohl es sich als eine wohlfeile Imitation herausgestellt hatte. Gusti wurde ihm erstaunlicherweise eine treue Gattin und beschenkte ihn alsbald mit einem gesunden Knaben.

Dieses Glück dankte Döll der Münchner Polizei. Und da sie auf Grund von Herrn Nieders Bericht nicht gezögert hatte, Bruno Döll unter Aufsicht zu stellen, dankte dieser ihr auch seine Karriere. Denn der Kommunal-Beamte, in dessen Ressort die Bearbeitung von Dölls Anstellungs-Gesuch fiel, hatte ihn, als die Umfrage nach seinem Vorleben derart Überraschendes zutage förderte, ins Verhör genommen, seine Unkenntnis jenes Umstandes konstatiert und seine gänzliche Harmlosigkeit und damit implizite die Albernheit der Polizei und war von seiner eigenen Klugheit und Weitsichtigkeit so entzückt, daß er Bruno Dölls Gesuch nicht sofort glänzend

befürwortete, sondern ihm auch späterhin das Avancement erleich-
terte.

Lampenfieber

Wutschka war von Posen nach Berlin gedengelt, um daselbst in den Schanklokalen der Brunnen- und Invalidenstraße, angeblich als Damen-Imitator, sein Brot zu verdienen. Er war nun zwar homosexuell, aber dennoch weit entfernt davon, diese Fähigkeit in den Dienst seiner Einkünfte zu stellen; vielmehr lediglich darauf aus, sich einwandfrei zu vergewissern, ob in den zwei Jahren seiner Abwesenheit von Berlin die Aufmerksamkeit der Polizei in bezug auf seine Person so weit nachgelassen hätte, daß an ein ungestörtes Arbeiten zu denken wäre.

Dieser Vergewisserung lag Wutschka gerade an der Ecke der Usedom- und Wiesenstraße ob, als Japoll, der ihn vorzeiten oft geankert hatte, vorbeischob und, da er in der neben dem Haustor lehnenden Gestalt den Spinat-Emil wiederzuerkennen glaubte, in einiger Entfernung beobachtend stehenblieb.

Wutschka, der seinen ehemaligen Komoschke nicht wiedererkannte, faßte ihn alsbald scharf ins Auge und hielt ihn nach drei Minuten für weidlich verdächtig: die Art, wie er mit dem Rücken gegen die Häuserfront hart am Straßenrand stand, schien ihm den Spitzel zu verraten. Wutschka pendelte sich langsam heran, bog von hinten her noch langsamer nach vorn und blickte im Vorbeigehen mit sozusagen frechem Freimut dem Unbekannten ins Gesicht: war es ein Spitzel, so würde er seinem Blick ausweichen und den Platz wechseln; war es keiner, so würde er neugierig werden oder herausfordernd.

Japoll wurde weder das eine noch das andere: er hatte beim Anblick von Wutschkas samtnem Auge sofort jeden Zweifel verloren. »Mensch, Spinat-Emil, wo kommste herjetürmt?« Dabei hieb er ihm beide Hände auf die Schultern.

Wutschka zuckte unwillkürlich zusammen: bloß die Stimme war ihm bekannt vorgekommen. »Irren Se sich nich?« schnappte er heiser.

»Mach man keene Kinkerlitzchen!« Japoll schüttelte ihn, daß ihm der Hut aufs Ohr rutschte. »Kiek mia mal vasuchsweese in die Fresse und wenn de dann noch son dum Jesichte uffziehst, denn wer ik dennem mies jewordnen Jedächtnis mit unvaöffentlichte Memoiren uff die Beene helfen, Junge.«

Wutschka lächelte jetzt, unveröffentlichte Memoiren?« Das konnte nur einer sein: »Nonnen-Japoll, natierlich! Wenn de dia sämtliche Jesichtshaare abjemacht hast, wie soll ik dia dann ...« Er nahm sich die störenden Hände von den Schultern und drückte sie warm.

»Eisern!« murrte Japoll.

»Eisern!« sang Wutschka.

Beide lachten und schüttelten einander immer fester die Hände, bis Wutschka ächzte: »Laß mia los, ik jloobs dia ja!«

Japoll nahm ihn in den Arm und zog ihn weiter.

»Und jetzt jehn wa bei die Acker-Käthe, enorme Reste, und sajen juten Tach.«

»Mies is se.« Wutschka kannte seinen Japoll. »Un der Kamm Hecht uff der Butta.«

»Kennste det elfte Jebot nich? De sollst nich triezen. Also, Emil, trieze nich!« Japoll preßte Wutschkas Arm fest an sich.

Der aber riß sich mit einer geschmeidigen Bewegung ganz unerwartet los. »Nee, meen Jutester, die alten Zikken hab ik dicke. Ik bin hia, um zu tingeln, um mia meen Brot honett ...«

Japoll gab ihm einen Schlag ins Genick, daß er nach vorne taumelte: »Den alten Senf mit det Damen-Imitieren, den kannste een andern iebers Haupt schmieren. De willst woll ne längere Sache ziehn und mechste nich bei jesehn sin. Ooch von dein Freinden nich. Det is een scheena Zuch von dia.« Er spuckte ihm vor die Füße.

Wutschka wollte ihn nicht zum Feind haben. »Kannst ja jlooben wat de willst. Aba weeßte denn nich mehr, det se mia det letzte Mal schon heftich belaichtet ham, Nonnen-Japoll?«

»Zwee Jahre uff Vajniejungsreise jewesen«, gackerte Japoll geringschätzig, »und imma noch sone Sorjen?« Plötzlich blieb er, sich verdüsternd, stehen. »Spinat-Emil, du bist erkannt! Wat haste denn vorhin unterm Haustor jestanden! Ik werde et dia sajen: denne eijene Schmiere haste jestanden! Und wat haste da um mia herum jetreten? Denne Sorjen haste jetreten! Mensch, Spinat-Emil, nu sache mia nur noch, dette nich tingeln kannst, weil de Lampenfieber hast.«

Wutschka ging rascher. Er schämte sich.

Japoll ahnte es und erwischte ihn am Ärmel. »Een scheenet Stick Jelde is zu vadien. Kannste dia die Sache ja mal vorlejen lassen.«

Wutschkas Achseln zuckten schwach.

Und nach zehn Minuten stand er vor der Acker-Käthe, die ihn mit einem Jubelschrei auf ihre oberschenkelähnlichen Arme nahm, brüllend im Kreise schwang und schließlich atemlos sich auf den Schoß setzte.

Japoll sah gerührt zu.

»Kitz-kitz-kitz-kitz-kitz!« Die Acker-Käthe quetschte Wutschkas Kopf in ihren immensen Busen hinein, so daß er fast den Atem verlor, und küßte ihn mit ihren wulstigen Lippen schmatzend auf die kleine runde Glatze.

Wutschka, dessen Kräfte die der Acker-Käthe keineswegs überstiegen, stieß und stemmte vergeblich, zwischendurch krächzend: »Käthe, jib Frieden! Laß mia Luft! Ik kann nich mehr!«

»Noch scheener! Er kann nich mehr!« Die Acker-Käthe johlte nur so. Ihr Mieder krachte. »Fier mia biste nich schwul, Nich wat schwarz untern Fingernajel jeht. Nee, biste nich. De willst dia nur dennen Vaflichtungen jejenieber dennen Freindinnen hintaziehn, nischt weiter ... Er kann nich mehr! Jleich sachste det Jejenteil!« Sie leckte mit der ganzen Zunge ihm breit die Glatze.

»Sachste et eben«, begütigte Japoll vergnügt, »und machste det Jejenteil!«

Wutschka rang nach Luft. Es hörte sich so besorgniserregend an, daß Japoll es für rätlich hielt, einzuschreiten. Er eilte herzu und versetzte der Acker-Käthe ein wohlgezieltes Kopfstück, so daß ihr Glasauge heraussprang, auf die Diele polterte und schmollend unter den Schrank rollte.

Im Nu lag Wutschka auf dem Boden.

Japoll verschanzte sich hinter dem Tisch vor den zu gewärtigenden Racheakten der Acker-Käthe, die jedoch, durchaus nur an ihre

Verunstaltung denkend, auf den Knien vor den Schrank rutschte und mit ihren nackten Armen vergeblich nach dem verlorenen Körperteil fischte.

Als sie ihn, nach mühseligen Unternehmungen, endlich zutage gefördert hatte, war sie so glücklich, daß sie sofort Frieden schloß. »Nu is aba Schluß!« Sie säuberte das Glasauge an ihrem Unterrock, speichelte es sorgsam ein und setzte es mit einem geübten Griff in seine Höhle zurück. »Und nu wolln wa vaninftich sin. Da, setzts aich uff det Kanapee! Ik jeh Kaffee machn.«

Als sie nach einer Viertelstunde mit der Kaffeekanne erschien, waren Wutschka und Japoll wieder gute Freunde geworden und bereits übereingekommen, geschlossen gegen die Acker-Käthe zusammenzustehen.

»So. Da warn wa.« Die Acker-Käthe, selbstbewußt ihren überreifen Hintern schwingend, stampfte an den Tisch heran.

»Det erinnat mia imma an meene Kindazeit«, meinte Japoll schwermütig.

»Wat is los?« Die Acker-Käthe schenkte hoch im Bogen ein, so daß es mächtig in den Tassen pritschelte.

Japoll sabberte: »Eenmal, weil de wie ne Amme daherwackelst. Zweemal, weil de so juchendliche Jeraische machst.«

Wutschka lachte geniert. »Sehr jut. Is sehr jut.«

Die Acker-Käthe, ihrer Beschäftigung hingegeben, hatte glücklicherweise nicht sonderlich aufgepaßt. Jetzt setzte sie sich, wohlig schnaufend. »Und nu jieß mal, Emil! Und dann zeichste, wat de hast.«

Wutschka trank und schwieg.

Japoll sekundierte ihm im voraus. »Nischt zu zeigen. Spinat-Emil is hia, um sich mit dia jesund zu machen.«

»Ausjefallne Ideen, was er hat!« Die Acker-Käthe knurrte mit der Stirn und tunkte sich eine Schrippe ein.

»Saje ik ooch.« Japoll kratzte sich den furunkelbesäten Nacken. »Aba krank mechte er sich mit dia ooch nich machen.«

»Wat?« Die Acker-Käthe, die derartige Späße nun schon gar nicht schätzte, biß drohend ihre tropfende Schrippe zu Ende. »Wat orjelste da, du fauler Stubben?«

»Keene Uffrechung nich«, beschwichtigte Wutschka ängstlich und zog, mit einem matten Blick auf den schadenfroh grinsenden Japoll, ein langes Frauenhaar aus seinem Kaffee. »Die Acker-Käthe und ich, wia ham alle zwee beede dieselben Kindakrankheeten hinta uns. Nischt mehr zu machen.«

»Stimmt uffs Haar.« Japoll lenkte hierauf, wichtig das Kinn hebend, in nützlichere Bahnen. »Käthe, haste nich vorjestern von ner dollen Sache jetönt?«

»Hab ik.« In pfeifenden Schlucken schlürfte die Acker-Käthe ihre Tasse leer. »Hat sich aba ausgetönt. Een leerer Sack steht nich.«

»Eenmal sitzte, Käthe. Und zweemal biste weißjott nich leer.« Japoll hustete ironisch.

»Haste noch Kaffee?« fragte Wutschka, um ihr zu schmeicheln, aber im verfehltesten Moment.

»Waren meene letzten Bohn.« Mit ihrem noch funktionierenden Auge schielte die Acker-Käthe trübselig nach dem stabilen Glasauge. »Ik bin pleite. Und ihr? Jloobt ihr denn, ik jloobe, det Spinat-Emil nischt hat? Zwee Jahre hat man 'n nich jesehn. Und is er nich unta uns een Schottenfeiler, wies keen zweiten nich jibt? ... Halt die Fresse! Bei mia nich!« Sie machte, die gesteifte rechte Hand vor ihre linke Busenwarze haltend, allem Anschein nach Ernst.

»Damen-Imitator is er jetzt«, versuchte Japoll die Situation zu jovialisieren.

Der Acker-Käthe riß die Geduld. »Entweder Spinat-Emil jibt mich wat«, trompetete sie, »oder entweder ik such mia andere Laite.«

»Oder entweder«, wiederholte Wutschka heiter, sank aber angesichts der aufflammenden Wangen der Acker-Käthe ernüchtert ins Kanapee zurück. Dann stotterte er: »Weeßte denn nich mehr, det se mia hia schon belaichtet ham? In Posen habe ik mia man bloß bei die Frida ausjeruht. Jeh du mal nach hin und zieh nen Finken bei die leeren Läden. Vollkomm ausjeschlossen. Un denn hat Posen den Fehler, det ik dort jeboren bin. Ibrigens mechte ik jar nich. Ik muß erst wissen, ob ik Lampen habe. Sonst is nischt zu wollen mit mia. Nu weeßte et.«

Acker-Käthes Züge wurden miteins höchst gewissenhaft. »Fier Lampenfieber warste imma schon bekannt. Aba wenn de wirklich Lampen hast, denn is et schon besser ...«

»Wat is besser?« eiferte Japoll wütend. »Nischt is besser! Kennste denn Spinat-Emil nich? Der Nebbich hat doch Lampenfieber, wenn in die janze Straße keen Pflasterstein een andern erkennt. Een Scheißjeher is er. Nischt weiter.«

Die Acker-Käthe hob verzichtend eine Schulter und zog die Lippen krumm. »Nu scheen. Denn eben nich.« Sie erhob sich schwerfällig, räumte den Tisch ab und trug das Geschirr hinaus.

Japoll saß sekundenlang zornig abgewandt da. Schließlich begann er brummend: »Mit die Käthe kennte man wat janz wat Wildes ziehn, wenn de nich imma wieda mit denne saubleeden Lampen ...«

Die Acker-Käthe stieß die Tür auf. »Nu heert mer schon endlich uff mit die janze Belaichtung! Sonst sitzen wia noch wirklich eenes scheenen Taches im Finstern.« Sie knöpfte sich die Bluse auf.

»Wat is los, Käthe?« Japolls kleine rot unterlaufene Äuglein zitterten, gewissen Befürchtungen anheimgefallen. »Jehste wech?«

»Natierlich. Achte is. Mia schenkt ooch keener wat, wenn ik die Promenade versaime.« Die Acker-Käthe stand mit einem Mal nackt im Zimmer. Ihr Bauch, den die schlaffen Brüste berührten, war aufgedunsen und dunkelbraun. Ihre roten Seidenstrümpfe mit den knallgelben Strumpfbändern, hinter denen das Schenkelfleisch hervorquoll, leuchteten obszön.

»Um achte?« Japoll schlug mit der Hand auf das wachstuchüberzogene Kanapee, daß es knallte. »Det wirste mia erzähln! Nich mal een Jeneraldirektor is da uff die Straße. Du jehst zu Arthur, saje ik dia.«

»Det merke ik, dette et mia sachst.« Die Acker-Käthe unterzog sich langwierigen Waschungen.

Japoll hielt es für hoch an der Zeit, ins reine zu kommen. Er sprang entschlossen auf. »De willst die Sache mit deim Arthur ziehn. Aba jibts nich. Mit *uns* wird jezochn. Du un ik, wia ham det Ding ausjeknofelt und wia wem et ooch in Stall bring. Und wat Spinat-Emil is, so wird er! Sach, Emil, dette wirst!« Er hob beschwörend beide Hände.

Wutschka, der sich gegenüber dieser Tatenlust sehr waschlappig vorkam, rieb seine bläulichen Bartstoppeln, setzte aber trotzdem ein außerordentlich breites Gesicht auf.»Jut is. Ik werde. Lampen hin, Lampen her. Und ik muß ja schließlich ooch bei meene janze Finanzlaje.«

»Eisern!« murrte Japoll.

»Eisern!« sang Wutschka.

»Blech!« machte die Acker-Käthe stoisch. »Ihr seids mia keene Freinde nich. Jefäilt mia nich mehr.« Während sie mit einem Arm in ein hellgrünes Spitzenhemd fuhr, streckte sich ihr Körper, eine einzige herrliche Häßlichkeit.

Wutschka stand spontan auf, ging hin zu ihr und drückte ihr einen langen festen Kuß auf die Hüfte.

Die Acker-Käthe hielt verwundert inne, lächelte dann schmierig und quirlte Wutschkas Kopf, die Finger in seinen Ohren.

Japoll riß die Augen auf und schlich aus dem Zimmer ...

Nachdem er etwa eine Viertelstunde an der Tür gehorcht hatte, kam er zurück, da er sicher war, nicht mehr zu stören.

Die Acker-Käthe zog sich eilig an.»Machts aich fertich!«

Japoll suchte vergnügt nach seiner Mütze und vermied es geflissentlich, Wutschkas linkes Handgelenk zu sehen, allwo sich plötzlich ein schmales Armband aus Glaskorallen befand.

Als die drei kurz darauf die steile Treppe hinabstiegen begegneten sie zwei Männern und, als sie den Hausflur passierten, einer alten Frau.

»Käthe, ik jloobe, wia ham Lampen im Haus«, raunte Wutschka auf der Straße ängstlich.

Die Acker-Käthe packte ihn im Genick und zischte: »Noch een Wort und ik vahau dia janz iebel, meen kleenet Hindchen. Det hat sich jetzt ausjefiebert mit die Lampen.«

Das steile P

Der von sämtlichen Polizei-Direktionen Europas geplagte Gentleman-Einbrecher Léjal befand sich nach Mitternacht plötzlich auf der Straße, ohne zu wissen, wie er dahin geraten war. Als es ihm voll zum Bewußtsein kam, fiel ihm sofort ein, daß er von der Wohnungstür an bis zum Gartengitter unausgesetzt darüber nachgedacht hatte, warum Polly beim Verlassen des Cafés ihm jene eigentümliche Antwort gegeben haben mochte.

Während er noch sinnend dastand, hörte er aus der gegenüberliegenden Seitengasse auffallend laute Schritte sich nähern. Das machte ihn nicht weniger stutzig als der Mangel jeden Übergangs. ›Sollte er sich bemerkbar machen wollen, damit ich mich unbewacht glaube? Oder damit ich weiß, daß ich überwacht werde?‹ Als er aber den Mann an der Ecke haltmachen und ihm beim Weitergehen folgen sah, kam Léjal auf seine zweite Erklärung zurück: ›Wenn sie nun aber wollen, daß ich mich überwacht weiß, dann können sie nur wollen, daß Polly mir unverdächtig bleibt.‹

Léjal blieb lächelnd stehen: er wußte nun, weshalb Polly, als er beim Verlassen des Cafés gefragt hatte, mit wem sie soeben gesprochen habe, so übertrieben lustig zur Antwort gab: »Das war ein Ausländer, der sich ärgerte, daß du ihm zuvorkamst. Er sagte bloß: ›das war vorzüglich, daß Sie ihn angelacht haben.‹« Léjal ging vergnügt weiter. Sein Verdacht war also durchaus begründet; denn diese Äußerung paßte weniger in den Mund eines zu kurz gekommenen Ausländers als in den eines Anerkennung zollenden Vorgesetzten und war, von Polly wiederholt, der beliebte Kniff, mit der Wahrheit zu bluffen.

Hinter dem Tor des Hauses in der Kanalstraße, in dem er wohnte, blieb Léjal stehen. Nach wenigen Minuten erschien der Mann, der ihm gefolgt war, spähte sekundenlang umher und ging dann sehr langsam weiter. Léjal trat grinsend auf die Treppe. Im Bett grinste er immer noch. ›Wahrhaftig vorzüglich gemacht! Ich habe ihr dieses Lachen, mit dem sie mich anlockte, lange geglaubt. Und ich hätte es vielleicht gar nicht bezweifelt, wenn man nicht zuviel des Vorsichtigen getan hätte.‹

Am folgenden Abend kam Léjal, der mittlerweile einen sehr aparten Plan gefaßt hatte, pünktlich zum Rendez-vous. Polly wartete bereits, freute sich ein wenig zu genau, bedauerte unendlich, ganz wider Erwarten in einer halben Stunde nach Teplitz fahren zu müssen, und bat ihn, sie übermorgen zum Tee zu besuchen. Léjal war überzeugt, daß sie diese Reise vorschützte, um ihn ganz sicher zu machen, unterließ es aber, ihr zu folgen, da er mit Recht annahm, daß man ihn auch weiterhin überwache. Als er aber eine Stunde später den Wenzelsplatz überquerte, sah er Polly von Ferne an der Seite eines unscheinbaren Herrn ein Kino betreten.

Andern Morgens gegen zehn Uhr läutete Léjal in der Slenzska-Straße an der Wohnungstür, die er in der vorvergangenen Nacht so nachdenklich verlassen hatte. Eine schmutzige aufgeschwemmte Vettel öffnete ihm und ließ ihn ohne weiteres in das Zimmer ihrer Pensionärin eintreten, die sich verschlafen die Augen rieb und, als sie Léjal erkannte, dann nach kurzen Sekunden während ärgerlicher Ratlosigkeit darüber empört war, aus dem Schlaf gerissen worden zu sein. Léjal äußerte lax, er habe sich nicht eingebildet, der Einzige zu sein, riet ihr, ihm gegenüber nur auf die dringendsten Lügen sich zu beschränken, und streichelte ihr sehnsüchtig den Bauch. Worauf Pollys Ärger straks dem rührendsten Eifer wich; ja sie bemühte sich sogar, die von Léjal während der ersten Nacht gerügte Liebesunkenntnis der Prager Weiblichkeit dadurch wett zu machen, daß sie allerlei Nennenswertes improvisierte. Da das Tageslicht Léjal eine Unzahl mehr oder weniger verharschter Wunden bemerken ließ, zweifellos verursacht von spezifischen Lüsten, erlitt sein Vergnügen eine weitere Steigerung. So daß er, als er Polly gegen Mittag verließ, in jeder Hinsicht zufriedengestellt war.

Eines erprobten Rezeptes sich erinnernd, schickte er tags darauf Polly Aretinos Meisterwerk, versehen mit einer überaus schlüpfrigen Widmung, ›an das Steile P‹, mit welcher Abbreviatur er sowohl gewissen angestrebten intimen Fähigkeiten schmeicheln, als auch der ganzen Dame einen unbestimmten Stich ins Bedeutsame geben wollte. Der Erfolg stellte sich rasch im weitesten Maße ein: Polly erwies sich nächtlicherweile von ihrer jüngsten Lektüre außerordentlich angeregt, was eine ganze Reihe neuer Ergötzlichkeiten schuf, zugleich aber auch von tiefster Genugtuung darüber erfüllte, Léjal so fest in ihrer Schlinge zu halten.

Der zögerte nicht, getreu seinem Plan, diese noch fester zuzuziehen: er begann eines Abends, als Polly ihn nach scheinbar langem Hin und Her in das einigermaßen obskure Café Spalena geführt hatte, von seinen niederträchtigen Schandtaten zu berichten, da er rasch erkannt hatte, daß die beiden Pärchen, die sich an den Tisch gesetzt hatten, zum Zuhören erschienen waren; hielt sich jedoch sonderlich bei seinen gemeinen Beziehungen zu der Gattin des schwerreichen Bankiers Fuchs auf, von der er, seitdem sie ihm sexuell verfallen sei, mit der Drohung, ihren Gatten zu verständigen, große Beträge erspresse; und schloß endlich seine verbrecherischen Emanationen mit der überlegenen selbstgefälligen Mitteilung, daß er gar bald etwas noch nie Gewagtes vom Stapel gleiten lassen werde. Polly wurde sogar derart erregt, daß sie, die wohlgedrillte, sich vergaß und, vielleicht aber auch ein wenig im Hinblick auf die sanft buchenden Augen der Kollegen, die entsetzte Bemerkung sich entfahren ließ, ob er denn gar keine Moral hätte. Léjal sagte mit hinreißender Verve: »Fällt mit gar nicht ein!« Worauf die vier lauschenden Köpfe um einiges tiefer gingen. Der Pollys jedoch sieghaft höher. Léjal schwieg nun, wie von sich selber erschüttert, und ließ die schauerliche Stimmung sich auswirken.

Und an den folgenden Abenden, da er nun stets das düstere schwüle Café Spalena bevorzugte, nachwirken, indem er, wenn auch nicht mehr also Schändliches, so doch immerhin reichlich Verlottertes von sich gab. Polly hielt es deshalb für geboten, ihn entscheidend aus sich herauszulocken. Zu diesem Zweck behauptete einmal um Mitternacht ein an den Nebentisch plazierter Kollege Pollys, sein Paletot sei ihm soeben gestohlen worden. Polly bedauerte dies lebhaft, um Léjal durch solch lächerliche Sentimentalität zu einer höhnischen Haltung zu animieren und in der Folge zu einer positiven Äußerung. Léjal hielt es jedoch für weiser, das Stümperhafte in dem Verhalten des Bestohlenen hervorzuheben und Betrachtungen über die Möglichkeiten des Verhinderns derartiger Verluste anzustellen. Er ließ sich dabei so sehr in Fachmännisches geraten, daß Polly bereits auf dem Punkt war, endlich die Vertrauensfrage zu stellen. Es erschien ihr im letzten Augenblick doch noch als verfrüht, weshalb sie den bereits begonnenen Satz zu der Versicherung umgestaltete, sie hätte seine Pelzjacke beständig im Auge behalten. Léjal dankte ihr mit einem festen Händedruck.

Und im Laufe der nächsten Woche mit immer hitzigeren Nächten dafür, daß sie seine angeblich von Tag zu Tag schlechter sich gestaltende Finanzlage durch generös vorgestreckte, nicht unbedeutende Beträge zu bessern sich herbeiließ. Vorsichtigerweise aber inserierte Léjal den Verkauf seiner Pelzjacke und mehrerer Pretiosen, welcher, womit er sogar leichthin gerechnet hatte, verhindert wurde; jammerte über die Schlamperei der Post, wodurch er konstant schwere Verluste erleide, um so den Eindruck zu erwecken, er halte seine Korrespondenz für unkontrolliert; und stieß schließlich zähneknirschend hervor, daß er unter diesen Umständen seinen großen Coup eben werde früher machen müssen. Polly hing bei diesen Worten jauchzenden Auges an Léjals Lippen, über welche die so ersehnten Sätze, Näheres erschließend, jedoch immer noch nicht wollten. Deshalb teilte sie ihm andern Tages mit, daß es mit ihren Ersparnissen zu Ende sei, sie ihm aber dennoch zu helfen wissen werde, denn sie gedenke ihre unfehlbare Wirkung auf die Männerweit in Beträge umzumünzen. Léjal warf sie vor Freude brutal auf das Sofa, von dem alsbald der bebende Ruf aufstieg: »Für dich, Francis, geh ich sogar auf die Straße!«

Léjal war es wohl zufrieden und verwendete die dadurch gewonnene Zeit dazu, seine geheimen Verbindungen ausgiebiger zu pflegen und seine Maßnahmen zu treffen. Dies war ihm auch insoferne sehr erleichtert, als die Polizei, fest davon überzeugt, daß er das ihm beigegebene Lockspitzel-As keineswegs beargwöhne, es nunmehr für ganz besonders raffiniert hielt, ihn bis zum Anfang unbewacht zu lassen. Polly brachte allnächtlich stattliche Sümmchen, die freilich nicht von Kavalieren stammten, sondern aus dem geheimen Fonds, und träumte sich bereits als renomeriert und wohldotierte Directrice einer Korrektionsanstalt für Ausgeglittene. So verrann dann die letzte Woche zur allgemeinen Zufriedenheit.

In der Nacht vor dem Tag, an dem er zu handeln sich entschlossen hatte, statuierte Léjal mit einer bis dahin noch nie von ihm erreichten Serie Polly einen Rekord, so daß sie ihm mehrmals, gleichsam toll vor Glück, ins Auge stierte und gegen vier Uhr morgens mit schlechtweg meisterhaft gespielter Innigkeit hauchte.

»Francis, ich hab dich rasend lieb.«

»Du wirst es mir beweisen dürfen«, sagte Léjal mit harter Männlichkeit, »wenn ich anfangen werde, zu kommandieren.«

»Ach, tus doch!« zischte Polly heiß. »Tus doch!«

»Übermorgen.«

»Übermorgen?« Polly schlug gewissermaßen mit den Lidern ein Rad. »Aber erklär mir doch, erklär mir doch ...«

»Morgen mache ich noch einen letzten Besuch bei der alten Fuchs und mit dieser Summe fahren wir nach Pilsen. Dort ... wird ... es ... sein ...« Hierauf stürzte Léjal sich in neuem Anlauf über sie, die röchelnd das Haupt hintüber fallen ließ, damit ihr unhemmbares Triumphieren sie nicht verrate ...

Zu dem für den folgenden Nachmittag verabredeten Rendezvous erschien Léjal nicht, sondern fuhr, nachdem er sich überzeugt hatte, daß dieses sein hinterlistiges Verhalten sofort die neuerliche Überwachung nach sich gezogen hatte, eine sehr bauchige Ledermappe unterm Arm, fröhlich nach Aussig. Denn er durfte nun sicher sein, daß sein Plan gelingen würde. Und er gelang prächtig. Léjal saß kaum fünf Minuten, als ein Herr im Pelzmantel, aber mit den Allüren eines Fleischermeisters und dem Kopf eines Pavian, sich ihm gegenübersetzte und seine Ledermappe nicht aus den Augen ließ. Nach weiteren fünf Minuten setzte sich eine kommisähnliche Gestalt zeitungslesend neben Léjal und kurz darauf neben den Herrn im Pelzmantel ein Kutschergesicht mit einer langen Pelerine, die auf sehr merkwürdige Weise geschlossen blieb, so daß Léjal nicht zweifelte, daß Handschellen darunter für ihn bereit gehalten wurden. Léjal schloß selig die Augen und mimte den Schlafenden. Und während er unter dreifacher Bewachung ein Pyjama, eine große Schachtel Konfekt und einige Toilettengegenstände nach Aussig entführte, nicht aber Einbrecherwerkzeug, Patronen und Gift, saß Polly, umgeben von mehreren Kollegen, im Café Central und wartete mit zuckenden Fingern auf den telefonischen Anruf, der ihr die Verhaftung Léjals auf frischer Tat melden sollte. Aber es wurde Abend, ohne daß das Telefon für sie erklungen wäre. Und es wurde zehn Uhr. Endlich gegen ein Uhr nachts wurde sie an den Apparat gerufen, wo ihr eine vor Ärger schleimige Stimme kurz mitteilte, Léjal verbringe die Nacht in einer Villa der Baumgartenstraße mit einer Gouvernante und auch sonst habe sich nichts Bemerkenswertes entdecken lassen; allenfalls, daß er einen größeren Betrag per Postanweisung an sie abgeschickt habe.

Wieder am Tisch, betrachtete Polly verstört ihre Handflächen, blickte endlich nassen Auges auf und flüsterte:

»Das versteh ich nicht ...«

Die Kollegen machten äußerst verdutzte Gesichter, als Polly, auf ihr ungeduldiges Fragen hin, schließlich berichtet hatte. Einer begann allmählich, sie mit leiser Ironie ins Auge zu fassen: »Daß Léjal dir das Geld zurückschickte, beweist, daß er Lunte roch.«

»Ich wette, daß er die Fuchs gar nicht kennt«, miauzte ein anderer.

»Mit Pilsen hat er dich ganz einfach gefrozzelt.«

»Und mit allerhand anderm auch.«

Polly zitterte überall. »Wenn einer von euch behaupten kann, daß ihm diese ganze Geschichte klar ist, will ich das dümmste Luder sein.«

»Dann bist du's schon.« Der leise Ironiker kniff die Augen klein. »Francis Léjal hat sich aus uns allen einen guten Tag gemacht.«

Daß es sich tatsächlich so verhielt, mußte Polly andern Tags erkennen, als Léjal im Café Central sich plötzlich neben sie setzte und freundlich fragte, ob sie sich wohlauf befinde.

Polly brachte es nur zu einem bemitleidenswert heiteren Gesicht. »Danke. Und wie war's bei der alten Judenschickse, die du mir vorgezogen hast?« Sie wollte es nicht wahrhaben, düpiert worden zu sein.

Léjal drohte ihr schelmisch mit dem Kaffeelöffel. »Wie unüberlegt! Willst du damit etwa behaupten, daß du meine Postanweisung aus Aussig nicht erhalten hast?«

Polly war so vollends unterkellert, daß sie schmatzend zur Seite sah, anstatt um einen Einfall sich zu bemühen.

Léjal stippte den Mittelfinger auf ihren nackten Unterarm. »Das Lob fraglicher Ausländer sollte selbst die tüchtigste Polizeihure besser verschweigen.«

»Saulouis!« keuchte Polly erbleichend.

»Steiles P!« Léjal erhob sich schnell. Während er sich entfernte, rief er zurück: »Feiles P!«

Vier Stunden später fuhr er unbehelligt nach Zürich, wo er nach drei Tagen via Wien die Nachricht empfing, daß alles geklappt hätte und einundzwanzigtausend Dollars und elftausend Schweizer Francs in Sicherheit seien.

Die Prager Polizei aber hätte nie auch nur gemutmaßt, daß der waghalsige Einbruch in die Villa des Bankiers Katz, welcher in derselben Nacht erfolgte, die Léjal in Aussig verbrachte, von diesem bis ins kleinste Detail vorbereitet und nach seinen Direktiven ausgeführt worden war.

Faule Zeiten

Stenglewski, der vor Jahren einmal die Arbeit der Polizei an sich hatte ergehen lassen müssen, erinnerte sich dieser Zeit der holdesten Beobachtungen und aufregenden Gegenzüge nicht ohne leise Wehmut. Da ihm zum wirklichen Verbrecher zwar nicht der Geist, leider aber das erforderliche Quantum Nervenkraft fehlte, er andererseits jedoch auch nicht zu einer geregelten Tätigkeit hinneigte, stand er somit seit langem vor der unerquicklichen Alternative, entweder seine kleinen Betrügereien fortzusetzen, und sich dabei zu langweilen, oder zu Großem überzugehen und so, vielleicht sein Leben wagend, jene Sensationen sich zu verschaffen, deren Vorgeschmack er dereinst im Geplänkel mit der Polizei genossen hatte.

Dennoch war diese Alternative eigentlich niemals so recht in den Vordergrund seines Bewußtseins getreten. Stenglewski langweilte sich und ging jeden zweiten Monat von einem kleinen Schwindel zum andern über. Da geschah es, als er eines Abends vor einem opalenen Apero auf der Terrasse des Café de l'Epoque saß, daß Titin, den er lange Zeit nicht mehr gesehen hatte, sich zu ihm setzte und seine verwitterten Wangen rieb.

»Faule Zeiten, Stenglewski. Kein Geschäft und kein Fez.«

Stenglewski schnaufte zustimmend durch die Nase, pendelte müde das Haupt, spie schließlich, der wegen eines Halsleidens nicht rauchen konnte, eine Gewürznelke auf den Asphalt und setzte hierauf achselzuckend eine neue an das Zahnfleisch.

Titin sah ihm interessiert zu. »Geschmack ist eine Bedürfnisfrage. Davon war ich schon immer überzeugt.«

Stenglewski sog genießerisch an seiner Nelke. »Man ändert sich nicht. Ich lutsche immer noch Vögelchen und du machst deine faden Witze. Aber die Zeiten sind oberfaul, das ist richtig.«

»Was willst du.« Titin, dem ein Windstoß das Ende seines Halstuchs auf Nase und Mund drückte, entfernte es mit der Hand. »Das Leben ist ein einziger Cafard, manchmal unterbrochen von angenehmen Empfindungen, welche zu verhindern die Polizei da ist.«

»Sag das nicht. Wie wunderbar wars, als sie mich für den Juwelenräuber in der Rue Tronchet hielten. Bloß weil ich einen großen Hammer mein eigen nannte.« Stenglewski schlug sich mit der flachen Hand auf den rechten Biceps und ließ dabei die Finger vielversprechend in der Luft zucken. Titin lächelte ein Fragezeichen. »Nicht so blumig! Ich habe mir sagen lassen, daß die Flics Sporteln schätzen und deshalb die Felder ihrer Tätigkeit, wenn sie mangeln, sich einfach fabrizieren. Wunderbar kann ich das nicht gerade finden.«

Stenglewski wischte sich mit dem Mittelfinger neugierig die Lippen. »Du glaubst also, daß sie auch an miesen Fährten arbeiten, nur um ...«

»Ohne Zweifel!« Titin beschmierte das Mundstück einer kurzen dicken Zigarre mit Vaseline, das er in einer schmalen Büchse in der Westentasche trug. »Wenn sie pfeifen, kommt noch lange niemand. Aber wenn wir pfeifen, – wettgerannt kommen sie.«

»Vaseline?«

»Was denn.«

»Warum?«

»Nina.«

»Also immer noch.«

»Kein Vergnügen mehr.«

»Pfeifen wir doch.« Stenglewskis Augen erglühten miteins in seltsamem Enthusiasmus.

Titin vollführte auf seiner Stirn mit dem Zeigefinger einen kleinen Kreis. »Für den Fez danke ich.«

»Sag das nicht, Titin.« Stenglewski bohrte aufgeregt in der Nase. »Es ist ein Fez. Und sogar ein Geschäft, wenn mans versteht.«

Titin roch mit geschlossenen Augen an seiner Zigarre. »Triffst du Vorkehrungen für meine Heuerung zu einem Coup?«

»Vielleicht.« Stenglewski säuberte seinen Zeigefinger an der Hose. »Wenn man sich richtig gefährlich macht, lassen sie was springen.«

Titin lehnte mit der Zigarre ab. »Das ist eventuell für einen Separatgenießer wie dich ein Fez. Ein Geschäft ist es auf keinen Fall. Da würde ich schon lieber gleich zur Polizei gehen.«

Stenglewski wog grübelnd allerlei in sich ab. Und plötzlich strichen seine dürren Hände langsam die Hüften hinab. »Titin, das wäre ... unter Umständen ... vielleicht sogar ... Das könnte ... Man müßte ...«

Titin senkte seine Zigarre. Seine Lippen spitzten sich. Stenglewski preßte beide Hände auf seinen Arm und begann, mit wilder Mimik, zu detaillieren ...

Schon am nächsten Vormittag begab Stenglewski sich zum Polizei-Kommissariat des XVII. Arrondissements auf der Place Chatillion und berichtete mit dampfenden Lungen und völlig zerschlagener Stimme, daß bei ihm eingebrochen worden sei. Worauf drei Beamte unverzüglich ihre Taschen sattelten und, mit Stenglewski an der Spitze, an den Tatort eilten. Daselbst, einem länglichen düsteren Hofzimmer in der Rue des Fleurs, bot sieh ihnen ein ziemlich primitiver Anblick: auf dem zerwühlten Bett lag eine kleine Eisenkassette, wie Geschäftsleute sie im Ladentisch zu halten pflegen, mit offenem Deckel und leer. Daß das Schloß forciert worden war, unterlag keinem Zweifel. Mehr schon, ob der Betrag von fünfzehntausend Francs, dessen Stenglewski beraubt worden sein wollte, auch tatsächlich sich darin befunden habe. Als die Beamten, auf das ärmliche Logis hinweisend, diesbezügliche Äußerungen fallen ließen, stieß Stenglewski verzweifelt die Fäuste gen Himmel, jammert von zehn Jahren schwerster Arbeit, mühsamster Existenzgründung, von unsäglichen Entbehrungen und schwierigen Ersparnissen, warf überhaupt mit trist illustrierenden Vokabeln nur so um sich und erreichte nach einer Viertelstunde, daß man wenigstens willig wurde, ihm zu glauben. Dies umsomehr, als er, infolge dieser Erfahrungen mit der Passivität der Polizei scheinbar konsterniert, daranging, sich selbständig zu machen: er drehte das Licht an, untersuchte die Fensterrahmen, die Wände, die Tür, den Fußboden; und wies schließlich, zum nicht geringen Ärger der erstaunt assistierenden Beamten, auf Wachsspuren im Türschloß hin und auf ein Stückchen hellroter Leinwand, das er unter dem Bett aufgelesen hatte. Während die Wachsspuren für sich selber sprachen, blieb das Stückchen

Leinwand stumm. Umso beredter jedoch wurde Stenglewski. Er behauptete, die Anwesenheit dieses Stoffrestes in seinem Zimmer, in dem kein wie immer gearteter Gegenstand dieser Stoffsorte sich befunden habe, dürfte sehr wahrscheinlicherweise von größtem Nutzen für die Auffindung einer Spur sein, dankte den Beamten für ihre Bemühungen mit bitterer Miene und der Versicherung, daß er nun selbst der Sache nachgehen wolle, und ersuchte lediglich darum, ihn erforderlichenfalls zu unterstützen. Die Beamten, beinahe verlegen, sagten dies selbstverständlich zu, nahmen ein Protokoll auf und stiegen hierauf mit Stenglewski hinab, der vor der Portierloge haltmachte, um die Concierge zu inquirieren. Kaum war diese aus der Tür getreten, als Stenglewski mit einem halb unterdrückten Aufschrei vorstürzte, das Stückchen hellroter Leinwand aus seiner Tasche riß und auf ein kleines Loch drückte, das sich in dem Leinwandkittel befand, den die Concierge trug. Die Beamten wunderten sich indigniert, stellten Fragen und erfuhren, daß der Leinwandkittel, zum großen Ärger seiner Besitzerin, einen ganzen Tag lang verschwunden gewesen wäre. Stenglewski, sichtlich der Situation gewachsener, verabschiedete die Concierge dankend und trat mit seinen Begleitern auf die Straße, wo er ihnen, mit bereits deutlich einsetzender Arroganz, mitteilte, er halte die Concierge nicht für schuldig, das habe er, lediglich psychologisch, an der Art ihres Reagierens erkannt, sondern neige dazu, an einen Zufall oder eine seltene Komplikation zu glauben, deren Aufhellung ihm schon noch gelingen werde. Und an der Ecke der Avenue de Clichy verließ er, auf einen Pauschal-Gruß sich beschränkend, die drei Beamten, welche, vor ihren Vorgesetzten zurückgekehrt, so Erstaunliches berichteten, daß dieser nicht umhin konnte, Stenglewskis Umsicht zu rühmen und ihn per Rohrpostkarte für den folgenden Nachmittag zu sich zu bestellen.

Stenglewski erschien bereits drei Stunden früher. Und zwar mit der Mitteilung, daß er dem Täter hart auf der Spur sei; er bitte um Sukkurs. Dieser wurde ihm sofort zugesagt, aber erst dann gewährt, als er berichtet hatte, daß er nach seiner Rückkehr die Concierge abermals verhört und herausbekommen habe, ein dicker junger Mann mit einer braunen Mütze wäre am Tage vor dem Einbruch von ihr gesehen worden, wie er nicht unverdächtig, vor dem Hause und einmal sogar vor der Loge sich zu schaffen gemacht habe; daß er, Stenglewski, den Zusammenhang daraufhin bereits vag konzipierend, sich den Leinwandkittel ausgebeten und, wie wenn er verloren worden wäre, in die Ecke neben der Haustür geworfen habe, jedoch so, daß jeder Vorübergehende ihn sehen konnte; auf diese Weise habe er, Stenglewski, nachdem er hinter einer Laterne sich auf die Lauer gelegt hatte, nach stundenlangem Warten beobachten können, wie ein junger Mann, auf den die Beschreibung der Concierge genau paßte, vor der Haustür stehengeblieben wäre und mit einem schnellen scheuen Griff den Leinwandkittel unter seinem Mantel versteckt hätte, schneller als er gekommen war mit ihm davoneilend; er sei ihm vorsichtig gefolgt und habe ihn in der Impasse Bilcoq im letzten Haus rechts verschwinden sehen. Der Kommissär lobte Stenglewskis Geschicklichkeit und Voraussicht und gab ihm zwei seiner besten Beamten mit. Als diese nach zwei Stunden zurückkehrten, konnten sie berichten, daß der Leinwandkittel in einem versteckten Winkel des Schnürbodens sich vorgefunden habe, der Täter selber leider nirgends zu entdecken gewesen und auch von niemandem gesehen worden sei; Stenglewski aber habe sie auf dem Rückweg in der Rue Ordener plötzlich wortlos verlassen und sei auf eine in der Richtung La Chapelle vorbeifahrende Tram gesprungen.

Von nun an erschien Stenglewski fast täglich im Kommissariat, meldete die neuesten Ergebnisse seiner Spürarbeit, holte sich Rat und löste immer neue Rätsel. Nachdem er herausbekommen hatte, daß der Täter den Leinwandkittel der Concierge weggenommen hatte, um sie verdächtig zu machen, es aber für vorsichtiger gehalten hatte, ihn gänzlich aus dem Weg zu räumen, nachdem er seine Schuldigkeit getan hatte, stellte Stenglewski fest, daß der Mann, den er in der vorbeifahrenden Tram erkannt hatte, der Bruder des Täters war und in der Rue Doudeauville wohnte. Er wußte die Bekanntschaft dieses Bruders zu machen, durch ihn die Geliebte des Täters kennenzulernen und durch sie dessen Gewohnheiten und schließlich ihn selber, den er geschickt umgarnte, indem er ihn veranlaßte, einen neuen Einbruch zu unternehmen. Während jedoch Stenglewski bei all diesen Recherchen und Lockspitzeleien die Mithilfe der Polizei mit der Begründung ablehnte, es ginge allein auch und mache ihm so weit mehr Vergnügen, bat er sich, als er zum letzten Schlag ausholen wollte, drei Beamte aus. Der Schlag ging fehl. Angeblich sollte der Täter dadurch, daß einer der Beamten zu früh vor der Schenke sich gezeigt hatte, mißtrauisch geworden und plötzlich spurlos verschwunden sein und mit ihm sein Bruder und seine Geliebte.

Stenglewski war über das Mißlingen seiner zeitraubenden Anstrengungen so niedergeschlagen, daß er den Kampf aufgab. Und da auch die Polizei nicht sonderlich darauf hielt, die Angelegenheit weiterzuverfolgen, inzwischen aber konstatiert hatte, daß Stenglewski bereits einmal ungerechtfertigterweise unter Aufsicht gestellt worden war, gedachte sie dieses in zwiefachem Betrachte bedauernswerte Opfer dadurch schadlos zu halten, daß sie ihm vorschlug, in ihre Reihen zu treten. Stenglewski tat es nach einer viertägigen Bedenkzeit. Nicht ohne zuvor Titin zu konsultieren, der über die einzelnen Stadien des gesamten Vorgehens Stenglewskis selbstverständlich bis ins kleinste orientiert worden war. War er es doch, der in vielerlei Verkleidungen den Flies, wenn es sich nicht hatte umgehen lassen, vorgeführt worden war und durch seinen Rat nicht wenig dazu beigetragen hatte, Stenglewski bis zu diesem Ziel zu bringen.

»Nun wären wir also so weit.« Stenglewski ergriff die eigene Hand und schüttelte sie.

Titin steckte das Ende seines Halstuchs sich in den Mund und biß es sorgenvoll. »Ob es aber auch wirklich ein Geschäft werden wird?«

»Sag das nicht.« Stenglewski knallte überzeugt mit zwei Fingern. »Es *wird* ein Geschäft werden. Wir ziehen, nach Schema Rue des Fleurs, mehrere schwere Sachen auf und treiben wochenlang eine Streife nach der andern dahinter her.«

Titin lehnte mit einem Bleistift ab. »Die Sporteln und Spesen sind, wie du ja bereits bemerkt hast, doch viel unbedeutender, als wir annahmen.«

Stenglewski sog mißmutig an seiner Nelke. »Wir müssen eben *ganz* schwere Sachen aufziehen.«

»Auch die Arbeit ist größer, als ich dachte.« Titin zog mit dem Bleistift einen beschwörenden Kreis auf das Tischchen. »Wir müssen den ganzen Truc umbauen.«

Stenglewski vergaß seine Nelke, so dékonzentriert war er.

Titin lächelte plötzlich überwältigend. »Wir führen die Sachen eben aus. Und sollte schon die erste uns edel machen, ziehen wir uns zurück.«

Stenglewski packte Titins obersten Rockknopf und sprühte los: »Das wäre ... das wäre ... Roulant wäre das! Wir brechen eine fette Kiste auf. Du gehst mit dem Gummi auf Sommerfrische und ich bearbeite unsern Verduft. Sollst sehen, wie miserabel ich hinter uns her bin! Wie großartig wir entkommen werden! Denn ich werde wieder heftige Beweise meines Scharfsinns und meiner Geschicklichkeit liefern und ...«

»... und eventuell einen falschen ans Messer.«

»Wozu?«

»Zeitgewinn! Und man fixt es so, daß sie ihn später doch wieder laufen lassen müssen.«

»Das *wird* ein Fez!« Stenglewskis Augen faszinierten sich selber.

Titin zog, eine sanft wuchtende Selbstzufriedenheit in den Zügen, die schmale Büchse mit Vaseline aus der Westentasche und hierauf eine kurze dicke Zigarre aus dem Rock.

Stenglewski ließ ein wallendes Grinsen über sein Gesicht hereinbrechen. »Wird sich bald ausgeschmiert haben.«

»Was denn.«

»Nina.«

»Warum?«

»Vaseline!«

»Was willst du ... Es ist zwar kein Vergnügen mehr, aber sie hat sich so an mich gewöhnt, daß ich ...«

»Das könnte ... Man müßte ...«

»Stenglewski, das werden faule Zeiten.«

»Für Ninas Portemonnaie, ohne Zweifel.«

»Auch. Aber hauptsächlich für die Polizei.«

Der Sturm auf die Villa

Schicketan war mit der immer noch banalen, aber zweifellos oft vernünftigen Absicht in Berlin geblieben, sich reich zu verheiraten. Er hatte sich allerdings nicht freiwillig dazu entschlossen, sondern teils einem wohlgemeinten Rat seines Freundes Fidikuk folgend, teils unter dem Einfluß einer gewissen Müdigkeit, die wiederum verursachte, daß er nicht mit der ihm eigenen Energie Ausschau hielt, vielmehr tagelang in Berlin umherbummelte, als würde die reiche Braut ihm von selber vor die Füße stolpern.

Da begab es sich, daß Schicketan eines Nachmittags, als er den Kurfürstendamm überquerte, einer eleganten hübschen Dame begegnete, deren Bekanntschaft er vor Jahren gemacht hatte. Er eilte auf sie zu, kam aber zu spät. Denn plötzlich war ein junger Mann neben sie getreten, der allem Anschein nach sie hier erwartet hatte.

Schicktetan ging schnell an dem Paar vorbei, da er die Situation für unbrauchbar hielt, legte aber Wert darauf, gesehen zu werden. Er erstaunte darüber, in dem jungen Mann einen äußerlich höchst unscheinbaren Spengler-Epigonen namens Hungel zu agnoszieren, den er persönlich kannte, und gleichwohl nicht gegrüßt zu werden. Der Zufall wollte es, daß Schicketan drei Tage später Hungel im Cafe Schilling an das Schienbein stieß. Man begrüßte einander lachend, tauschte kleine Erinnerungen aus und kam, nicht ohne Schicketans geschicktes Dirigieren, auch auf Frau Klipprich zu sprechen.

Als Schicketan sich von Hungel verabschiedete, war er über die gegenwärtigen Lebensumstände Frau Klipprichs im allgemeinen orientiert: sie war inzwischen von ihrem Gatten schuldfrei geschieden worden und in Zehlendorf-West Besitzerin einer schloßähnlichen Renaissance-Villa, die sie allein und infolge ihrer trüben Eheerfahrungen sehr zurückgezogen bewohnte. Da Schicketan sich erinnerte, daß Frau Klipprichs Vater ein sehr reicher Gummi-Fabrikant sein sollte, war sein Interesse so sehr gestiegen, daß er den taktischen Fehler beging, den Wunsch auszusprechen, Frau Klipprich wiederzusehen. Zu seinem Erstaunen war Hungel verlegen geworden und hatte, als hätte er es vergessen, rasch hingeworfen, Frau Klipprich habe ihn sogar gebeten, wenn er Schicketan begegnen sollte, ihm zu sagen, daß sie ihn gerne einmal bei sich sehen würde; und zum Überfluß hierauf dem Gespräch so unvermittelt eine andere Wendung gegeben, daß Schicketan nicht im Zweifel darüber war, was ihn dazu bestimmt hatte. Dies umsomehr, als Schicketan weder die Adresse Frau Klipprichs kannte noch die Zeit, zu der sie Besuche zu empfangen pflegte, weder die Fahrtverbindung noch die Telefon-Nummer, welche er auch nach wiederholtem Suchen nicht zu finden vermochte.

Schicketans Müdigkeit war wie fortgelächelt. Seine alte Energie kehrte wieder, wie stets, wenn lukrativen Zielen der Ehrgeiz sich verband, einen Gegner matt zu setzen. In wenigen Minuten wußte er die Wohnung Hungels und anderntags durch wohlüberlegte telefonische Anfragen mit mehrfach verstellter Stimme es zu erreichen, Hungels Wege für den folgenden Tag zu erfahren. Er lief ihm in der Tauentzienstraße in die Hände, zeigte sich über die Maßen erfreut über dieses schnelle Wiedersehen und war abermals sehr erstaunt, von Hungel zu hören, daß Frau Klipprich ihm aufgetragen habe, Schicketan für Sonntag zum Tee einzuladen und ihn zu diesem Zweck im Café Schilling zu suchen. Schicketan dankte, versprach zu kommen und lächelte nicht einmal darüber, daß Hungel auch jetzt noch sich darauf beschränkte, ihm mitzuteilen, die Fahrverbindung und der Weg zur Villa seien überaus kompliziert, er werde jedoch halb vor fünf im Café Schilling auf ihn warten und ihn persönlich hinausbegleiten.

Schicketan, davon überzeugt, daß Hungel zu diesem Rendezvous nicht erscheinen würde, machte sich Sonntag bereits um drei Uhr nachmittags auf den Weg zum Vorort-Bahnhof, der linker Hand hinter dem Potsdamer liegt. Da die Abgangszeit der Züge seit einer Woche mit dem Fahrplan divergierte, verlor Schicketan drei Viertelstunden, so daß es bereits ein Viertel nach vier war, als er Zehlendorf-West erreichte. Daselbst begab er sich unverzüglich zum Gemeinde-Amt, wo er nach langem Warten Frau Klipprichs Adresse erfuhr und auch den Weg gewiesen erhielt. Dieser stellte sich alsbald als wirklich kompliziert heraus.

Und als, nach fortwährendem Fragen, es Schicketan endlich gelungen war, die Villa zu finden, zeigte seine Uhr fünf Uhr fünfzehn.

Die alte Frau, die ihm öffnete, teilte ihm verwundert mit, Frau Klipprich befinde sich in Berlin, und wackelte noch schneller mit dem Kopf als sie hörte, daß es sich um eine persönliche Einladung handle. Sie ließ Schicketan nur ungern eintreten und konnte sich nicht entbrechen, grinsend zu äußern, es werde wohl sehr lange dauern.

Es dauerte auch wirklich lange. Und zwar bis sechs ein halb. Um welche Zeit Hungel erschien, der sich ausführlich darüber ärgerte, solch Pech gehabt zu haben: er habe während der letzten Tage Frau Klipprich wegen Zeitmangels nicht gesehen und ihr die Mitteilung von der Bestellung ihrer Einladung erst vor zwei Stunden telefonisch machen können, und zwar leider nur ihren Eltern, zu denen aber, wie er bestimmt wisse, Frau Klipprich heute sich begeben werde, so daß sie unter allen Umständen von seiner, Schicketans, Anwesenheit in ihrer Villa noch erführe, obwohl freilich doch nicht abzusehen sei, wann sie und ob überhaupt ...

Schicketan weidete sich an Hungels Eifer und Ungeschick und versicherte geruhsamster Miene, er habe Zeit und werde warten, möge es auch bis zehn Uhr nachts dauern; schließlich werde Frau Klipprich ja doch einmal heimkehren.

Hungel kämpfte, wenn auch nicht mit vollem Erfolg, seine Wut nieder und mußte es sich gefallen lassen, daß Schicketan ihn zu einem Gespräch zwang, das jener, um nicht zu zeigen, daß er ihn durchschaue, so heiter zu gestalten wußte, daß Hungel trotz seinem tristen Zustand einige Male lachen mußte.

Frau Klipprich kam halb vor zehn nach Hause. Hungel war ihr, sobald er den Wagen hatte vorfahren hören, auf die Treppe entgegengeeilt, von wo aus Schicketan aufgeregte und unwillige Stimmen vernahm. Nachdem er eine halbe Stunde allein geblieben war, kam Hungel mit der Nachricht, Frau Klipprich bitte um Entschuldigung, sie mache Toilette.

Endlich, nach einer weiteren halben Stunde, die unter feixenden Konversationsversuchen verronnen war, erschien Frau Klipprich in einer allerliebsten Abendrobe. Es war nicht zu verkennen, daß sie ihrer Toilette höchste Gewissenhaftigkeit hatte angedeihen lassen. Sie erschöpfte sich in Entschuldigungen; es müsse wie verhext gewesen sein, daß Hungel ... und sie könne es einfach nicht begreifen ...

Schicketan begriff umso besser. Und ließ, während man selbdritt vorzüglichen Tee trank und unzählige Sandwichs verschlang, keine Gelegenheit vorüber, seine liebenswürdigsten Seiten vorzuweisen und Hungel vorsichtig zu ironisieren. Dies bewirkte, daß Frau Klipprich bereits um elf Uhr ihrem Hungel allerlei Schmollendes verabreichte, ja sogar zu kleinen Verweisen sich verstieg. Was Hungel, ziemlich deutlich déséquilibriert, damit quittierte, daß er schon nach einer Stunde zum Aufbruch drängte.

Frau Klipprich wehrte sich heldenhaft. Hungel aber ließ nicht locker und da Schicketan seinen ersten Besuch nicht zu einem nächtlichen Tête-à-tête mißbrauchen, andererseits Frau Klipprich ihn auch nicht dazu auffordern durfte, blieb Hungel Sieger.

Nicht lange. Denn am übernächsten Tag rief Schicketan, der inzwischen mit den Geheimnissen der Gesellschafts-Anschlüsse sich vertraut gemacht hatte, telefonisch an und wurde für den folgenden Tag zum Tee gebeten.

Als er nurmehr wenige Schritte von der Gartentür der Villa entfernt war, tauchte miteins Hungel vor ihm auf, der ohne Zweifel irgendwo auf der Lauer gelegen war, um die Ankunft seines Gegners anzupassen. Obwohl Schicketan dieses Vorgehen nur damit sich zu erklären vermochte, daß Hungel ihn mit Frau Klipprich nicht allein lassen wollte, glaubte er an einem gewissen Plus von Heiterkeit zu erkennen, daß Hungel etwas plane. Glücklicherweise. Denn andernfalls hätte Schicketan vielleicht doch geglaubt, was Hungel ihm, als sie gemeinsam Frau Klipprichs Erscheinen erwarteten, wie nebenbei mitteilte: daß Frau Klipprich sich so lange nicht blicken lasse, weil sie indisponiert sei, unwohl ... ein Zustand, der bei ihr stets langwierig und sehr schmerzhaft sich äußere, so daß sie in jeder Hinsicht dringend der Schonung bedürfe.

Schicketan, der Hungels Manöver, ihn zu veranlassen, seinen Besuch abzukürzen und etwaige Angriffspläne vorderhand zu begraben, sofort durchschaute, tat, als Frau Klipprich, wiederum in einer entzückenden Robe, eintrat, als wäre er zerstreut, und beschränkte sich darauf, die banalste Konversation zu machen.

Hungel war überzeugt, ihn unschädlich gemacht zu haben. Er zögerte deshalb nicht länger, seine Scharte vom letzten Mal dadurch auszuwetzen, daß er sich plötzlich mit der Behauptung erhob, eine wichtige Verabredung zu haben und sehr zu bedauern, die beiden allein lassen zu müssen.

Als dies geschehen war, arrangierte Schicketan sich weitläufig in ein Fauteuil und holte, mit Hilfe einer Zigarette, eines seidenen Taschentuchs und eines kleinen Flacons, auch szenisch weit aus.

Frau Klipprich saß ihm gegenüber auf dem Sofa, die schönen Hände lieblich in den Schoß gebettet, und harrte mit harmonischer Wohlerzogenheit und geschmackvollen kleinen Koketterien dessen, was so außergewöhnliche Vorbereitungen mit Recht versprachen.

»Man muß den zurückgebliebenen Dampf eines Weggegangenen sich verziehen lassen.« Schicketan sah erst jetzt auf. »Wenn man nicht in getrübter Atmosphäre sich beeinträchtigt wissen will.«

Frau Klipprich drückte ihre schmalen rosigen Fingernägel noch schmaler, während sie mit hell läutender Stimme sich verwahrte: »Ich schätze Hungel sehr. Er ist ein absolut zuverlässiger Mensch.«

»Das ist vor allem bequem.« Schicketan steckte den Hals des Flacons sich in die Nase und schnupfte geräuschvoll an ihm. »Alle Eigenschaften, die man an anderen schätzt, müssen diesen Vorzug haben, wenn sie nicht entwertet werden wollen.«

Frau Klipprich, welche die Richtigkeit dieser Behauptung dumpf bezweifelte, widersprach unsicher: »Es gibt auch unbequeme Vorzüge.«

»Sie irren.« Schicketan trocknete sich mit dem Taschentuch die trockenen Mundwinkel. »Ein Vorzug, der anfängt, unbequem zu werden, ist nurmehr eine Eigenschaft, die man bestenfalls nachsichtig duldet.«

Frau Klipprich hielt es für einfacher, direkt zu antworten: »Sie mögen Hungel nicht.«

»Wie alle Leute, die überaus philosophisch parlieren, privatim aber, wenn ihre Interessen in Gefahr sind, nicht weniger schieben als alle anderen.«

»Und ich wiederhole Ihnen, Herr Schicketan, daß Sie Hungel eben nicht mögen, Ich habe wohl auch bemerkt, daß er ... Das ist verzeihlich.«

Das Zimmermädchen trat ein, um den Tisch abzuräumen.

Nachher war es schwierig, geschickt auf das vorhergegangene Gespräch zurückzukommen. Schicketan überlegte nicht lange, sondern zog es vor, es kurzerhand wiederaufzunehmen. »Was macht Hungel eigentlich? Wenn er bloß wie Spengler dichten würde, das ginge noch an. Aber ich fürchte, er hat eine – Lebensaufgabe.«

Frau Klipprich steifte sich ein wenig. »Gewiß.«

»Ach«, stöhnte Schicketan spöttisch und ließ seine Zigarette wie gelangweilt fallen. »Lebensaufgaben sind die primitivste Form der Hysterie.«

Frau Klipprich ärgerte sich, als hätte es ihr selber gegolten. »Hungel ist nicht hysterisch.«

»Da ich beobachtet habe, daß er nicht Ihr Geliebter ist, ja Sie nicht einmal nachhaltig beeinflußt hat, dürfte meine Auffassung die richtigere sein.«

Frau Klipprich erboste sich beinahe, weil sie dieses versteckte Lob sich bereits als Manko deutete.

»Ist man hysterisch, wenn man ein bißchen eifersüchtig is?«

»Das wohl nicht. Aber wenn man es sich zur Aufgabe gemacht hat, dort den Wächter zu spielen, wo man nie Besitzrechte hatte.«

In dieser Art, bald amüsant, bald médisant, sprach Schicketan noch lange Zeit, bis Frau Klipprich, immer mehr in Laune gebracht, ihn zum Abendessen zu bleiben bat. Beim Dessert spiralte das Gespräch nurmehr um sehr lockere Dinge, Frau Klipprichs Finger erregt um das Obstbesteck und Schicketans Gehirn sich vor den Sprung.

Er erhob sich plötzlich, nahm Frau Klipprich an der Hand, wies, als sie neugierig aufgestanden war, mit ausgestrecktem Arm auf den gestirnten Nachthimmel und führte sie so zu der auf dem Wege zum Fenster befindlichen Chaiselongue, auf die er sie blitzschnell niederwarf und sich auf sie ...

Der Sturm war unternommen. (Unblutig.)

Und bereits nach zehn Minuten verziehen. Denn Frau Klipprich hauchte hold: »Karl, wirst du ... werden Sie ...«

»Ja.«

»Hier bei mir?«

»Hier bei dir.«

»Immer?«

»Immer.«

»Aber Hungel?« Sie errötete lustig.

»Der hat doch seine Lebensaufgabe.«

»Und du ...« Ihre Augen sprühten lachend auf. »Du hast Druckknöpfe.«

»Bereit sein ist alles, süße Lissy.«

Nach etwa einer Stunde, die heißeste Lust und verrücktes Geplauder zugleich erfüllt hatten, vernahm Schicketans feines Ohr von der Straße her einen ihm nur zu bekannten Pfiff.

Weshalb Schicketan, nachdem er sich, mühselig genug, frei gemacht hatte, eine halbe Stunde später aus dem Garten trat, wo Fidikuk, bereits ungeduldig wartend, ihm überstürzt mitteilte, die Polizei habe nun doch Wind bekommen und die Heirat würde also an der unvermeidlich schlechten Auskunft scheitern.

Schicketan tobte. »Und deshalb mußtest du mich jetzt stören? Ausgerechnet jetzt?«

Fidikuk grinste gemein. »Nee, deswejen nich jerade. Aba ik rate dia, vaschwinde noch vor der Morjen jraut. Wat biste ooch janze Tache lang rumjeschweddert for nischt und wieda nischt? Mit so vill Marjarine uffm Koppe jeht nur een Varrickter in de Sonne.«

»Warum also?« Schicketan pfitschte wütend mit dem Stock. »Warum?«

»Et is wejen ...« Fidikuk zögerte teilnahmsvoll.

»Die Sache mit Amanda am Ende gar?«

Fidikuk nickte still.

»Verflucht und angespien! Und ich bin so müde!«

Der Sturm auf die Villa war wie gewonnen so zerronnen.

Bukarest – Budapest

Der Wiener D-Zug hatte seit etwa zwanzig Minuten Bukarest hinter sich, als Schingut den Toilettenraum verließ und seinen mit einer Reisemütze belegten, in einem Abteil zweiter Klasse befindlichen Mittelplatz einnahm. Hierauf zog er eine Zeitung aus der Tasche und tat, als lese er, um unbeobachtet die Mitreisenden mustern zu können. Links von ihm saß eine weißhaarige Dame, die unausgesetzt an einem gelben Stift roch; rechts von ihm ein halbwüchsiger Gymnasiast, der Kants ›Praktische Vernunft‹ mit persönlichen Randbemerkungen versah. Deshalb hielt Schinguts erfahrenes Auge nur den ihm gegenübersitzenden Herrn seiner Aufmerksamkeit für würdig. Dessen hellgrünen Waterproof, der glatt zusammengerollt im Netz lag, erkannte Schingut als echte Londoner Marke, Wäsche und Krawatte von allererster Qualität, desgleichen den dunkelgrauen Sakko, der schwerlich älter war als acht Tage. Nur das feiste Gesicht war für Schingut ein Rebus: es war kugelrund, ockerrot, glattrasiert und im höchsten Grade nichtssagend, welchen Effekt sonderlich die kleinen lichtlosen Augen bewirkten und die kurze Stupsnase. Selbst nach wieder und wieder unternommenen Musterungen mußte Schingut sich eingestehen, daß er weder die Nationalität noch den Beruf seines Gegenübers zu fixieren imstande war. Das war ihm seit Jahren nicht mehr widerfahren. Und da er allen Grund hatte, seine Reise mit größter Vorsicht auszuführen, nahm er sich augenblicks vor, sein beunruhigendes Vis-à-vis zu untersuchen. Als dessen Blick das nächste Mal dem seinen begegnete, sagte Schingut deshalb laut, wenn auch durchaus wie absichtslos: »Eine sehr gute Strecke! Wie ruhig der Wagen geht!«

»Ja. Sie haben recht.«

Schingut schwieg, die Zeitung neben sich legend, und blickte zum Fenster hinaus. Er rechnete auf den suggestiven Zwang, der von einem hingeworfenen Satz, dem nichts mehr weiter folgt, ausgeht.

Und er hatte richtig gerechnet. Der Herr wartete bloß auf Schinguts Blick, dem er, als er eintraf, zulächelte. »Sie fahren auch bis Budapest?«

Schingut, der einen leichten slawischen Akzent konstatiert hatte, nickte, obwohl sein Reiseziel Brünn war. »Gefällt es Ihnen?«

»O, sehr. Ein kleines Paris. Sie sind wohl von dort?«

»Nein. Ich war noch nie in Budapest.«

Der Herr wiegte erstaunt den Kopf. »Ich hätte gewettet, daß Sie in Budapest geboren sind.«

Schingut war, obwohl er es völlig zu verbergen wußte, fast verblüfft: er war tatsächlich aus Budapest gebürtig. »Weshalb?« fragte er leise.

»Ihr Deutsch hat jenen breiten und singenden Tonfall. Sehr schwach. Aber es ist doch zu merken.«

Schingut schmunzelte höflich. »Sie beobachten sehr scharf.« Innerlich aber grinste er: er war drei Monate alt gewesen, als seine Eltern ihn nach Mailand verkauft hatten, und hatte seither Ungarn nie wieder gesehen.

»Keine besondere Leistung. Man muß eben darauf achten. Und da ich selbst Budapester bin ... Barany ist mein Name.«

»Schingut.«

»Angenehm.« Barany verneigte sich abermals.

Schingut desgleichen. Da er aber bereits überzeugt war, daß sein Gegenüber ebenfalls log und auch in der Absicht, sich zu orientieren, legte er sich gewissermaßen auf die Lauer.

»Also Sie sind trotzdem nicht aus Budapest.« Barany lächelte wie einer, der sich herbeiläßt, mit einem Lügner noch weiter zu reden.

Schingut hißte eine gewisse verlegene Bedachtlosigkeit. »Habe ich denn behauptet, daß ich aus Budapest bin?«

»Aber gewiß nicht.« Barany blickte fröhlich auf die Deckenlampe. »Habe ich denn das behauptet?«

»Aber keineswegs.« Schingut zog eine kleine Feile aus der Westentasche. »Schließlich könnte man ja auch einen bestimmten Akzent haben, ohne ihn am Ursprungsort erworben zu haben.« Er feilte an seinen Nägeln.

»Ja natürlich.« Es war offensichtlich, daß Barany an diese Gelegenheit sich klammerte. »Man könnte ihn zum Beispiel in jahrelangem Umgang mit einer Person sich angeeignet haben.«

»Zweifellos.« Schingut nickte geradezu begeistert, feilte dabei aber so heftig, daß er sich blutig riß. »Teufel auch! ... Oder indem man wochenlang eine Rolle spielte.«

»Eine Rolle?« fragte Barany verwundert, als begriffe er nicht das geringste.

»Nun ja.« Schingut speichelte seinen verletzten Finger ein und umwickelte ihn äußerst behutsam mit seinem Taschentuch. »Zum Beispiel ... in einem Stück.«

»Ach so.« Barany war leicht enttäuscht, glitt aber schnell darüber hinweg. »Sie sind vielleicht Schauspieler?«

Schingut ärgerte sich nun fast schon. »Nicht mehr, als man so fürs Haus braucht.«

Barany, dem diese halbe Herausforderung nicht entging, lachte deshalb schallend auf. »Sehr gut! Wirklich sehr gut! ... Aber, ich bitte Sie. Das Leben ist eine Rauferei. Wer immer aufrichtig wäre, läge bald auf der Nase.«

»Wem sagen Sie das«, seufzte Schingut kordial und feilte wiederum an seinen Nägeln.

Beide sahen freundlich zum Fenster hinaus. Es war eine gewisse Harmonie hergestellt.

Der Gymnasiast, der selbstverständlich so getan hatte, als hörte er nicht zu, begab sich, empört über die Banalität des Vernommenen, fluchtartig in den Speisewagen.

Der alten Dame war es gelungen, einzuschlafen.

Als Schingut es bemerkte, wurde er plötzlich heiter: es hatte ihm ein gut Teil seines Elans geraubt, von Dritten gehört zu werden. Nun schickte er sich an, schärfer ins Zeug zu gehen. Er überfiel geradezu Barany mit seiner Stimme. »Sie sind Reisender, nicht wahr?«

Barany machte ein impertinentes Gesicht. Es konnte allerdings auch lediglich verstimmt sein.

Schingut hielt es für impertinent und deshalb Barany für sehr verdächtig. Er steckte die Feile ein und erklärte, liebenswürdig lächelnd:»Ihre Art, den Mantel zu rollen, ist nämlich typisch für die englischen Reisenden.«

Barany schmatzte ironisch. Aber es war trotzdem schwer, zu behaupten, daß es nicht nervös war.»Ich war nie in England und bin auch nur insoweit Reisender, als ich eben reise.«

Schingut verdroß es, daß sein Kniff mißlungen war: er hatte nicht daran gezweifelt, daß Barany ihm antworten würde: ›Nein, ich bin kein Reisender, sondern ...‹ Deshalb sagte er vorwurfsvoll:»Ich hätte gewettet, daß Sie Reisender sind. Aber Sie sind wohl bloß vorsichtig.«

»Oho!« Barany schien ernstlich beleidigt zu sein.

»Nun, ich meine«, lenkte Schingut händereibend ein,»Sie sagten doch selbst, wer immer aufrichtig wäre ...« Sein Taschentuch fiel zu Boden.

» *Das* schon. Aber damit habe ich doch nicht gesagt, daß man lügen müsse.« Barany ärgerte sich darüber, gleichsam hinterrücks des Widerspruchs geziehen zu werden.

Schingut hob sein Taschentuch auf.»Aber ich bitte Sie. Das habe ich doch gar nicht gesagt.« Er dachte, das Taschentuch auf dem Knie glättend, krampfhaft darüber nach, wie er das Gespräch umstellen könnte.»Übrigens kann man es vermeiden, die Wahrheit zu sagen, ohne zu lügen.«

»Allerdings.« Barany nahm sich eine Zigarre. Es machte den Eindruck, als hielte er das Gespräch für beendigt.

»Sehen Sie«, begann Schingut nach einigen ihm sehr peinlichen Sekunden,» *ich* bin sehr vorsichtig. Ich habe Ihnen zum Beispiel nur aus Vorsicht keine Zigarre angeboten.« Er wunderte sich hinterher, daß ihm nichts Besseres eingefallen war.

Barany wandte langsam den Kopf.»Ach so. Sie hätte ja auch vergiftet sein können.«

»Erraten!« Schingut gehabte sich entzückt, um sich selber zu verbergen, daß er eine Dummheit gemacht hatte.»Es war also sehr vorsichtig von mir, mich keinem Refus auszusetzen. Denn es kränkt ja doch stets ein wenig.«

»Das ist richtig.« Barany leckte liebevoll das Ende seiner langen Importe.

Schingut saß neuerdings auf dem Trockenen. Er ärgerte sich maßlos über sich selber, steckte hastig das Taschentuch ein und biß erregt an seinem Schnurrbart.

Er schien Barany nun zu erbarmen. Denn mit einem Mal schwenkte dieser jovial seine Zigarre. »Sehen Sie, *Sie* könnten Detektiv sein.«

»Ich?« Schingut wußte nicht, sollte er sich freuen oder verschanzen: war es ein Vorstoß oder vielleicht wirklich nur so hingesagt? Schließlich fragte er für alle Fälle harmlos: »Wieso?«

Barany zog mit großem Genuß an seiner Zigarre und die Brauen sich auf die Stirn. »Erinnern Sie sich daran, daß *Sie* es waren, der zuerst zu sprechen begann? Sie machten eine Bemerkung über das gute Fahren des Wagons und schwiegen dann. Wie aber, wenn Sie nur geschwiegen hätten, damit ich ein Gespräch beginne? Das ist doch ein alter beliebter Detektiv-Kniff.« Er wartete, verschmitzt mit den Lidern flatternd, auf die Wirkung.

Diese kam sehr langsam. Eigentlich gar nicht. Denn Schingut senkte die Augen, als langweile er sich, ja als würde er müde.

Barany spielte mit seiner Zigarre, ohne Schingut weiter zu beachten. »Und als Sie mich plötzlich fragten, ob ich Reisender sei, dachte ich mir, Sie könnten vielleicht fragen, damit ich Ihnen meinen Beruf nenne. Darin bestärkte mich auch Ihre spätere Bemerkung, daß die Art, wie ich meinen Mantel rolle, typisch für die englischen Reisenden sei. Ganz abgesehen davon, daß ich nicht glaube, Engländer sein zu müssen, um meinen Mantel geschickt zusammenzurollen.«

»Sehr scharfsinnig!« Schingut hielt es nun doch für schlauer, sein Verhalten zu ändern. »Aber ist es nicht wirklich lustig, daß ich genau dasselbe vermutete wie Sie? Als Sie nämlich behaupteten, ich spräche mit Budapester Akzent, war ich überzeugt, daß Sie auf diese Weise erfahren wollten, wo ich geboren bin. Denn ich weiß ja doch, daß ich den Budapester Akzent nicht habe. Und als Sie ...«

»Ganz interessant.« Barany lächelte bissig.

»Und als Sie kurz darauf sagten, daß man einen Akzent ja auch in jahrelangem Umgang mit einer Person sich aneignen könnte, zweifelte ich nicht daran, daß Sie auf diese Weise mich in die Enge treiben und zu einer Auskunft zwingen wollten. Und als ich dann meinte, man könne ja auch durch eine Rolle ... und als Sie fragten, ob ich Schauspieler wäre ...« Schinguts sich zusammenschiebende Stirn frohlockte allzu deutlich.

Barany rückte sich bequem auf seinem Platz zurecht. »Ganz interessant. Nur besteht ein auffälliger Unterschied zwischen unseren Auffassungen. Ich habe nämlich bloß scherzhaft geäußert, daß Sie Detektiv sein könnten, während Sie davon überzeugt sind, daß ich Detektiv bin.«

»Aber, aber ...« Schingut war nun absolut sicher, einen Detektiv vor sich zu haben, und beschloß, das Gespräch schnell und liebenswürdig zu beenden. »Und selbst wenn Sie es de facto wären. Was wäre schon dabei? Ich wäre trotzdem nicht weniger erfreut, Ihre Bekanntschaft gemacht zu haben.«

»Angenehm.« Barany verneigte sich. »Aber ich bin wirklich kein Detektiv.«

»Ich ebenfalls nicht.«

Barany verneigte sich abermals.

Schinguts Gesicht strahlte ein Glück aus, als hätte er den Schah von Persien kennengelernt. »Ich bitte Sie. Man unterhält sich. Eine Eisenbahnfahrt ist lang. Und es ist doch im Grunde so gleichgültig, woher man stammt und wer man ist. Die Hauptsache ist, daß man sich die Zeit vertreibt. Womit, das ist auch sehr egal. Hab ich nicht recht?«

»Aber gewiß.« Barany klopfte mit sichtlicher Genugtuung die Asche von seiner Zigarre.

Beide sahen freundlich zum Fenster hinaus. Es war neuerlich eine gewisse Harmonie hergestellt. Wenn auch diesmal ganz anderer Art ...

Bald darauf verließ Schingut das Abteil, blieb aber, für Barany sichtbar, etwa eine Viertelstunde vor einem Gangfenster stehen, bevor er verschwand.

Als der Zug in Szegedin hielt, eilte er auf den Perron, kaufte einige Zeitungen und bestieg den Speisewagen.

Sobald der Zug sich wieder in Bewegung gesetzt hatte, erschien der Gymnasiast im Gang vor dem Abteil; und zwar mit dem überlegen verglasten Blick desjenigen, der gerade etwas unerhört Wichtiges und Überragendes gelesen hat. Nachdem er sich überzeugt hatte, daß Schinguts Abwesenheit seinem Gehirn die Sicherheit vor Zumutungen verbürgte, warf er sich in seinen Eckplatz.

Die alte Dame schlief selig weiter ...

Erst als der Zug sich Budapest näherte, verließ Schingut den Speisewagen und betrat die Toilette. Hier wartete er, bis der Zug hielt. Doch auch dann wartete er noch fünf Minuten, um sicher zu sein, bei seiner Rückkehr ins Abteil Barany nicht mehr vorzufinden.

Das Abteil war leer. Schingut lugte vorsichtig auf den Perron hinaus. Und plötzlich wurde er kreidebleich: die weißhaarige Dame aus dem Abteil kam schnellen Schrittes zwischen zwei Männern auf den Wagen zu, in der einen Hand ein Taschentuch, das Schingut an den Blutflecken und dem dreifachen schwarzen Rand als das seine erkannte. (Es trug die Initialen L. F., seines jüngsten Opfers, und stellte eine schwere Indizie dar.) Und fast gleichzeitig erblickte Schingut, gerade gegenüber dem Fenster, an dem er stand, Barany, den zwei Kriminalbeamte gefesselt an den Handgelenken hielten.

Wenige Sekunden später war auch Schingut verhaftet.

Der berühmte Zedde

Er hatte zu kurze Beine und einen zu langen Oberkörper und war klein, von gelblicher Gesichtsfarbe und überhaupt häßlich. Das Häßlichste an ihm jedoch war seine Freundin, die ihn um mehr als Haupteslänge überragte, eine behaarte Warze am Kinn trug und darüber eine hexenhaft ausladende Nase. Sie hieß Magdalena, hielt sich für schön und Zedde für ein Genie.

Zu dieser Auffassung war sie langsam, aber zielbewußt von Zedde bewogen worden, der darin das angenehmste wie auch sicherste Mittel sah, sie zu veranlassen, ihren Monatslohn mit ihm zu teilen.

Nachdem Zedde, was nicht schwierig gewesen war, Magdalena zu Fall gebracht hatte, begann er immer deutlicher unter dem Leben zu leiden und über mysteriöse körperliche Beschwerden zu klagen, um sowohl das schärfste geistige Symptom des werdenden großen Mannes aufzuweisen als auch das diesem stets anhaftende Pathologische, das überdies den Vorteil hatte, Mitleid zu erregen. Als Magdalenas Aufmerksamkeit in dieser Hinsicht genügend eingesponnen war, ging Zedde zu dumpfen Reden über, welche, da Magdalena allmählich von ihnen bewegt wurde, zu nächtelangen verbissenen und konfusen Debatten führten, die Zedde vorsichtigerweise in jenem Augenblick, da Magdalena zu ermüden begann, mit einem sexuellen Überfall zu beenden pflegte. Bald schätzte Magdalena diese Debatten nurmehr um des sie unweigerlich abschließenden Überfalles willen, ja hielt sie halb unbewußt für überflüssige Hinausschiebungen jenes holden Endes. Zedde bemerkte diese Wendung und beeilte sich, zu handeln. Er zwang Magdalena, die es bisher aus Gründen der Wohlanständigkeit vermieden hatte, sein Zimmer zu betreten, es dennoch zu tun, indem er in der Nähe des Hauses, in dem er wohnte, einen Schwächeanfall simulierte. Magdalena schleppte ihn unter Tränen in sein Zimmer hinauf und hätte ihn beinahe fallen lassen, so sehr war sie von der grenzenlosen Unordnung, die daselbst herrschte, perplexiert. Alles lag kunterbunt durcheinander. Tisch, Stühle, Sofa, ja selbst der Fußboden waren dicht mit alten Büchern, Papieren, Briefen und Manuskripten bedeckt. Während Magdalena, den kranken Freund völlig vergessend, über die ausgestreuten Schätze sich hermachte, beobachtete

Zedde sie zwischen halb geöffneten Lidern hervor, höchst zufrieden mit sich und seiner so wohl arrangierten genialen Unordnung. Plötzlich stieß Magdalena einen kleinen Schrei aus:»Was, Otto, du dichtest?« Zedde, der nur auf dieses Stichwort gewartet hatte, fuhr stöhnend empor, ließ sich aber, als hätte er nicht die Kraft, ihr das Manuskript zu entreißen, verzweifelt wimmernd aufs Bett zurücksinken.

Von dieser denkwürdigen Stunde an begann Magdalena ihren Freund nicht nur mit den Augen der Liebe zu betrachten, sondern bereits mit denen einer Frau, die den ihr gebührenden Anteil an seiner Biographie sich sichern will. Und als Zedde kurz darauf zum ersten Mal seine finanzielle Bedrängnisse gequält vor ihr entrollte, lächelte sie bloß eine stilles Frauenlächeln und legte ihm ihr Portemonnaie in die Hände. Nach vierzehn Tagen, die sehr redselig und begeistert verliefen, bat sie ihn schüchtern, doch die Hälfte ihres Monatslohns annehmen zu wollen. Zedde wehrte sich eine Stunde lang gewissenhaft. Dann wurde er schwach und gab unmutig nach.

Nach zwei Monaten aber begann Magdalena, ohne es sich freilich einzugestehen, sich zu langweilen. Die dumpfen Reden Zeddes, seine seltsamen, regelmäßig wiederkehrenden Anfälle, seine expressionistischen Gedichte, die sie nicht verstand, und die malerische Unordnung, in der er lebte, hatten ihren Reiz eingebüßt. Auch war es immerhin verwunderlich, daß ein Genie wie Zedde nicht den geringsten äußeren Erfolg zu verzeichnen hatte. Und so kam es, daß Magdalena eines Abends, als Zedde gerade besonders dumpf daherredete, etwas Präziseres zu hören wünschte, Weltanschaulicheres. Und als Zedde daraufhin nur noch dumpfer orakelte, warf sie ihm einen Polster an den Kopf, so daß er seinen krummen Zwicker verlor, und rief ihm barsch zu, er solle zu ihr ins Bett kommen. Als nun aber gar die am nächsten Tag fällige Zahlung des halben Monatslohns in ziemlich unfroher Weise erfolgte, war es Zedde klar, daß er Gegenmaßnahmen treffen mußte.

Er traf sie in Gestalt eines jungen Russen, namens Pluchin, der gleichfalls über keinerlei Einkünfte verfügte, dafür jedoch über große Pfiffigkeit und eine ans Unwahrscheinliche grenzende Frechheit. Zedde, der ihn vor allem als pfiffig kannte, erzählte ihm im Café Odeon, verzweifelt wie er war, seinen schwierigen Fall, vorerst allerdings in der Einkleidung einer Novelle, die er zu schreiben gedenke, und bat, bezüglich eines packenden Schlusses, um sein literarisches Urteil. Pluchin, der Zeddes unklare Liebschaft kannte, ahnte, daß dieser Geschichte Lebendiges zugrunde liege, und bediente sich des nahezu nie versagenden Kniffs, es ihm auf den Kopf zuzusagen. Zedde gab es verärgert zu und bat um Rat. Angesichts der Möglichkeit, Zeddes Notlage auszubeuten, ließ Pluchin sich herbei, für die Angelegenheit sich zu interessieren, und versprach, nachdem er zehn Franken gepumpt hatte, eine wiederherstellende Lösung zu finden.

»Aber es ist unbedingt nötig«, säuselte Zedde unruhig, »daß Magda in ihrer Meinung über mich ... ich meine, was das Genie betrifft, sehr gekräftigt wird.«

Pluchin zog sich animiert die Hose zurecht. »Daß Sie ihr eine neue Weltanschauung servieren, ist ebenso unmöglich wie unnötig. Erstens ist alles schon dagewesen, und zweitens kann man auch andersrum das sexuelle Interesse für Sie neu beleben.«

Er glotzte auf ein Wasserglas und erst hierauf auf Zeddes glanzlose Äuglein.

Zedde kratzte sich den verschwitzten Kopf. »Andersrum?«

Pluchin glotzte auf einen Pfeiler. »Man müßte etwas Bewegtes bringen. Etwas Wucherndes.« Und mit einem Mal zuckte sein Kopf weit nach vorn. »Hollah, nichts einfacher als das! Ich werde Sie beobachten.«

»Sie ... beobachten ... mich ...?« Zeddes Oberkörper verschwand bis zu den Lippen hinter dem Tischrand.

»Spielerei. Neunzehnhundertfünf war ich in Moskau. Bei der Bombengruppe. Daß man bei dieser Beschäftigung seine Erfahrungen sammelt, wird Ihnen einleuchten.«

»Aber ... das ... wieso ...« Zeddes Äuglein schienen durch den Zwicker hüpfen zu wollen.

Pluchin lächelte unverschämt. »Spielerei. Unsereins hat Übung in Masken. Ich werde Sie persönlich beobachten. Und vor allem Sie darin unterweisen, auf welche Auffälligkeiten in Ihrer Umgebung Sie Magda hinzuweisen haben.«

Zedde begriff endlich. »Das ist originell.« Über seinem Näschen aber entstand gleichwohl eine düstere Grube, die von Sekunde zu Sekunde sich vertiefte. »Aber doch nicht das Gewünschte. Sie will Genie, Ruhm. Nicht bloß Gefährlichkeit. Das liegt ihr nicht.«

»Spielerei«, behauptete Pluchin kaltstirnig. »So machen wir eben Ruhm. Was ist Ruhm? Auch nur ein Kalkül. Also, es bleibt dabei.«

»Es bleibt dabei?« Zeddes Grube über dem Näschen zersprang.

Pluchin hustete despektierlich. »Selbstverständlich. Ich mache trotzdem dieselben Sachen, als würden Sie wie ein gefährlicher Verbrecher beobachtet. Sie weisen Magda auf mich hin und auf die Auffälligkeiten. Das alles sieht auch glatt aus wie Ruhm. Ich garantiere für diesen Effekt.«

»So erklären Sie es doch deutlicher!« Zedde errötete vor Besorgnis, es könnte ein Hereinfall sein.

Pluchin installierte sich introduktiv. »Wenn Sie mir schriftlich ein Viertel von Magdas Monatslohn für den Fall des Erfolges aussetzen.«

»Ein Viertel ist viel«, stotterte Zedde erbleichend.

»Zaudern Sie nicht!« Pluchin grölte frech. »Sie sind bei der Geburt Ihres jungen Ruhms dabei. Also schreiben Sie!«

»Ein Viertel ist sehr viel.« Zedde sah sich jedoch bereits von den langen Armen seiner Magda neuerdings innig umschlungen. So siegte schnöder Ruhm über gutes Geld. »Topp. Ich bin dabei. Aber so erklären Sie es doch nur genauer!«

Pluchin erklärte es. Sehr genau. So genau, daß Zedde schon an dem auf diese sonderbare Unterhaltung folgenden Abend seine Magda in das Kabarett Bonbonnière führte, woselbst er sie sogleich darauf aufmerksam machte, daß vor ihnen ein Herr säße, der allzu häufig in sein Handspiegelchen blicke. Magdalena mußte dies nach kurzer Zeit der Beobachtung zugeben und wunderte sich. Worauf Zedde betreten meinte, er müsse wohl annehmen, daß dies ihm gelte. Magdalena zuckte die Achseln und äußerte gänzlich nebenbei, das begreife sie nicht. Zedde erinnerte sie daran, mit welcher Dienstbeflissenheit der Boy in der Garderobe ihm beim Ablegen des Mantels behilflich gewesen wäre und mit welch ungewohntem

Schwung der Saaldiener die Tür vor ihm aufgerissen hätte. Magdalena, welche diese Beobachtungen zwar ebenfalls gemacht zu haben sich einbildete, ohne jedoch etwas Außergewöhnliches in jenen Dienstleistungen zu erblicken, zuckte abermals, diesmal schon unwillig, die Achseln und fragte gleichgültig, was das alles denn heißen solle. Zedde hielt es für verfehlt, jetzt schon darauf zu antworten, und verwies ablenkend auf die eben beginnende Vorstellung und auf die Pause. Als diese kam, stieß er plötzlich ein verblüfftes »O!« aus. Magdalena fuhr herum. Ihre Augen fragten zornig. Zedde wies mit dem Kopf in eine bestimmte Richtung. Magdalena folgte ihr und sah an der Wand einen Herrn stehen, der mit einem Fernglas Zedde auffällig fixierte und, als er daran sich Genüge getan, einen neben ihm stehenden Herrn auf Zedde aufmerksam machte. Als auch dieser Herr sein Fernglas hob, hielt es Magdalena nicht länger. Sie ergriff Zeddes Ärmel und flüsterte erregt: »Was soll das alles?« Zedde drehte sich etliche Sekunden hin und her, um ihr schließlich gequält mitzuteilen, daß man ihn hier wohl allgemein zu kennen scheine.

»Was? Man kennt dich?« Magdalena zerrte, während ihre Stimme zwischen Zweifel und Hoffnung bebte, aufgeregt an seinem Ärmel.

»Ja«, sagte Zedde ernst.

Magdalena dachte zwei Minuten schweigend nach. Dann schien sie sich zu entsinnen. »Otto, bist du wirklich schon so berühmt?«

Zedde senkte die Lider und vermied es feinfühlig, zu antworten.

Magdalena verhielt sich während des folgenden Teils der Vorstellung äußerst reserviert. Zeddes vorsichtig kontrollierenden Blicken aber entging es nicht, daß sie mit einer Genugtuung rang, die immer wieder der Regung sich näherte, seine Hand zu ergreifen.

Als nun aber gar beim Verlassen des Kabaretts eine vor dem Portal wartende Dame Zeddes wegen einen Herrn anstieß und wenige Sekunden später hinter Magdalena die Worte fielen: »Das ist er ja doch!«, da riß Magdalena Zeddes Arm an sich, schleifte ihn fast über das Trottoir und beförderte ihn in eine Droschke, in der sie, kaum daß der Kutscher losgefahren war, ihren berühmten Geliebten mit Liebesbeteuerungen überhäufte und schließlich sogar, ungeachtet der grellen Straßenbeleuchtung, leidenschaftlich abküßte.

Diese Nacht wünschte Magdalena nichts Weltanschauliches zu hören, sondern begnügte sich mit den festlichen Hingerissenheiten ihres Zeddes und ihrerseits mit ausgefallenen Innigkeiten. Und am folgenden Morgen erfolgte, in beinahe beschämend verlegener Weise, die Zahlung des seit vierzehn Tagen fälligen halben Monatslohnes.

Die versprochene Hälfte dieser Hälfte seinem Helfer Pluchin zu geben, dazu vermochte Zedde, dem der Erfolg, wie stets, nicht so viel wert zu sein schien, leider sich nicht zu entschließen. Leider. Denn Pluchin, welcher, einmal in Bewegung, Geschmack an seinem neuen Metier gefunden hatte, war am Abend zuvor Zedde und seiner Magda, allerdings mehr neugierig als mißtrauisch, gefolgt, hatte an deren Tür in der Spiegelgasse etwa eine Stunde lang gehorcht und war darum, als Zedde im Café Odeon behauptete, die Sache mache sich zwar wieder, sei aber durchaus noch nicht in der gewünschten Ordnung, so wütend, daß er darauf verzichtete, Zedde eine herunterzuhauen, sondern beschloß, fürchterliche Rache zu nehmen. Er tat, als ginge er in die Telefonzelle. In Wirklichkeit aber trat er auf die Straße und resolut auf einen Polizisten zu, dem er in sich überstürzenden Worten mitteilte, im Café Odeon sitze der langgesuchte Anarchist und Schwerverbrecher Jusmalin.

Der Polizist, ohnehin ein Exoten-Fresser, fiel auf Pluchins vorzügliches Theater hinein, stürzte ins Café und schleppte Zedde, der, halb besinnungslos, kaum zu gehen vermochte, zum Kommissariat auf der Schipfe.

Pluchin hatte zwar dem Polizisten versprochen, er werde sofort nachkommen, eilte aber schnurstracks in die Spiegelgasse. Er hatte die Chance, Magdalena in tiefstem Negligée und singend vorzufinden.

Magdalena erzitterte beim Anblick Pluchins, den sie nicht kannte, und als er mit fast versagender Stimme hervorstammelte, daß ihr Freund ... er habe sie öfter mit ihm gesehen ... Zürich sei ja nicht so groß ... und soeben im Café Odeon ... wie man ihn ... verhaftet ... da röchelte sie: »Verhaftet ...« und sank, sich völlig abhanden gekommen, auf das Kanapee.

Pluchin, der bei dieser Gelegenheit die Abwesenheit sämtlicher weiblicher Reize hatte konstatieren müssen, schluckte etwas nieder.

Dann versicherte er wie außer sich: »Er ist sicherlich unschuldig. Beruhigen Sie sich. Man wird ihn wieder freilassen.« Er bemühte sich um sie, wobei er die unerfreulichsten Gegenden mied und nur dort massierte, wo es nicht allzu hoffnungslos war, Angenehmes zu empfinden.

Magdalena fand sich erst wieder, als diese Betätigungen nachließen. »Ich danke Ihnen, daß Sie gekommen sind. Daß Sie es mir erspart haben, es unvorbereitet zu erfahren.« Sie entwand sich keusch seinen Händen.

Pluchin, als hätte er ihre Ohnmacht keinen Augenblick bezweifelt, lächelt teilnahmsvoll, doch auch ein wenig ratlos: er wußte nicht, wie er nun seiner wahren Absicht zuschwenken könnte.

Magdalena erhob sich geschmeichelt und lehnte sich an einen Stuhl, betörend an ihrer Warze zupfend. »Zedde ist ja ein bißchen pathologisch. Er schwatzt dann immer so konfuses Zeug. Es könnte wohl sein, daß er irgendein unüberlegtes Wort ...«

Pluchin, perfid grinsend über diese so rasch erschienene Gelegenheit, tat einen Schritt nach vorn. »Vermutlich. Denn man sagte mir, daß die Polizei ihn bereits seit Wochen beobachtet.«

Magdalena reckte sich unnatürlich. »Ja, ich habe ... ja, ich war ... ja, ich hätte ...« Bei jedem »Ja« zog sie am Tischtuch und weinte mit den Lippen. Mit einem Mal aber stieß sie einen langgezogenen Ruf aus, der schauerlich durch die immer noch offen stehende Tür das dunkle Treppenhaus entlanglief. Dann brach sie auf dem Stuhl nieder. »Also das war es! Das also! O, dieser gemeine Komödiant!«

»Meinen Sie seine geniale Unordnung? An die habe ich nie geglaubt. Ebensowenig wie an seine mysteriösen Anfälle.«

Magdalena tobte mit den Armen. »Auch das noch! Auch das noch! Aber das Gemeinste war das gestern in der Bonbonnière!«

»Nun, wie wars?« fragte Pluchin lauernd.

Magdalena faßte sich erstaunlich schnell. »Nicht sehr berühmt.«

Pluchin, seiner Rache nunmehr gewiß, verließ unverzüglich Magdalena, welche an dieser unzweideutigen Haltung erkannte, daß sie wohl daran getan hatte, ihre ärgste Schmach nicht preiszugeben.

Die Bande Kaff

Gegen sechs Uhr morgens stand die Sonne stets in einem langen Streifen an der rechten Wand jenes Zimmers, das Kaff fünf Minuten, nachdem es frei geworden war, vom Portier mit der Begründung sich erbat, er habe es bereits dreimal bewohnt und schätze es wegen seiner ruhigen Lage. Er schätzte es nicht deswegen, sondern wegen des langen Streifens Sonne, dessen Verwertung ein sterbender Kumpan aus Dankbarkeit ihm vermacht hatte.

Am folgenden Morgen, als gegen sechs Uhr seine Taschen-Weckuhr schnurrte, sprang Kaff aus dem Bett, ergriff den großen länglichen Handspiegel, den er am Abend vorher in Spiegelschrift mit Buchstaben bemalt hatte, hielt ihn in den Sonnenstreifen und dirigierte den Widerschein vorsichtig durch das offene Fenster auf die Decke des gegenüber, eine Etage höher, befindlichen Zimmers, woselbst Anny, die gleichfalls sich hatte wecken lassen, in nur wenig verschwommenen Buchstaben den Satz las: »Delaro arbeitet schon, sei um elf Café Dauphin.«

Anny sah verabredetermaßen nach dem Wetter und hüpfte hierauf ins Bett zurück, neugierig nach der Decke blickend, auf der nach wenigen Minuten die Worte erschienen: »Sei pünktlich!«

Anny war es. Und da sie Delaro schon von der Straße aus hatte sitzen sehen, betrat sie so das Café, daß sie ihm den Rücken zuwandte und ihn erst zu erblicken schien, als sie ihm bereits am Nebentisch gegenübersaß. Delaro rauchte vergnügt, während das eine Auge für alle Fälle über den Rand der Zeitung hinausging.

Anny, dies unter dem breiten Hutrand hervor beobachtend, hielt es daraufhin für vorteilhaft, Delaros Aufmerksamkeit dadurch zu erregen, daß sie ein leeres Cachet aus ihrem Handtäschchen nahm und mit übertriebenen Vorkehrungen, dabei nicht gesehen zu werden, schluckte.

Delaro sah es. Da der Fall, dessentwegen er von Southampton nach London gekommen war (die Aufspürung des Falschmünzers Kaff und seiner Bande), ihm für den Augenblick nichts zu tun gab, zögerte er nicht, die Dame näher zu besichtigen. Nachdem er, vorbedachterweise allerlei Zeitungen suchend, mehrmals an Annys

Tisch vorübergewechselt war, ließ er wie versehentlich ein Journal neben ihr zu Boden fallen und entschuldigte sich unaufhörlich.

Anny, sehr ergötzt, daß es ihr gelungen war, summte die ersten Takte des New-Yorker Chansons »I can't love ...« und lächelte dämonisch.

Delaro setzte sich deshalb, als geschähe es vor Verwirrung, ihr gegenüber an den Tisch. »Sie kommen aus New-York?«

Anny sah traurig über ihn hinweg. »Geben Sie mir zwei Zigaretten!«

»Zwei ...?«

Anny blickte, noch trauriger, auf den Tisch.

Delaro hielt ihr sein Etui hin.

Nachdem Anny sich bedient hatte, erläuterte sie: »Eine für die Schnauze, die andere für meinen Kerl.«

Delaro behielt seine seriöse Miene bei. »Sie nehmen Morphium?«

»Wer zuerst schweigt, schweigt am besten.«

»Sie scheinen nicht zu viel zu tun zu haben.«

»Tätigkeit ist aller Laster Anfang.«

Delaro, kaum lächelnd, entzündete sich eine Zigarette.

Anny hüstelte. »Ich bin sicher, daß Sie mich für so verausgabt halten, ich könnte glauben, Sie wären mit der Anlage geboren, die Zigarette so zwischen den Lippen zu drehen, wie Sie es tun.«

Delaro ärgerte sich nun doch und vergriff sich deshalb. »Ich gehe nur mit Weibern, die mir gut stehen.«

»Also ein Einsamer.«

Delaro mußte lachen. »Heben wir doch unsere Raketen für den Ernstfall auf. Unter uns wäre es angezeigter, offener zu sein.«

»Unter uns?« Anny holte abermals ein Cachet hervor. »Lügen wir also deutlicher.«

»Unverbesserlich!«

»Beeilen Sie sich! Die Situation geht zu Ende.«

Delaro, schnell auf seine Armbanduhr blickend, schlug ihr vor, mit ihm in den Regents Park zu fahren und dann bei ›Frascati‹ in der Oxford Street zu lunchen.

»Ist das das Lokal mit der roten Ziegelfassade?«

Delaro nickte und erhob sich ...

Als sie die Drehtür des Cafés passierten, streifte Anny die Wade des knapp vor ihr eintretenden Kaff, der die Mütze schief in die Stirn gedrückt trug und um den linken Arm einen falschen Verband.

Sobald sie mit Delaro in einem weich dahinrollenden Cab saß, äußerte sie deshalb, es vorzuziehen, in ›Oddeninos Imperial‹ zu lunchen; das sei zudem näher dem Regents Park.

Nach zwei Stunden, während welcher Delaro endgültig sich davon überzeugt hatte, eine geistreichelnde, aber harmlose Amerikanerin vor sich zu haben, die aus unglücklicher Liebe ein Opfer jener schrecklichen Drogue geworden war, saßen sie in ›Oddeninos Imperial‹ einander gegenüber.

Zwei Tische hinter ihnen saß Kaff, mit falschem Schnurrbart, einem Toupet und in einem eleganten Cutaway.

Ein Viertelstunde nach dem Dessert verabschiedete sich Delaro, dem Kaff unauffällig auf die Straße folgte, wo er sah, wie Delaro dicht neben einer Gruppe von zwei Männern und drei Frauen, die durchwegs schwarz gekleidet waren, stehenblieb, als müsse er sich orientieren, in Wirklichkeit aber, um aus dem Gespräch der fünf Geheimagenten den erwarteten Bericht entgegenzunehmen.

Kaff kehrte in das Lokal zurück, um seinen angeblich vergessenen Spazierstock zu suchen: das Zeichen für Anny, daß er in sein Hotel sich begebe. Dort erschien nach einer halben Stunde ein Kommissionär, der ihm einen Brief übergab, in welchem ein Stück Zeitungspapier sich befand: das Zeichen für Kaff, daß es noch nicht so weit sei ...

Am nächsten Morgen gegen sechs Uhr hielt Kaff den großen Handspiegel in den Sonnenstreifen.

Anny in ihrem Zimmer las: »Delaro arbeitet Hochdruck, Eile tut not.« Sofort lief sie zum Fenster und sah nach dem Wetter; diesmal aber mit der Variation, die rechte Hand über die Augen zu halten: das Zeichen für Kaff, daß sie es für diesen Abend versuchen werde.

Eine Stunde später telefonierte sie dem Portier des Hotel Atlantic, er möge sie mit Mister Delaro verbinden.

»Ah, Sie ... Anny?« Delaros Stimme war nicht nur morgendlich frisch, sondern auch die eines Mannes, der soeben ein vorzügliches Geschäft gemacht hat. »So früh schon auf? Nun, wie gehts?«

»Haben Sie wirklich erst übermorgen Zeit für mich?« zwitscherte Anny gekränkt in den Apparat.

»Liebe, ich sagte Ihnen doch, daß ich ...«

»Sie essen zu wenig. Deshalb haben Sie keine Gefühle.«

»Vielleicht haben Sie recht Aber ich habe eine ganze Reihe sehr wichtiger Sachen zu erledigen, die kei ...«

»Gestern sagten Sie, es wäre nur eine.«

Delaro, der es nicht gesagt hatte, ließ sich, unsicher geworden, Lügen strafen. »Sie passen ja gefährlich auf.«

»Habe ich eine Schmutzkonkurrentin?«

»Für einen so billigen Herrn halten Sie mich?«

»Nein. Aber die Londoner Damen nicht für sehr teuer.«

»Sie haben eine wunderbare Schnauze.«

»Und, ich schwöre es Ihnen, keinen Kerl.«

»Daran habe ich niemals geglaubt.«

»Ich wußte es. Halten Sie die Bewegung der Erde um die Sonne für inkorrekt?«

»– ? –«

»Nun?«

»Ich warte auf die Pointe.«

»Sie irren. Ich wollte damit nur sagen, daß Sie diese Bewegung, zu der Sie im Großen und Ganzen gezwungen sind, auch im Kleinen und Halben mitmachen sollten, sofern Sie nicht ...«

»Dieser Verdacht, Sie seltenes Nachtgestirn, kann mich nicht treffen, denn ... Eine Sekunde, bitte ...«

Anny nahm augenblicks den zweiten Hörer, setzte sich geräuschlos, hörte auf zu atmen und lauschte angestrengt. Nach einigen Sekunden näherten sich undeutliche Stimmen Delaros Apparat. Aber erst nach etwa drei Minuten vermochte Anny folgende Satzfetzen aufzufangen: »... war es nicht im Chronicle, Pitts ... Man muß, wenn es klappen soll, in der Fenchurch Street ... Im Osten. Dann aber hat es keinen Zweck, die Leute, die doch ... von South Kensington bis ...« Neuerliches Stimmengewirr. Dann: »... vielleicht auch zwecklos, Pitts ... Ich bin dafür, es doch so zu machen, daß wir sofort ...« Die Stimmen entfernten sich.

»Anny?« rief Delaro endlich ungeduldig. »Anny, halloh!«

Anny machte ein Geräusch, als ergriffe sie erst jetzt wieder den Hörer. »Halloh, Delaro? Halloh! Ah, Sie vermuten wohl, daß ich so wenig Zeit habe wie Sie.«

»Wieso.«

»Nur Leute, die keine Zeit haben, warten lange.«

»Ebenso wahr wie rar. Doch ich kann Sie entschädigen. Ich habe heute Zeit für Sie.«

»Meinen Glückwunsch!«

»Unverschämt!«

»Such is life!«

»Aber entzückend.«

»Also heute abend. Um acht.«

»Bei Frascati, wie vereinbart.«

»Good bye.« Anny hängte den Hörer ein ...

Kaff befand sich noch in seinem Zimmer, als er ans Telefon gerufen wurde, wo ihm der Kassier eines Cinéma-Theaters mitteilte, Mrs. Plinghton sei leider immer noch krank und lasse ihn herzlich grüßen. Kaff wußte nun, daß Anny es erreicht hatte.

Nur für diesen Fall hatten sie eine direkte Verbindung vorgesehen, die an Vorsicht und Durchtriebenheit nichts zu wünschen übrig ließ: Kaff rief vom Wartezimmer eines Zahnarztes in der Parlament Street aus um drei Uhr nachmittags, auf die Sekunde genau, die Wohnung eines Zahnarztes auf dem Haymarket an und bat darum, Miß Flower, die im Wartezimmer sei, an den Apparat zu rufen.

»Miß Flower selbst?«

»Ja. Mister Pringgs?«

»Ja, selbst. Was hat man Ihnen mitgeteilt?«

»Daß der Laden in der Fenchurch Street schon vermietet ist. Man muß sofort einen andern suchen.«

»So. Das ist unangenehm. Auf jeden Fall aber ist es besser, wenn Sie heute abend zwei Stunden warten, damit ich mich melden kann.«

»All right.«

Kaff verließ das Wartezimmer unter dem Vorwand, einen wichtigen Gang erledigen zu müssen.

Anny tat desgleichen ...

Als sie abends in großer Toilette bei ›Frascati‹ erschien, erwartete Delaro sie bereits im Vestibül, war aufgeräumter noch als am Morgen und hatte diesmal so vorzüglichen Appetit, daß es Anny nicht immer schwerfiel, das Diner bis gegen zehn Uhr hinauszuziehen. Zu dieser Zeit wurde Delaro ans Telefon gerufen, wo man ihn mit verstellter Stimme bestürmte, sofort nach Fenchurch Street zu fahren; Kaff sei, als Arbeiter verkleidet, dort aufgetaucht, in der Wohnung sei Licht, man höre Tumult etc.

Delaro hatte die unbekannte Stimme zwar Verdacht erregt, der Umstand aber, daß sie ihn ›Pitts‹ genannt hatte, ließ ihn annehmen, daß die Aufregung Powells Stimme (denn nur diese konnte es sein) verändert haben mochte.

Delaro bat um Entschuldigungen, Annys Hand ergreifend; er würde in einer halben Stunde zurück sein.

Anny aber bestand darauf, mitfahren zu dürfen.

Unterwegs wurde Delaro, eben als er mit beiden Händen Annys Kopf nahm, um sie zu küssen, blitzschnell von ihr gefesselt. Ihn zu knebeln unterließ sie, um ihn, freilich mit vorgehaltenem Browning ausfragen zu können: »In welcher Angelegenheit sind Sie in London?«

Delaro, der seine Lage nicht unterschätzte, hielt es für das Vorsichtigste, falsch die Wahrheit zu sagen: »Um Casallo zu finden.«

»Kaffs Komplizen?« Anny kicherte höhnisch.

»Warum nicht lieber ihn selber?«

Delaros Brauen zuckten zornig. »Wer hat mir telefoniert?«

Anny wackelte mit dem Browning, ihn kurz gegen den Chauffeur richtend. »Der!«

»Wer!«

»Der am Volant – Kaff.«

»Ah!« Delaro machte sichtlich eine furchtbare Anstrengung, um seine Ruhe zu bewahren. »Ich weiß, daß ich Ihnen ausgeliefert bin. Geist wie dem Ihren bin ich unter Verbrechern noch nie begegnet. Das entschuldigt meinen Hereinfall ein wenig. Ich verspreche Ihnen, die ganze Falschmünzer-Affäre durch ein Machtwort niederzuschlagen, wenn Ihre Bande Europa verläßt.«

»Er stellt Bedingungen!« Anny stieß mitleidig den Atem aus. »Er verspricht! Sie scheinen vor Angst zu vertrotteln.« Sie hielt die Waffe näher an seine Stirn, da sie den unklaren Eindruck gehabt hatte, als hätte er versucht, sich zu bewegen.

»In meinem Portefeuille in der linken Brusttasche befinden sich siebenhundert Pfund.« Delaro dachte so rasend nach, daß er erbleichte. »Außerdem unterschreibe ich für das Zehnfache.«.

»Er deliriert«, sagte Anny trocken. »Halten Sie mich wirklich für so dumm? Dann würde ich mich allerdings nicht mehr darüber wundern, daß Sie mich nicht überwachen ließen.«

»Selbst wenn es geschehen wäre, hätte es wohl nichts verhindert. Wenn Menschen Ihres Kopfs Verbrecher werden, entwickeln sie eine tolle Phantasie und arbeiten viele Jahre hindurch gänzlich ungestört. Bis einmal ein Zufall, der immer kommt, ein wichtiges Detail lüftet und dadurch bald auch das ganze System.« Delaro hoffte, halb bereits sich aufgebend, ihr doch noch zu schmeicheln.

Anny jubilierte innerlich, diesen Gegner vor dem Schuß zu haben. »Schlucken Sie das!« Sie hielt ihm ein Cachet hin, das eine Dosis Morphium enthielt, die genügt hätte, ein Pferd zu töten.

Im selben Augenblick hob Delaro die Fäuste, um ihr die Stahlfassung der Handschellen auf den Kopf zu schlagen.

Anny schoß. Und sah sofort, daß es nur ein harter Streifschuß war, der den Schläfenknochen weggerissen hatte. Das Hirn lag in der Breite eines Fingers bloß. Der Schmerz mußte ungeheuerlich sein. »Schlucken Sie das!« befahl sie herrisch, wütend darüber, daneben geschossen zu haben.

Delaro, vor Schmerz fast ohnmächtig, aber doch noch so weit bei Bewußtsein, um zu wissen, daß er verloren sei, öffnete die Lippen und verschluckte das Gift.

Drei Sekunden später schoß Anny noch einmal. Die Kugel drang neben der Nase schief nach oben ins Gehirn. Delaro war sofort tot ...

Der Mord hatte sich im dichtesten Straßengewühl ereignet, so daß die Detonationen selbst von Kaff nicht gehört worden waren.

Nachdem Anny durch das Hörrohr mit Kaff sich verständigt hatte, hielt das Auto bald darauf vor einem kleinen Restaurant, das Anny nur betrat, um es nach wenigen Minuten wieder zu verlassen.

Kaff, der weitergefahren war, hielt vor einer kleinen Bar, stieg aus, trank einen Likör, trat auf die Straße, dann in einen Laden und ließ schließlich das Auto im Stich.

Am nächsten Morgen erwachte er, durch die Weckuhr bereits daran gewöhnt, von selber gegen sechs Uhr. Aber der Sonnenstreifen fehlte. Der Himmel war bleigrau. Kaff sah aus dem Fenster.

Gegenüber, eine Etage höher, lehnte Anny am Fenster und lachte, als sie ihn erblickte. »How do you do, Mister Pringgs?«

»Thank you, very well, Miß Flower.«

Sprotte schmust

»Wat meenste, wie ik dazujekomm bin.« Sprotte nahm die kurze Pfeife aus dem furchigen Gesicht und zwirbelte seinen struppigen Schnurrbart. »Eejentlich uff ne sehr romantische Weise. Denkst dia woll, denn is et sichalich ne Schwei – ei –«

Er pumpte einige Male an seiner Pfeife. »– ei – nerei. Denn biste een bejahter Junge. Sis imma ne Schweinerei. Also ik wa in Italien in irjend so nem jräulichen Nest mit der jewöhnlichn dollen Kirche. Wie ik nach Italien jekomm bin, ausgerechnet? Mechste woll wissen. Na scheen, ik habe mia jefracht: wie kannste Jlick ham, Sprotte? Und ik habe mia jesacht: Mensch, jeh man feste los und paß uff die Jelejenheiten! Na, so wars ja nich jerade jekomm, Jlick ist wat andres, aba ... Na also, der Küsta hatte mia rausjeschmissn, weil ik Brot wollte und keen Stick Stein. Na, wat sehn meene Ojen, hungerkollrich wie se schon uff de Kirchentier jlotzen? Een Relief sehn se mit Noahn, wie er jrade die ältste Tochta bejattet, wobei die jingere, schon an die Reihe jewesen, dichte bei liejt. Und ik saje dia, elf Jahre wa ik, da hab ik schon in nem alten Schmöker Säulen jefunden mit schweinische Vazierung, jestrotzt ham sie nur man so. Trotzdem hat det noch keen besondern Eindruck uff mir jemacht. Aba Noah ... nee ... Wart, Hundejast, ik zieh lieba 'n Laden zu un lech 'n Riejel vor. Besser ist besser.«

Hundegast hob mühsam den einbandagierten Kopf, aus dem nur ein Auge blickte, und reckte sich unter Stöhnen auf dem feuchten Stroh zurecht.

Sprotte schlurfte zurück, einen mitleidigen Blick auf Hundegast lenkend und einen trübseligen auf seine ausgegangene Pfeife. Dann warf er sich auf das Stroh nieder neben Hundegast, legte die Pfeife weg und seine Hände zwischen die prallen Schenkel, um sie dieserart zu wärmen. »Wat soll ich dia sajen, Hundejast, meene Kaischheit bin ik natierlich schon vill frieher valustisch jegang. Det wa damals mit sechzehn bei meene Tante, die wo frieher mit ner Brille uffn Strich jing, ne hohe Fuchzijerin un noch ne sehr üppje Dame, als ik ihr 'n Schlafpulver jab von wejen meener jewaltigen Neujierde nach die Beschaffenheet von ihre kolossalen Beene. Bei diesa Jelejenheet habe ik iebrijens entdeckt, det ik zu Höherm jeborn bin. Et fehlte man bloß det klare Sehn, jewissermaßn der jroße Schwamm, wo nachher allens janz anders aussieht. Und nu Noah ... Bejreifste? Ik weeß, dette bejreifst, Hundejast. Also ik jlotze uff besachtes Belief. Natierlich bin ik zu potent und mit die Schamlosichkeet sozusajen von sonem Kunstwerk kann ik nich mit. Ik wa bloß schwea erjötzt von wejen ausjerechnet an die Kirche mit ran und von wejen Noahs Jründlichkeet und so ne Chuzpe von nem Familienvater und so ... Ik schmuse. Total, der Mann hat mia imponiert. Ik bin eben n duftes Jehirne und sone Sachn machn aus mia keen Idioten, wat sich einredet, mit Noah is keen Staat zu machn. Nee, ik sehe da klar. Ik sah man janz klar. Und habe sofort heftich darunta jelittn, det ik meene Schwester Rieke ausjelassen habe, wo det Meechen doch, wenn se mia bloß ansichtich wurde, wahhaftich nich mit ihre Reize jeizte. Vorbei is vorbei. Jejenwärtich is Rieke in Saigon schwanger, sachte ik mia, und Mutta von jlatt drei Bäljer, also schon nich mehr, wat se jewesen, und die enorme Entfernung nich zu vajessen. Nee, sachte ik mia, det is vorbei. Aba meen jewissermaßen empörtet Jemiet erblickte ne dolle Lücke, wat sache ik Lücke, det wa ne Erlebnis-Pleite, ne unvazeihliche Untalassungssinde ... Ik schmuse. Total, ik wa familienweese uff det janze Kirchdorf schaf und sachte mia: Sprotte, de bist ne runde Numma!«

Hundegast griff sich mit beiden Händen an den Kopf. Sein Unterleib wackelte.

Sprotte neigte sich über ihn. »Wat, Hundejast, de meckerst schon? Na, denn wirste bald wieda ieba de Wiese renn! Junge, Junge!« Er schob sich hoch, da der heruntergebrannte Lichtstumpf, der auf einer Holzkiste klebte, zu verlöschen drohte, zog eine Stearinkerze aus der Weste und während er sie lautlos installierte, hörte man die Ratten unter den unterwühlten Dielen pfeifen und einen Köter sich flohen. Sprotte versetzte ihm einen freundschaftlichen Tritt, bevor er sich auf das Stroh zurückgleiten ließ. »Wo wa ik man stehn jebliebn. Jawoll, bei meene runde Numma.« Er lachte heulend. »Siehste, Hundejast, de bist ooch ne runde Numma, nich bloß weil de jejenwörtich weißjott rund bist. Kannste mia denn iebahaupt erkenn aus die weiße Kujel raus?«

Hundegast nickte ein wenig

Sprotte lächelte zufrieden und setzte sich, die Knie mit den Händen gegen den Leib ziehend. »Na also, det wa damals in Italien sozusajn meene Wiedajeburt. Nu wa ik janz helle. Nu konnte man mia nich mehr. Nu jabs keen Halten. Det wa der jroße Schwamm jewesn mit Noah. Ik kam von da unten zurick mit sehr villem Jelde und mit nem System. Det is ja det Malhör von dich, dette keen System hast. Hättste een System jehabt, hätten se dia nich so hibsch jekonnt. Na, det wird ja nich wieda vorkomm. Nu biste ja woll fitt jetanzt. Wat willste. Bist ja noch nich finfunzwanzich. Nua, wenn eener mit Dreißich noch nich is, wo er hinjehört, denn jehört er hin, wo er is. Wat willste. System is eben der Kitt vons Janze. N steifer Jewinn is nur systematisch zu azieln un ooch det wahre Vajniejen, wo ik jeradezu mit Unendlich multipliziere, wenn ick et jewinnbringend jestalte. System is imma Jewinn. System is Jlick. Die Stejreifklauer sind det personifizierte Prozeßfutta. Jelejenheet macht nich bloß Gannoven, se macht ooch Vorbestrafte, Hundejast. Na, de bist ja noch mits blaue Oje davonjekommen, det heißt, et is ja nich bloß een blauet Oje, aba ik saje dia, et is jut so. Nu biste fitt. Nu wirste ...«

Hundegast knurrte dumpf.

»Sollst nich mit mia achseln!« Sprotte versetzte einer unweit von ihm auf dem Boden liegenden zerbrochenen Ziehharmonika einen unwilligen Schlag, so daß sie leise erbrummte. »Wenn ik saje System, so is et doch det Jejebene, det nich jeda Stift in die Straße weeß, von wat ik orjle, vaschteste. Ik meene, det is natierlich meen Jeheimnis. Aba so vill kann ik dia sajen, wat 'n Kenna ist un keen fauler Kopp, der weeß, det man sich perfektionieren muß im Sinne von die vorhandnen Vorzüje. Und Hundejast, de hast Vorzüje. Is et nich ne seltne Sache, wie de mit eener eenzjen Hand ...«

Hundegast grunzte bescheiden.

Sprotte erhob sich, um ein Bedürfnis zu verrichten. Da aber ein plötzlicher Regen auf das Asphaltdach der Scheune zu prasseln begann, schlurfte Sprotte in eine Ecke, vor der ein leeres reifenloses Faß stand, und ließ die Hose herunter. Worauf er, alsbald in voller Verrichtung, von neuem anhub: »Wat soll ik dia sajen, Hundejast, ik bin von da unten zurickjekomm als een gemachter Mann. Als stolzer Professionel, wie Juste imma sachte, die in Lyon Priejelmassöse war. Und als een sicherer Systematiker, wie ik saje. Natierlich werd ik dia nich vormachen, wie ik arbeete. Det kannste nich verlang. Aba ik werde dia wat erzähln, wat sich vorzüjlich eijnet für denne janze Laje und wat mia nach Noah dea wichtichste Momente von meene janze Laufbahn jewesen is. Et wa in Hamburg, ne vafluchte Stadt. Ik wa im ›Efeu‹ abjestiejen. Jleich beim Bahnhof. Weeßte, ik liebe die Bahnheefe, die Schnellzüje un die kleenen Hotels bei'n Bahnheefen ... Ik hatte ne dufte Sache in die Finger. Da stellt mia der Wirt 'n Meechen vor. Na, eejentlich wa et mehr ne Zulle, fast mecht man sprechn ne Dame. Jarderobe, Manieren, Jesundheet, alles da. Acht Tage machte ik den janzen Wirbel mit. Sojar de Briste hat se schultern kenn. Da fliecht pletzlich der Oba raus. Der Naie wa Wise, een juter Bekannter von mia. Bißken zimperlich. Wie ik 'n sehe, zwinkere ik so, det er mia vaschteht. Am andern Abend erwischt er mia im Flur un steckt mia im Vorbeijehn, det der Wirt een ehmaljer Zuchthaisler is und det 'n jetzt die Polente bezahlt. Ik saje danke und denke mia: Sprotte, de bist noch janz frisch, hast nich een Tach im Kittchen jehängt, bist 'n saubrer Solitär, nich in de Hand, meene Herrschaften ... Tja, weit jefehlt! Wat soll ik dia sajen, et wurde een jroßer Jestank. Ik wollte jerade zu Kläre rieber und ihr adjee sajen, da türmt Wise rin, ne Vase mit drei Nelken ausjerechnet in die Hand, uff mich zu und japst: ›Teilach, Sprotte, denne Kläre is 'n Lockspitzel! Ik hab ihr im Korridor jesehn, wie se mitm Wirt jezischelt hat.‹ Wat soll ik dia sajen, in finf Minuten wa ik bei ihr un saje et ihr uffn Kopp zu. Det wa jroßartich, wie sich det Luda jehalten hat! Aba ik habe jewußt, det se sich bloß hält. Denn ik habe jesehn, wie ihr Popo jezittert hat. Na, ik habe jejrinst, det et nua son Vajniejen wa. Da will se mia niedaspottn und rickt det Strumpfband heher, damit ik jereizt bin un bei ihre Beene bleibe. Ik spucke ihr hin un will jehn. Da fliecht de Seitentier uff, zwoie packen mia un een dritta schnappt in meene Tasche un zieht hastenichjesehn een Brillantring un ne richtje Perlenbrosche, allens schwere Ziffern. Natierlich hatt ik von dem janzen Quietsch keene blasse Ahnung, aba die Kläre sacht, et jehört ihr un sie hätt et schon vorjestern vamißt Wat soll ik dia sajen, in ner halten Stunde saß ik feste. Ik habe noch den Fehla jemacht, mia zu vateidijen. N jroßer Stuß jewesen! Uffrichtichkeet is det Vadächtichste fier sone Laite! Sechs Monate mußt ik abschwimm. Ik, bei dem et imma det erste wa, wenn ik 'n naies Jesichte sehe, det ik mia sofort saje, det kennte ne Polizeikreatur sind. Ik habe et mia ja ooch bei die Kläre jesacht, aba ik habe jejloobt, ik bin sicha, wo doch keen eenzjer Mensch ... Na, siehste, et wa wejen Wise. Det ham de Hunde woll jesehn oda wa er selber 'n Hund jewesen schon frieher, wat weeß man. Die zerschnittne Neese hat er jehabt un jebrannte Locken ooch. Muß ja nich effektiv stimm, aba ik habe det erst späta erfahrn, det se die Spitzel, wenn se sie festklemm, mit 'n Messer de Nasenspitze karieren. Merk dia det, Hundejast, det is ne Richtschnua. Ooch wenn eener so zimperlich is ... Schmus. Ik totalisiere: Erstens brauchste een System, Hundejast, und zweetens brauchste de passive Resistenz. De darfst nischt mit-machn. Aba schon jar nischt. Nich mit nem Anton un nich mit ner Seege. Und nich mit niemanden nich. Det is so vill wie Knast je-schoben. Det is jedalldorft. Jedalldorft, saje ik dia ... jawoll ...«

Sprotte lachte dröhnend, dieweil er sich sehr primitiv beendete.

Hundegast hatte sich in die Seite gedreht und wandte dem heran schlurfenden Sprotte den schmerzenden Kopf zu. Das winzig freie Auge erglänzte im Licht der Kerze.

Sprottes Schnurrbart zuckte, als er sich niederließ. »Jedalldorft, saja ik dia!« Er drohte fürchterlich mit dem ganzen Gesicht

Hundegasts Blick wedelte.

»Nua nich weich wern!« Sprotte winkte mit beiden Händen ab. »Ik weeß det am besten. Is nich leicht, so ohne 'n Blick, der sacht, det haste jut jemacht. Nich leicht. Aba et muß sind. Ik habe een jekannt, dem se 'n Mitjeher wechjeschossen ham. Un weeßte wa-rum? Der hat son Spitzel de Holzhand nachjeschmissn und der hat jejloobt, et is ne Handjranate. Armer Taifel! Der andere aba hat det nich ausjehalten so alleene. Der is aus Langeweile, nua um Jesichta zu sehn, direkt unvorsichtig jeworn, jeradezu in de Polente hinein-jeloofen. Natierlich warn se ihm jleich hintaher. Aba wat macht det Roß Jottes? Statt sich hinzulejen und assyrisch zu kaffern, arbeetet er weiter, Fliejenbesetzung. Macht noch ihre Bekanntschaft, machts ihn noch leicht. Een janzes Jahr ham se 'n herumjehetzt un zujesetzt mit n' janzen Dreck, den se ham. Kunststick! Wenn ik her Jemeen-heeten von Staatswesen honoriert werde, leiste ik det ooch. Aba een, von dem man nich weeß, ob er wat dreht oda nich, zu dem machn, wat se brauchn fier feste Jemmchen zu vaknalln, damit son Kerl avangsiert un ne Dekoration kriecht, wie se 's mit mia jedaichselt ham, nee, det würd ik nich machn. Det is jeschmacklos. Mehr saje ik nich.«

Hundegast versuchte ächzend, sich aufzusetzen. Es war deutlich, daß er etwas sagen wollte.

Sprotte drängte ihn sanft auf das Stroh zurück und bettete seinen Kopf vorsichtig höher. »Is jut, Junge, is jut. Ik weeß et ja schon längst. Bei dia wa et noch nicht det fehlende System, bei dia wa et schon die Polente. Scheen ham se dia zujerichtet, die Bande! Ham se dia valleicht ooch bestohln wie mia? Na, kannst es mia erzähln, wenn de wieda janz bist. Obwohl ik mia den janzen Dreck ja denken kann. Und wenn de et mia nicht erzählst, is et noch besser. Fang lieba jleich bei mia an mit die passive Resistenz!« Er brüllte höhnisch auf. »Und warum ik dia det allens vorschmuse, wat? Ik Oberroß Jottes? Weeßte, Hundejast, et jibt Ojenblicke, wenn ik dia da so liejen sehe und wo ik eben so janz aleene bin, da packts een und man kann nich anders und wirkt bleede. Und ik sache mia, wat, een Napoleon biste ooch nich un et kann dia ooch noch mal passiern, dette so wo liechst und det et janz hibsch wäre, wenn dia da eener wat vorschmust. Is ja verflucht dreckich, mit nem kaputten Kopp in een nassen Stall liechen un nich rauskönn und nischt zu fressen ham. Aba haste noch Jlick jehabt, dette Moritz erwischt hast. War er alleen, wie de jekomm bist?«

Hundegast nickte

»Is jut«, lobte Sprotte und hob seine Pfeife auf. »Aba wenn de wieda draußen bist, schenkst ihm een Joldstick. Moritz is 'n patenter Watteonkel, aba ik hab 'n in Vadacht, det er 'n Rumblaser is, fast mecht man sprechen 'n Anjeber von janz hintenrum. Wenn de 'n aba jut schmierst, kommts ihm uff detselbe raus und wer weeß, ob de 'n nich noch mal brauchst.«

Hundegast legte seine blutleeren mageren Finger auf Sprottes Hand, der sie nach einigen Sekunden langsam zurückzog und aufstand. Und ganz plötzlich ging ein heftiges Zucken über ihn hin. Er ballte die Faust, daß die Pfeife knarrend zerbrach, und stieß zwischen den Zähnen hervor: »Weeßte, ik scheiße uff de janze Welt, mia inklusive! Wenn ik den, der den janzen Dreck da jestimpert hat, mal vor die Faiste kriejen kennte, die Fresse wird ik ihm einschlajen

... Na, is jut. Ik komm morjen wieda, wenns finster is, un mit nem schmalzjen Rumfutsch. Adjes. Ik schwanke ab.«

Sprotte hatte sich bereits der Tür genähert, als ein Geräusch ihn veranlaßte, sich umzuwenden.

Hundegast hatte sich aufgesetzt, gespenstisch beleuchtet von der flackernden Kerze, und winkte Sprotte zu sich zurück. Als dieser vor ihm stand, griff Hundegast sich unters Hemd und zog einen Lederbeutel hervor, den er Sprotte hinhielt.

Der nahm ihn verwundert, zuckte die Achseln, ging dann aber doch zur Kerze und öffnete ihn. Er enthielt mehrere Dutzend Tausendmarkscheine. »Det also is denne Sore. Na scheen, ik jratuliere dia, Junge. Da kannste dia ne Existenz von uffmachen, wenn de nicht bleede bist.«

Hundegast nahm den Lederbeutel, den Sprotte ihm auf die Knie geworfen hatte, zupfte vier Tausendmarkscheine heraus und legte sie Sprotte vor die Füße.

Sprotte zögerte. »Jetzt biste jeriehrt wie 'n altes Weib, ik weeß. Und wenn de wieda janz bist und ik den Kesch valleicht nich mehr herjebe, hab ik dia zum Feind.«

Hundegast machte eine wilde Handbewegung.

»Na, is jut.« Sprotte hob die Scheine auf und befühlte sie. »Wenn de jetzt schon Jefiehle haben mußt, denn jib mich denne Hand druff, dette von mia niemals nich een Wort daherquasselst dette imma sajen wirst: »Sprotte, Sprotte, kenn ik nich! Soll aba 'n juter Fisch sind, wenn man 'n richtich frißt ... Und nu is jut, Junge, und lech dich wieda hin und vafiehr mia det Biest nich. Pscht, Bismarck, wech!« Er versetzte dem Köter einen freundschaftlichen Tritt. Dann gab er Hundegast schnell noch einmal die Hand und eilte zur Tür. Bevor er sie schloß, steckte er den Kopf durch die Spalte und rief: »Dobronoz!«

Das ominöse Schild

Als Somogyi (aus Agram) nach monatelanger Abwesenheit gegen acht Uhr morgens die steinerne Wendeltreppe eines schmalen Hauses in der Via Mazzini emporstieg, um bei seinem Gelegenheits-Kumpan Bazzo sich zu verbergen, blieb er im zweiten Stock vor einer Tür stehen, an der ein schmutziggrauer Karton hing mit der schwarz gedruckten Aufschrift: »Servizio latrina Cent. 30«.

Somogyi, das bevorstehende schwierige Wiedersehen im Kopf, wollte schon weitergehen, als er fühlte, daß er die Gelegenheit benützen könnte; und während er bereits mit der Linken vorne an seiner Hose nestelte, öffnete er mit der Rechten die Tür.

Er hatte noch kaum recht gesehen, als ihm auch schon ein durchdringender Schrei entgegenscholl: mitten im Zimmer stand in einem großen Blech-Lavabo eine nackte Frau, in der einen Hand einen nassen Schwamm, in der andern ein Stück Seife.

Somogyi war so verdutzt, daß er völlig vergaß, wo seine Linke sich befand.

»Porco cane! Maledetto porco!« schrie die Frau, die Knie schließend und die Seife auf ihre Scham pressend. Ihr Gesicht gebärdete sich, als griffen ein Skorpion und eine Maus sie gleichzeitig an.

Somogyi, seine Linke immer noch an der gewissen Stelle, grinste jetzt langsam, aber außerordentlich sanftmütig. Infolgedessen übersah er, wie der rechte Arm der Frau ausholte und den Schwamm gegen ihn schleuderte.

Der Schwamm ging fehl. Er platschte, hart neben Somogyis Kopf, an die Wand, von der er, nachdem er einen dunkelbraunen Fleck von der Form Südamerikas zurückgelassen hatte, mit einem saftigen Glucksen auf die Steinfliesen fiel.

»Aiuto!« zeterte die Frau, nach diesem Mißerfolg noch wütender und schüttelte drohend die Faust. »Aiuto!«

Aber Somogyi hatte die Tür bereits hinter sich geschlossen. Nicht zuletzt, weil sein geschultes Ohr in der Ausführung des jüngsten Hilfeschreies eine gewisse Mattigkeit wahrgenommen zu haben glaubte. Er näherte sich zögernden Schrittes, mit seinen pfaublauen

Augen unentwegt auf die gleißende Leibesfülle der Badenden glotzend. »La prego di scusarmi, signorina ... Aber das Schild an der Tür gab mir immerhin eine gewisse Berechtigung ...«

»Was für ein Schild, Madonna!« keifte die Frau mit unwahrscheinlicher Weinerlichkeit. »Packen Sie sich jetzt endlich oder ...« Sie holte mit der Seife aus.

Die Situation war in höchstem Maße kritisch.

Somogyi erkannte es. Er machte schnell kehrt, öffnete die Tür und knüpfte das Schild los. Diese Beschäftigung beanspruchte ihn jedoch mehrere Minuten, so daß die Badende Zeit fand, aus dem Lavabo zu steigen und sich in ein rosafarbenes Leintuch zu hüllen.

Somogyi trat gravitätisch wieder ein, schloß unbemerkt die Tür ab und stelzte hierauf, das Schild steif vor sich hinhaltend, auf die überaus verwundert Dreinblickende zu.

Diese las alsbald. Las immer wieder. Mit bebenden Lippen. Mit torkelnden Augen.

Somogyi weidete sich mit bemerkenswerter Niederträchtigkeit an dem psychisch parterren Zustand seines Opfers, das erst nach Sekunden hervorzugurgeln vermochte: »Madonna ... Madonna ... Cos' è questo? Che ...«

»Dieses Schild hing an Ihrer Tür. Sie konnten sich soeben selbst davon überzeugen und werden deshalb endlich begreifen, weshalb ich hereinkam, ohne anzuklopfen. Aber nur dadurch ist meine Haltung zweideutig geworden.« Somogyi ließ das Schild sinken, es dezent umwendend.

»Madonna ...« entrang es sich, wenn auch um vieles schwächer, der Kehle der nunmehr bloß Verwirrten. »Aber wie kommt dieses Schild an meine Tür? Ich wohne doch schon zwei Jahre hier.«

»Vielleicht ebendeshalb«, entfuhr es Somogyi in unverantwortlichem Übermut. Um es zu annullieren, stellte er sich vor: »Somogyi. Nikolaus Somogyi.«

Es ist wohl eine der unerklärlichsten Erscheinungen, daß der unmöglichste Mensch, sobald er sich vorstellt, irgendwie an Boden gewinnt. Zudem hatte Somogyis freche Antwort, da sie unverstanden blieb, sogar imponierend gewirkt. Und so geschah es, daß Somogyi miteins den Namen »Eletta« gehaucht vernahm.

Augenblicks ließ er das Schild fallen, riß Elenas noch feuchte Hand an seine Lippen und küßte sie voll Inbrunst. Diese Unternehmung hatte die einigermaßen vorherzusehende Folge, daß Somogyi erwog, wie er die Besitzerin dieser genußreichen Finger auch mit ihren restierenden Körperteilen seiner Lust dienstbar machen konnte. Er erwog nicht lange. Wußte er doch wie das Alphabet, daß auch die Prüdeste stets den Rüdesten erträumt.

Dennoch hielt er es für ratsam, sonderlich in Anbetracht der jüngst gemachten Erfahrungen, speziell überraschend vorzugehen. Deshalb stieß er im selben Moment, da er ihre Hand freiließ, seine Faust so heftig zwischen Elettas Brüste, daß sie mit einem gebrochenen Aufschrei in ein niedriges Fauteuil plumpste, von dem Somogyi sie jedoch, um die Wirkung voll zu verwerten, an den Füßen zu Boden zog. Und zwar auf einen ehemaligen Gebetteppich, bei welchem Transport das rosafarbene Leintuch bis unter die Brüste sich schob, so daß Eletta, als ihre Bewegung zum Stillstand kam, gebrauchsfertig hingestreckt war. Ihr halbes Schreien vernichtete Somogyi, nachdem er sich über sie gestürzt hatte, durch einen wohl angelegten Kuß ...

Als Somogyi bereits aufrecht im Zimmer stand und Eletta, leise und sehr wirkungslos vor sich hinjammernd, unweit hinter ihm über dem Blech-Lavabo ihrer Toilette oblag, rüttelte es an der Türklinke.

Vier Hände hielten indigniert inne.

Eletta empfand es trotz allem angenehm, daß sie sich berechtigt wissen durfte, über Somogyi zu verfügen. »Schau mal nach, wer es ist.«

Somogyi schaute nach. Legte aber sogleich die Tür geräuschlos ins Schloß und blickte bleich auf Elettas schon wieder eifrige Hände, über deren säubernden Griffen es machtvoll hin und her wogte.

»Was ist denn los? Wer ist es denn?« Elettas Finger machten angesichts der enormen Ratlosigkeit Somogyis abermals halt.

»Er hat mich nicht gesehen. Glücklicherweise.« Somogyis schönes Hundegesicht lächelte unstet.

»Wer denn!« belferte Eletta ungeduldig.

»Still!« wisperte Somogyi, schob sachte den Riegel vor und tänzelte auf den Fußspitzen hinter Eletta. »Kennst du ihn denn?«

»Wen?« Eletta richtete sich teilweise auf.

»Bazzo.«

»Bazzo?«

»Ja.«

»Aber natürlich. Laß ihn nur herein!«

»Ausgeschlossen.«

»Warum?«

Somogyi, der urplötzlich eine Lösung seiner allzu schwankhaften Situation gefunden zu haben hoffte, antwortete sehr ernst: »Diesen venerischen Hengst?«

»Er ist ...?« Eletta schnappte. »Aber ich habe ... du hast ... er hat ...«

»... und wir haben – keine Zeit zu verlieren.« Somogyi drückte ihr seine Hand auf den Mund, warf sich hierauf zu Boden und rollte sich kurzerhand unter die Ottomane, die vor dem Fenster stand.

An der Tür rüttelte es ungestüm.

»Subito, subito!« heulte Eletta ängstlich. »Ich leg nur etwas um.«

Bazzo eilte lauernd über die Schwelle. Seine Hengstmähne wehte. »Wo ist es hin?« stieß er nervös hervor.

»Was soll hin sein ...«

»Hast du es weggenommen?« Bazzos Augen flackerten wild.

»Was denn nur ... Du bist gar nicht so wie sonst.«

Bazzo scharrte erregt mit einem Fuß. »Ich bin weder so noch so. Sondern so, wie ich gerade will.«

»Also ein Charakter. Das hab ich schon immer geahnt.«

Bazzo überhörte es ungern. Sein Blick schoß durchs Zimmer. »Was? Sand auf dem Teppich? Das Lavabo auf dem Boden? Und die Lampe steht nicht schief?«

»Banknoten sind darunter.« Eletta kicherte verächtlich und schlüpfte in ein rotes Seidenhemdchen.

Bazzo sah trotzdem nach: unter der Lampe herrschte Öde. »Ich bitte mir jetzt endlich Ernst aus, Stück Tier du!«

»Mit dir ist es schwer, ernst zu sein. Du siehst alles.«

Da stürzte Bazzo mit einem Mal nach vorn und griff mit zitternden Händen nach dem schmutzigen Schild. »Da ist es ja! Da ist es ja! Hast du es weggenommen?«

»Nein, Somogyi«, sagte Eletta gedankenlos und lachte, als sie es bemerkte.

»Wer ist Somogyi? Vielleicht dieser venerische Hund?«

»Und da fragst du, wer es ist?«

»Verflucht, wirst du mir endlich antworten?«

»Seit zehn Minuten tu ich nichts anderes. Und zwar auf die saublödesten Fragen.«

Bazzo neigte plötzlich lauschend den Kopf. »Hast du nichts gehört?«

»Madonna ... nein.«

Bazzo beruhigte sich gleichwohl nicht, umklammerte Elettas Oberarm und fauchte ihr speichelspritzend ins Gesicht:

»Dieses Schild da habe ich vor einer halben Stunde an deine Tür gehängt.«

»Du?« Eletta bohrte ihm beide Fäuste in den Bauch.

»Weg von mir! Unverschämt!«

»Maul halten!« Bazzo griff nach einem zerbeulten Kupferleuchter.

Eletta spie darauf.

Bazzo, sofort entmutigt, schmiß ihn zu Boden, auf dem er weiterrollte. Just unter die Ottomane, hart vor Somogyis Nase.

»Ich habe es doch nur an deine Tür gehängt«, jammerte Bazzo jetzt, beinahe schon kleinmütig, »um die Poliziotti irrezuführen.«

»Die Poliziotti?« Elettas Züge spannten sich unsympathisch. Es war unverkennbar, daß sehr Seriöses bei ihr einsetzte. »Ach so. Aber ich verstehe noch nicht ...«

Bazzo setzte sich konsterniert auf die Ottomane, wobei ihm das Schild aus der Hand fiel und zwischen seine Füße. »Vor zwei Stunden habe ich erfahren, daß sie mich suchen. Da sie mich bei mir nicht finden werden, werden sie mich bei dir suchen, infolge des Schildes aber nicht einmal deine Tür entdecken. Ist das nicht eine großartige Idee?«

»Servizio latrina – eine großartige Idee? Madonna mia ...!« Trotz dem zweifellosen Ernst der Lage kochte in Eletta von neuem der Zorn hoch.

»Vormittags kommt doch kein Klient zu dir. Und jetzt ist es erst neun.«

»Ein Irrtum. Und außerdem steht ›30 centesimi‹ darauf. Die Polizei ist ja im allgemeinen gräßlich dumm, aber so viel weiß sie doch, daß in einem Privathaus der Servizio latrina gratis ist.« Eletta trällerte höhnisch.

Bazzo schwieg verblüfft und beschämt.

Somogyi, unter ihm, grinste amüsiert. Dann aber packte ihn wiederum der Übermut: er zog einen blauen Bleistift aus der Tasche und strich auf dem zwischen Bazzos Füßen liegenden Schild behutsam die Taxe durch.

Unmittelbar darauf fielen Bazzos verwaschene Blicke auf das Schild. Und schon schwang er es, aufspringend. »Bitte zu lesen! Bitte zu lesen!« Seine Augen wölbten sich jählings voll eitel Siegerjubel.

Eletta machte ein ideal verdrossenes Gesicht. »Du hast eben einen blauen Bleistift. Denn bevor du es aufgehoben hast, war die Taxe noch nicht durchgestrichen.«

»Es steht dir frei, mich zu visitieren.«

»Fällt mir gar nicht ein! Übrigens kannst du ihn ja weggeworfen haben.«

»Visitiere das Zimmer!«

Eletta lächelte seltsam, sich hastig ankleidend. »Die Poliziotti können jeden Augenblick da sein.«

»Ja so.« Bazzo eilte zur Tür und befestigte das Schild neuerdings.

Es dauerte mehrere Minuten.

Währenddessen huschte Eletta vor die Ottomane. »Somogyi, hörst du?«

»Ja.«

»Was soll ich mit diesem buffo nur machen?«

»Gar nichts.«

»Wenn aber die Poliziotti ...«

»Laß sie nur kommen.«

»Aber das Schild ist doch ein Unsinn!«

»Ebendeshalb.«

Die Tür ging auf. Bazzo trat wieder ein. »Jetzt können sie kommen.«

Sie kamen auch. Nach einer Viertelstunde.

Bazzo, der auf der Ottomane saß, ließ sich widerstandslos fesseln und, nach einem schuldbewußten Blick auf Eletta, mit hängender Mähne abführen.

Sogleich kroch Somogyi hervor, den zerbeulten Kupferleuchter in der Hand.

Eletta betrachtete günstig seine Gestalt. »Gib den Leuchter her!«

»Dein Wunsch ist mir ein Kichern.« Somogyi gehorchte freundlich.

»Was willst du jetzt noch, du Hund? Bist du wirklich venerisch?«

»So wenig wie dein verflossener Hengst.«

»Was willst du also?«

»Bazzo würdiger ersetzen.«

»Madonna!«

»O nein.« Somogyi zeigte seine schönen Zähne. »Du mußt mich verbergen.«

»Was?« Eletta ließ den Leuchter fallen. »Dich suchen sie auch?«

»Leider. Aber mich werden sie nicht finden.« Somogyi lief zur Tür und riß das ominöse Schild herunter. Nur noch ein Stückchen blieb hängen. »Der blaue Strich ist von mir.«

Eletta lachte. Es war wie eine Hoffnung. »Seit wann bist du in Verona?«

»Seit drei Stunden.«

»Das ging schnell.« Eletta lachte immer noch.

Somogyi hauchte einen Kuß auf das Schild. »Dank dem Servizio latrina.«

»Meinetwegen!«

Der Abreiser

Faschkonner hatte diesen ungewöhnlichen Spitznamen erhalten, weil er jährlich mindestens drei Mal ganz plötzlich abreiste, um nach etwa vierzehn Tagen mit roten Backen und außerordentlich vergnügt zurückzukehren.

Nach einigen Jahren fiel es auf, daß mit solch einer Abreise stets der Abbruch des jeweiligen Verhältnisses Faschkonners zusammenfiel. Man hielt es ihm lächelnd vor, pries seine Gewandtheit und den praktischen Sinn, mit einem notwendig gewordenen Ortswechsel eine Erholungsreise zu verbinden, unterließ es aber nicht, scheinbar erstaunt hinzuzufügen, daß die Verlassene sich so schnell getröstet hätte.

Faschkonner lächelte orphisch und maß sichtlich dem peinlichen Umstand, in den Schein zu geraten, verlassen worden zu sein, nicht die geringste Bedeutung bei. Niemand vermochte darum auch nur zu ahnen, daß Faschkonner auf ebendiesen Umstand den größten Wert legte. Denn Faschkonner, der bereits in Jahren, wo andere Mondgedichte auf Minderjährige machen, tief von der Überzeugung durchdrungen war, daß sämtliche Weiber tückische Lügnerinnen seien, hatte ein eisernes Prinzip: er begann erst dann ein Verhältnis, wenn er genau wußte, wie er die jüngst zu Erobernde später prompt sich wieder vom Halse schaffen konnte. Dieses Prinzip war bereits derart mit ihm verwachsen, daß sein erster Gedanke beim Anblick des Wesens, das seine Sinne gerade heiß begehrten, stets war: »Wie werde ich dieses wunderherrliche Weib wieder los?«

Im allgemeinen zog er jenes Mittel, das nur dann versagt, wenn die Wahl schlecht erfolgt, allen anderen vor: er trachtete, den Mann zu finden, den er im geeigneten Augenblick seiner Geliebten mit dem von ihm gewünschten Erfolg präsentieren konnte. Nur wenn aus besonderen Gründen, vor allem aber mangels eines passenden Nachfolgers, dieses probateste aller Mittel nicht verwendet werden konnte, griff Faschkonner zu anderen Rezepten. Mit Vorliebe spann er schon von der ersten zärtlichen Stunde an ein zähes Netz bestimmter sexualethischer oder auch anderswie gestufter intellektueller Anschauungen, gegen die schwer sich zu vergehen er seine

Auserwählte später geschickt zwang. Worauf er niedergeschmettert abreiste, um nicht selten bei seiner Rückkehr der Verlassenen gleichwohl bereits im Arme eines beglückten Nachfolgers zu begegnen.

Diesmal aber war Faschkonner, zum ersten Mal seit dem Beginn seiner so erfolgreichen Abreise-Karriere, in großer Verlegenheit. Er hatte sich, was ihn selbst in stillen Stunden höchlichst wundernahm, über die Maßen in eine Russin verliebt, die nicht nur nicht mehr ganz neu war, sondern überdies für jedes noch ungetrübte Auge fast häßlich. Ein schöngeschweifter blutroter Mund, gefüllt mit sämtlichen, zudem noch perlweißen Zähnen vermochte Über wildumfurchte Schweinsäuglein, stark ergrautes Haar und kurze faltige Hände keinen anderen hinwegsehen zu machen als Faschkonner. Er war in diesen Mund vernarrt und, wenn er ihn verloren beglotzte, komponierte seine aufgeregte Phantasie die restliche Dame in ein berückendes Weib um. Und als er nun gar den Leichtsinn begangen hatte, diesen Mund zu küssen, bevor er noch wußte, wohin er ihn später verschieben könnte, war es einerseits endgültig um ihn geschehen, andererseits der unausweichliche Zwang da, unter allen Umständen sich eine erfolgreiche Abreise zu sichern.

Zu diesem Behufe steckte sich Faschkonner eine lange Zigarre zwischen die Zähne und legte sich auf seine Plüsch-Chaiselongue, fest entschlossen, dieses Möbel nicht früher zu verlassen, als bis er »es« gefunden habe oder »ihn«.

Faschkonner fand beides. Und zwar nach zwei Stunden. Als er sich erhob, war er von einer solch tiefen Heiterkeit durchstrahlt, daß seine Wirtschafterin ihn verwundert fragte, ob er vielleicht Millionär geworden sei.

Faschkonner begab sich unverzüglich zu einem gewissen Sigloich, einem sehr talentierten jungen Mann, dessen schlanke schwarzhaarige Erscheinung in den Straßen Frankfurts a. M. ebenso bekannt war wie seine Gepflogenheit, reichen älteren Damen gegen dicke Vorschüsse sich zu versprechen und – nicht zu halten.

Sigloich, der Faschkonner nur flüchtig kannte, war sehr erstaunt über diesen unerwarteten Besuch. »Ich kann nicht aufstehen, bester Faschkonner, ich hatte heute Nachtdienst.«

Faschkonner machte, vor dem Bett einhertänzelnd, in Selbstver-
ständlichkeit, setzte sich auf dessen Rand und rieb behutsam
Sigloichs Bettdecke zwischen den Fingern. »Bitte nur keine Entschuldigung! Aber daß Sie *doch* Nachtdienst machen, finde ich Ihres
Talents unwürdig.«

Sigloich fühlte sich so geschmeichelt, daß er eine Tasse von der
Wand nahm und Faschkonner Schokolade eingoß. »Und was führt
Sie so frühzeitig zu mir?«

»Der Bedarf nach Ihnen. Wobei ich mir zu bemerken gestatte, daß
es vier Uhr nachmittags ist.«

Sigloich, der mit Recht ein Geschäft witterte, zog seine Rechte aus
der sie liebkosenden Linken und die Decke sich bis an den Hals.

»Nicht so frostig, junger Sieger. Auch Sie sind nicht erhaben über
Reklame.«

Sigloich bückte freundlich zur Decke empor. »Sie vermuten, daß
ich, da ich bereits Nachtdienst tun muß, meiner gesunkenen Anziehungskraft wieder auf die Beine helfen müßte.«

»So ist es. Ich habe ...«

»Stopp! Wenn Sie darauf spekulieren, täuschen Sie sich.«

Faschkonner zog es vor, gewissermaßen im Sturm vorzugehen.
»Sie können sechshundert Mark verdienen.«

»Womit?«

»Mit Eleonore Bimstein.«

»Was?« Sigloich riß es herum. »Mit der Rhamses?«

»... der Rhamses?« Faschkonners Augen entfernten sich weit von
ihrer normalen Größe und blieben daselbst.

»Wissen Sie das nicht? Sie sieht doch auch wahrhaftig so aus wie
– na, wie schlecht exhumiert und versehentlich nicht wieder bestat-
tet.« Sigloich gröhlte lange und ausgiebig.

Faschkonner beschäftigte sich ängstlich mit seiner Schokolade.

Endlich beruhigte sich Sigloich, klopfte Faschkonner menschen-
freundlich auf den Kopf und predigte: »Hochgeehrter Abreiser,

sechshundert Mark hörte ich Sie sagen. Dafür blende ich auch die Rhamses.«

Faschkonner wagte es noch nicht, neuen Mut zu fassen, sondierte aber gleichwohl: »Warum sagen Sie – Abreiser?«

Sigloich schlug ihm diesmal bereits auf die Schulter. »Na, Ihre Abreisen sind doch auch irgendwie – Blendungen, was?«

Faschkonner, angenehm berührt von Sigloichs ahnungsvollem Gehirn, beschloß, es zu versuchen. »Es handelt sich um ...«

Sigloich neigte interessiert das Ohr aus dem Bett und volksredete, als Faschkonners Ausführungen sich dem Ende zuwandten, vorwegnehmend: »Aha, ich verstehe, Sie hehrer Abreiser!« ...

Faschkonner verließ ihn, gebläht vor Zufriedenheit, und fuhr schnurstraks in die Wohnung der Bimstein, welche er, nun in jeder Hinsicht vollauf beruhigt, bis gegen Mitternacht bediente ... Nach beendetem Souper überredete er sie, unter Hinweis auf die Schonung ihres Teints, zu einem kurzen Ruheschläfchen, das er plötzlich meuchlings unterbrach, indem er vorsatzgemäß mit jenem Wind begann, unter dessen Gunst er sowohl abzureisen als auch mit größtem Erfolg wiederzukehren hoffte. Er hub nämlich von Rabindranath Tagore an zu sprechen, von dem ein tief geheim gehaltenes Werk existiere, in dessen Inhalt er von einem jungen, in Frankfurt lebenden Schüler des alten Weisen eingeweiht worden sei. Das Werk handle von der indischen Liebe, welche das streng gehütete Geheimnis der Brahmanen sei und darin bestehe, zu taguren: das heißt, durch gewisse Selbstbeschwörungen vor dem Beischlaf und durch gewisse Gebete und Artikulationen während dieses Vorganges einen Grad der Entzückung, des Rausches, des Taumels hervorzurufen, von dem der schlichte Europäer sich rundweg nichts träumen lasse.

Die Bimstein, deren Schlaftrunkenheit Faschkonners Offenbarungen den erhofften Sonderschuß von Geheimnisfülle und letzter Wichtigkeit gab, horchte immer fanatischer. Einige der tausend Fältchen um ihre Äuglein glätteten sich sogar, während sie bebte: »Ich merkte schon, daß es mit dir anders war. Sieh mich doch nur an! Erkennst du nicht, wie ich dich genossen?«

»Ich erkenne es«, antwortete Faschkonner mit einer leicht angesetzten vielversprechenden Dumpfheit in der Stimme.

Diese erwies sich in den folgenden Tagen und Nächten von unerhörter Modulationsfähigkeit. Das, was Faschkonner an seufzenden, stöhnenden, schluchzenden, jauchzenden, ja schreienden Lauten produzierte, war ohne Zweifel staunenerregend; und geradezu märchenhaft war die Fülle von seltsamsten Worten, Vokalverbindungen, Interjektionen und Schimpf- und Kosenamen, die seinem erfinderischen Hirn entquoll. Hinzu kamen minutenlange verzehrende Vor-Besprechungen, die gewagtesten Stellungen, die unmöglichsten Kunstpausen, die schmerzvollsten Verzückungen, so daß das auf diese wahrhaft ungewöhnliche Weise herbeigeführte Liebeserlebnis vielleicht alles hinter sich ließ, was die menschliche Phantasie bisher auf diesem Gebiete hervorgebracht hatte.

Das Resultat war, daß Faschkonner, den solches Lieben naturgemäß rasch ermüdete, schon nach einer Woche seine Abreise erwog; und daß die Bimstein, welche ein auch nur annähernd berauschendes Ereignis in ihrem langen Liebesleben bis dahin nicht zu verzeichnen hatte, in eine kontinuierliche Ekstase geriet, die Faschkonner gelegentlich sogar für ihren Verstand fürchten ließ.

Als nach weiteren drei Tagen geschilderten Zusammenlebens Faschkonner zum Bahnhof fuhr, brauchte er deshalb nicht zu besorgen, die Vorbereitungen für den erfolgreichen Antritt seines Nachfolgers Sigloich könnten ungenügend gewesen sein.

Im Gegenteil. Denn das, was sich begab, nachdem die Bimstein die Abreise Faschkonners erfahren hatte, wird im Gedächtnis jener Frankfurter, welche das Café Ruhland zu frequentieren pflegten, unauslöschlich haften bleiben. Sie kam mit aufgelösten Haaren, halboffener Bluse, ungeknöpften Schuhen und ein Handtuch in der Hand angetorkelt, da sie von den Bekannten Faschkonners, den sie in diesem Café kennen gelernt hatte, Anhaltspunkte für dessen Auffindung zu bekommen hoffte. Als niemand sie geben konnte, verfiel sie in einen wahren Paroxysmus des Schmerzes, der Sehnsucht, der Qual, der Wut. Sie tobte, schrie, zerschlug Geschirr, zerriß ihre Kleider und versuchte schließlich, wenn auch wohl doch nur eindruckshalber, sich mit ihrem Handtuch zu erdrosseln. Dieses wurde, obwohl man das übrige als Schauspiel genossen hatte, immerhin verhindert. Kurz, es war unsagbar und etwas seit Menschengedenken in Frankfurt nicht mehr Erlebtes.

Ein Rettungswagen des Allgemeinen Krankenhauses brachte die Bimstein in die Abteilung für Tobsüchtige. Erst nach zwei Tagen konnte sie der häuslichen Pflege überlassen werden, die überraschender Weise sofort eine völlige Heilung zur Folge hatte. Die Bimstein hatte nämlich bei ihrer Heimkehr einen Brief Sigloichs vorgefunden, in dem er ihr in wundersam orientalischen Satzwendungen mitteilte, er habe von ihr gehört und sei, da er selbst tagure und überzeugt sei, daß sie dem Geheimnis der indischen Liebe nahestünde, bereit, ihr in ihren Nöten beizustehen, wenn sie ihm mit Hilfe von sechshundert Mark die Möglichkeit gebe, zu ihr zu eilen.

Sigloich empfing postwendend die sechshundert Mark, eilte aber nicht.

Die Bimstein wartete. Wartete einen Tag und eine Nacht. Noch einen Tag und noch eine Nacht. Am dritten Tag machte sie sich auf den Weg.

Sigloich, angetan mit einem weitwallenden schwarzen Schlafrock, öffnete ihr eigenhändig und führte sie unter demütigen Verbeugungen, die Hände auf dem Bauch gefaltet, in sein Schlafzimmer, wo er sie sogleich, ohne jeden Übergang, jämmerlich verprügelte.

Der Bimstein, welche anfangs wie gelähmt war, begann ganz von ferne etwas zu dämmern. Dann nährte sie die leise Hoffnung, der Unmensch würde schließlich doch aufhören. Als die Hiebe aber immer härter niederklatschten, richtete sie sich mit letzter Kraft hoch und nahm den Kampf auf.

Das Geschrei, das alsbald erscholl und Sigloich seinerseits stattlich vermehrte, lockte die Hausbewohner herbei, welche, da sie sofort das Fürchterlichste vermuteten, durch die von Sigloich eigens angelehnt belassene Wohnungstür eindrangen und die Raufenden trennten. Sigloich erklärte außer Atem, er sei das Opfer eines mannstollen Frauenzimmers geworden, und da das Ereignis im Café Ruhland durch die Zeitungen bekannt geworden war, zweifelte niemand, daß es sich um dieselbe verrückte Person handle.

Abermals erschien der Rettungswagen und brachte die Bimstein, die vergeblich und endlich bis zu neuen Wutausbrüchen ihre Unschuld beteuert hatte, in die Abteilung für Tobsüchtige.

Als Faschkonner den langen Brief seines Nachfolgers gelesen hatte und die beigelegten fünfzehn Zeitungsausschnitte, trieb es ihn machtvoll zurück und sofort zu Sigloich, der ihm um den Hals fiel, Champagner auffahren ließ und sich in überschwenglichsten Dankeskundgebungen nicht genug tun konnte.

Denn die ungeheuerliche Reklame, welche der Überfall durch die Bimstein ihm gemacht hatte, war in zwei Tagen zu den unerwartetsten Früchten herangereift: Millionärinnen rannten ihm das Haus ein, ohne daß er mehr zu tun brauchte, als ihre Geschenke entgegennehmen zu lassen und nicht zu Hause zu sein. Bald aber erkannte er, daß eine derartige Gelegenheit, sich endgültig zu versorgen, nicht so rasch wiederkehren würde, und heiratete die reichste Bewerberin um seine Hand, eine fünfundvierzigjährige Dame, namens Yvonne Breibach.

Faschkonner, dessen Name in der Affaire Bimstein fast noch häufiger genannt worden war, wurde nicht weniger überlaufen. Auch er konnte, nachdem er lange mit sich zurate gegangen war, den gewaltigen Verlockungen nicht widerstehen. Nach einem Monat war auch er verheiratet. Und zwar mit einer sechsunddreißigjährigen verwitweten Bankiersgattin, namens Geraldine Kohn. Aus Pietät behielt er seine Wirtschafterin, welche ihm sein Glück fast prophezeit hatte, bei sich und hing in seinem Louis XV.-Salon links vom Kamin einen goldgerahmten Stahlstich auf, darstellend das markante Haupt des Königs Rhamses II., rechts eine silbergefaßte Photographie des indischen Weisen Tagore.

Aber das Taguren stellte er ein. Auch seine Abreisen. Für drei Jahre. Dann begannen sie wieder. Aber selbstverständlich, Geraldines wegen, nur mit vorübergehendem Erfolg.

Die Ermordung des Marchese de Brignole-Sale

Sorhul blieb unter den Arkaden der Piazza Deferrari stehen und beobachtete interessiert die Gruppen von Männern, die in allen Ecken standen, schrien und gestikulierten, so daß man hätte vermuten können, jeden Augenblick müsse eine Keilerei beginnen.

Plötzlich fühlte Sorhul sich von hinten berührt. Ein abgerissen daherschlotternder alter Mann flüsterte ihm etwas zu; als er sich nicht verstanden sah, sprach er französisch, die Adresse eines Nachtlokals nennend.

Sorhul lehnte höflich ab, erhielt aber trotzdem mit liebenswürdiger Aufdringlichkeit ein gelbes Kärtchen in die Hand geschoben, das er, ohne es zu lesen, gedankenlos einsteckte.

In der Via Venti Settembre, eben als er die Zolezi-Ecke passierte, sprach ihn eine unauffällig, aber elegant gekleidete Dame an, die eine üppige blonde Süddeutsche hätte sein können. Sie behauptete nach wenigen Worten, Hunger zu haben.

Das imponierte Sorhul. »Sie lügt vielleicht wirklich nicht, oder ist auf bemerkenswerte Weise raffiniert«, sagte er sich und führte sie, sehr neugierig geworden, zu Fossati, einem der vornehmsten Restaurants von Genua.

Zu seinem Erstaunen benahm sie sich durchaus korrekt, ja war mit gewissen kleinen Gebräuchen, die das Gewohntsein derartiger Milieus bedingen, wohl vertraut.

Nach dem Braten versuchte Sorhul, sich zu orientieren. »Sind Sie wirklich Italienerin? Sie sprechen ein akzentfreies Französisch.«

»Was soll das.« Sie legte ihre kraftlosen, ein wenig feuchten Finger, die so gar nicht zu ihrem Körper paßten, auf Sorhuls Hand. »Ob ich Ihnen nun die Wahrheit sage oder ein Märchen vorsetze, Sie werden mir auf keinen Fall glauben. Vielleicht aber lieber noch das Märchen. Denn die Wahrheit ist zu dumm.«

Sorhul sah, sehr angeregt, auf seinen Teller. Die linke Hälfte seines Gesichtes zog sich zusammen, so daß die andere wie gelähmt aussah. »Hm. Ich halte Sie für so intelligent, mit dieser vorzüglichen

Vorbemerkung mich umso sicherer einem Märchen zuführen zu wollen.«

Sie zog ihre Hand langsam zurück. »Es ist besonders schwer, ja beinahe unmöglich, sich zu verständigen, wenn man nicht wenigstens ein ganz klein wenig Vertrauen – vorgibt. So wie der bessere Spieler dem schwächeren etwas vorgibt.«

»Wiederum vorzüglich.« Sorhuls Neugier schoß hoch auf, seine Stirn leicht rötend. »Aber ich wundere mich im Grunde stets, wenn es mir gelingt. Das ist eine der klarsten Quellen des Mißtrauens.«

Sie schwieg. Es schien Sorhul, als lächle sie ganz unmerklich. Deshalb sagte er heiter: »Es ist wohl überhaupt unmöglich, anders als à fonds perdu zu reden.«

»Doch nicht. Oft genügt es, überhaupt mit einander zu reden, um das gegnerische Ziel zu erkennen. Was man redet, ist gänzlich gleichgültig.«

Sorhul, dem diese Maxime geläufig war, wurde ebendeshalb unwillig. »Lassen wir das. Das führt zu nichts. Wollen Sie Geld?«

»Selbstverständlich.«

»Sehr gut. Wieviel?«

Sie hatte plötzlich einen kleinen Bleistift in der Hand. »Hier ist meine Adresse.« Sie schrieb sie, Sorhuls Ärmel schnell zurückschiebend, hinten auf die Manschette. »Welche Gegenleistung verlangen Sie?«

Sorhuls Augen arbeiteten entzückt. »Sind Sie dessen sicher?«

»Absolut.«

»Weshalb?«

»Sie sehen viel zu gut aus, um – poire zu sein.«

Sorhul hatte sich längst abgewöhnt, auch auf die geschicktesten Schmeicheleien hineinzufallen. »Hier haben Sie zwanzig Lire. Das ist nicht viel, genügt aber ...« Er grinste kokett, »... um sich bis morgen über Wasser zu halten. Vielleicht kann ich Sie brauchen. Nur noch eine Frage: Sie machen alles?«

»Unter Umständen, gewiß.«

Es gelang Sorhul nicht, festzustellen, an welches Metier sie bei dieser Zustimmung dachte ...

Anderntags packte ihn doch wieder die Neugier: die Unbekannte von Fossati wollte ihm nicht aus dem Kopf. Er kannte das Leben und seine Überraschungen zu genau, um nicht zu wissen, daß diese Neugier unbegründet war; daß Seltenes sich nie einstellt, sondern auf einmal da ist; und daß das, was ihn bei der Signorina Francesca Palbi in der Via San Luca erwartete, entweder etwas ihm bereits Bekanntes sein würde, oder bestenfalls noch unbekanntes Triviales. Aber sein Blut war auf. Mehr als je. Noch nie war er so sprungbereit gewesen, wie seitdem er mit Adrienne Rom verlassen hatte.

Nach dem Dejeuner verschwand er und gab beim Verlassen des Hotels einem Chasseur den Auftrag, Madame zu sagen, daß er in einer Stunde zurück sein werde ...

Die Portiera in der Via San Luca musterte ihn, während sie ihn, scheinbar schwerhörig, den Namen der Signorina Palbi zweimal zu wiederholen zwang, außerordentlich gewissenhaft. Später fiel Sorhul ein, daß schon dieser Umstand allein ihn hätte mißtrauisch machen müssen. Dann teilte ihm die Alte mit, daß diese Dame nicht mehr hier wohne, sondern in der Via Lomellini 16 parterre rechts.

»Nicht übel«, dachte Sorhul im Weitergehen, »seine richtige Adresse zu erschweren.«

Angelangt, wurde er, kaum daß er die Schwelle der Wohnung überschritten hatte, hinterrücks niedergeschlagen.

Obwohl sein Kopf ganz entsetzlich schmerzte, besaß er doch die Geistesgegenwart, sich besinnungslos zu stellen und bewegungslos liegen zu bleiben.

Man warf ihn auf ein Sofa, leerte seine Taschen aus und ließ ihn dann liegen.

Nach einiger Zeit hörte er die Stimme der Signorina Palbi und die eines aller Wahrscheinlichkeit nach noch jungen Mannes. Die beiden sprachen italienisch, aber so schnell und leise, daß Sorhul, der diese Sprache ein wenig verstand, es sofort aufgab, weiter hinzuhorchen.

Nach Minuten verstörten, völlig leeren Daliegens wagte er, das rechte, der Sofawand zugekehrte Auge langsam zu öffnen und den Kopf, der sofort von neuem heftig zu hämmern begann, sachte dem Raum zuzudrehen: er sah einen schäbig gekleideten Mann von etwa vierzig Jahren, der einen langen dicken Strick hastig zu entwirren sich abmühte, und die Signorina Palbi vor einem runden Tischchen, auf dem sie seine Papiere durchsah. Daneben lagen seine Banknoten und sein Browning.

Sofort schloß Sorhul das Auge und drückte vorsichtig seinen Unterleib in das Sofa, um etwas zu fühlen.

Und er fühlte es. Seine Hose besaß nämlich zwei hintere Taschen. In der links befand sich stets (eine alte weise Gepflogenheit) ein blind geladener Browning, in der rechts ein scharf geladener. Auf dem runden Tischchen im Zimmer aber lag sein blind geladener Browning.

Sorhul wartete noch einige Sekunden, um die Reihenfolge der zu machenden Bewegungen sich zu vergegenwärtigen. Dann sprang er blitzschnell auf, die Waffe in der Faust ...

Unterwegs warf er den Revolver, den er jenem Halunken abgenommen hatte, in einen Mülleimer und trat in eine Bar, um seine Aufregung und deren galligen Geschmack hinunterzuspülen. Dabei zählte er das Geld, das er aus der Handtasche der Signorina Palbi entfernt hatte. »Vierzehnhundert Lire! Das ist zwar für einen dermaßen gut gezielten Kopfhieb nicht viel. Für meine unverzeihliche Dummheit aber eine angemessene Belohnung.«

Als er das Hotel Miramare betrat, fürchtete er miteins, seine Annahme, das holde Gaunerpaar würde sich nicht rühren, könnte doch falsch sein. Der so überdeutliche, ihm gleichwohl erst jetzt einfallende Umstand aber, daß es ihm nicht einmal bis in den Flur gefolgt war, beruhigte ihn.

Adrienne empfing ihn vergnügt und ahnungslos.

Sorhul ließ sich wortlos in ein Fauteuil fallen und schob die Haare oberhalb der rechten Schläfe zurück: eine fürchterliche blutunterlaufene Beule wurde sichtbar.

Adrienne biß die Zähne aufeinander. Ihr Mund verriß sich bösartig. »Wer? ... Wo?« Ihre Augen wurden ganz klein.

Sorhul heuchelte, um diese Wirkung, die er genoß, noch zu vertiefen, große Ermattung und beschloß, die spätere Erzählung seines Abenteuers durchaus zu seinen Gunsten zu gestalten; treu seiner Erfahrung, daß erzählte Schlappen lächerlich machen und nur mitangesehene manchmal einer guten Eindruck.

Mit einem Mal aber schrie er fast auf: er hatte einen großartigen Einfall ...

An einem der folgenden Abende trug Adrienne, seit Wochen mit den Gewohnheiten im Palazzo Rosso des Marchese de Brignole-Sale vertraut, während die Dienerschaft aß, den van Dyck, den sie aus dem Rahmen gebrochen hatte, hinunter in das Seitenportal in der Via Laro, wo Sorhul ihn rasch vom Holz riß, zusammenrollte und unter seinem Inverneß verbarg. Hierauf fuhr er ins Hotel zurück.

Adrienne versteckte sich in einer Treppennische und wartete, als sie den Marchese heimkommen sah, noch einige Minuten, bevor sie, tief verschleiert wie stets, bei ihm eintrat. Es fiel ihr nicht schwer, die aufgetragene Komödie der Erschöpfung und nervösen Erregtheit zu mimen, schließlich unter heftigem Schluchzen dem Marchese in die Arme zu sinken und scheinbar gelegenheitsweise sich nehmen zu lassen, was sie bisher konstant verweigert hatte. Die Koinzidenz dieser Hingabe mit dem Verschwinden des Bildes hielt Sorhul für das beste Mittel, dem Marchese jeden Verdacht gegen Adrienne zu nehmen.

Der Diebstahl wurde am nächsten Morgen, sehr frühzeitig, entdeckt.

Bereits gegen Mittag erfolgte die Verhaftung eines gewissen Giacomo Gazzi, dessen Reklamekärtchen, ein Passepartout für eine Opiumhöhle, auf der Treppe, wohin Sorhul es plaziert hatte, gefunden worden war. Er vermochte sein Alibi nicht nachzuweisen, da er beruflich die Straßen durchstreift hatte.

Bei Sorhul und Adrienne wurde eine Haussuchung vorgenommen, die resultatlos verlief. Sorhul selbst hatte darauf bestanden, obwohl der Marchese den Verdacht der Polizei empört zurückwies; umsomehr als er Adriennes heroischen Widerstand bewunderte und nach ihrem so plötzlichen Fall, den er für einen zwar seltsamen, aber dem launischen Leben eben eigenen Zufall hielt, verliebter war denn je. Er begriff ohne weiteres, daß Adrienne, die ihm jetzt schwüle Liebesepisteln sandte, nicht mehr zu ihm zu kommen wagte, litt aber so sehr darunter, daß Sorhul nicht länger zögern zu dürfen glaubte, seinen großartigen Einfall auszuführen.

In der folgenden Nacht fuhr Adrienne, nur mit einem kleinen Handkoffer versehen, in einem geschlossenen Taxi in das Hotel Bristol, wo der Marchese sie in einem eleganten Doppelzimmer erwartete und außer sich war vor Glück.

Nach zwei Tagen war Adrienne von ihrer augenblicklichen Situation degoutiert und wünschte, eine kleine möblierte Wohnung in einem Privathaus gemietet zu erhalten.

Der Marchese war sofort einverstanden, da es ihm um vieles billiger zu stehen kam, und begab sich noch am selben Tag, auf Adriennes Rat hin, in die Via San Luca, um mit der Signorina Palbi wegen eines von dieser zu vermietenden Appartements zu verhandeln.

Inzwischen hob Adrienne das ganze Guthaben (über zwanzigtausend Lire), das der Marchese ihr eröffnet hatte, unverzüglich ab und reiste nach Florenz.

Sorhul blieb noch in Genua, um die Entwicklung der Ereignisse abzuwarten und keinen Verdacht zu erregen.

Da allgemein angenommen wurde, daß der Marchese mit Adrienne die Honigwochen irgendwo am Meer verbringe, beunruhigte man sich nicht weiter über sein Verschwinden.

Daraufhin reiste Sorhul, den van Dyck in den Boden seines größten Koffers eingenäht, gleichfalls nach Florenz, wo er täglich mit großer Spannung die Zeitungen erwartete. Endlich eines Morgens sah er schon von weitem auf dem Genueser Secolo eine riesige Manschette. Er eilte zu dem Kiosk und las: »Ermordung des Marchese de Brignole-Sale. Verhaftung des Mörderpaares. Neue Spur in der Affaire des van Dyck-Diebstahls.«

Vierundzwanzig Stunden später waren Sorhul und Adrienne in Wien. Erst hier gab er ihr den Secolo zu lesen.

Als Adrienne ihn sinken ließ, sagte er: »Daß die Schädeldecke des Marchese dünner ist als die meine, konnte ich allerdings nicht wissen.« Hierauf begann er mit der Erzählung seines Abenteuers, das ihm die Kopfwunde eingetragen hatte. Da er es nun mit Leichtigkeit zu seinen Gunsten gestalten konnte, machte er auf Adrienne einen unauslöschlichen Eindruck, dessen stürmische Wirkung er unverzüglich genoß. Auf dem Diwan.

P. L. M.

»Minouche, kanntest du Adette, diese Hure, eine sehr begabte Jüdin ...? O, es ist wirklich grotesk, wie sehr die Hallermünde ihr in vielem gleicht! Dieselbe israelitische Art, die unbekanntesten Dinge beim Namen zu nennen, von durchaus Unerklärbarem wie von einer Aktie zu reden und die Mundwinkel arbeiten zu lassen, als wäre, mit ihr verglichen, der Kaiser von China ein Insekt. Ich muß gestehen, daß mir das, allerdings gleichsam als Jugenderinnerung, sehr gefallen hat. Es erinnerte mich an meine ersten *Arbeits*-Versuche, die ich mit einem entgleisten deutschen Rittmeister in Deauville machte. Er war ein begeisterter Judenverehrer und deshalb Antisemit bester Marke. Er hatte den rührenden Ehrgeiz, tunlichst nur Juden hineinzulegen. Wer eben einmal Soldat war, überschätzt den Lorbeer. Eine Schwäche. Man hat in dieser Hinsicht völlig in Absehung seiner persönlichen Lustwünsche zu fixen. Von diesem Herrn lernte ich, pekuniär unverständliche Situationen zu heben. Und bei all dem hatte er die berüchtigte tête carrée. Aber ich behaupte: hätte der gute Junge nicht die Chance gehabt, einen riesigen Spielverlust nicht anders als mit einer Dame vom Berliner Palais de danse decken zu können, wäre er sein Leben lang der idiotische Schrittdriller geblieben, der er in Potsdam bei den Husaren Jahre hindurch gewesen war. Wenn er von den Genüssen sprach, die ihm die Situation verschaffte, als kaiserlich deutscher Rittmeister der Mec einer großen Hure zu sein, wurde er geradezu sentimental. O, wir genossen damals beide sehr. Durch ihn verlernte ich bereits mit neunzehn Jahren mein sogenanntes Vaterland. Er hat mir einmal (wir arbeiteten drei Jahre zusammen) das Leben gerettet, indem er im richtigen Augenblick den Einfall hatte, ein gewisses Telephongespräch zu mimen. Ein exakt ahnender Junge! Er wurde in London nachts auf der Straße von einem Polizeiagenten, der ihn für einen lange gesuchten Einbrecher hielt, niedergeschossen. Einer jener unwahrscheinlichen Zufälle, vor denen unsereiner allein Furcht hat. Und, es ist wirklich ergötzlich, das festzustellen: die Hallermünde hat bei all ihrer preußischen (oder auch jüdischen) Sicherheit immer einen kleinen Zug um die Augen, der vor diesen unwahrscheinlichen Zufällen auf der Lauer zu liegen scheint. Als ich deshalb plötzlich mit jenem Damenhandschuh, den ich unserem

Mister Holger wegstibitzt hatte, zu spielen begann, machte sie denn auch ein Gesicht, als würde sie ein Fernbeben verspüren, verlor den frech, aber virtuos gesponnenen Faden ihrer Konversion und bat mich, ohne auch nur zu versuchen, mich mit irgendwelchen Geschicklichkeiten einzufangen, kurzerhand – *diskret* zu sein. Enorm! sage ich. Hat das Frauenzimmer die Stirn, an meine Vertrauenswürdigkeit zu appellieren. Grandios! Das ist der Typ, der mit dem Telephon schießt, mit einem ›petit bleu‹ erdrosselt, eine ganze Bank durch ein plötzliches Lachen platzen machen und einen Minister seriös hochgehen lassen kann, indem er ihn ganz unerwartet in einer schlechtweg genial ausgesuchten Situation – duzt. Grandios! sage ich. Enorm! Man lernt. Unsere Arbeit ist, dieser vis-à-vis, stümperhaft. Dieses juvenile Schießen! Dieses fossile Schimpfen! Verzeih, Minouche, ich dachte wahrhaftig nicht daran, dich zu verletzen. Nicht nur nicht, als ich kürzlich auf dich danebenschoß (welche unverzeihliche Träumerei!), sondern auch jetzt nicht, da ich ja doch mich selbst damit herabsetzen müßte. Denn auch ich schimpfe zu viel. Ich bin eben Halbfranzose und habe, vermutlich von meinem ... von meinen Vätern her, die schöne Geste, die Grazie der Trichage im Blut. Aber sie ist im Vergleich mit der Hallermündschen Stirn das, was ein Theaterschuß gegenüber einer in die Kulissen gebrachten Visitkarte ist, auf welcher der Star zu lesen bekommt, daß sein Hündchen überfahren wurde. Die Folgen kann man sich entwerfen. Und das Gesicht dessen, der dadurch irgendwie Tausende einkassiert, ebenfalls ... Ja so, die Hallermünde. Nun, ich versprach ihr, diskret zu sein, bat sie aber sogleich, mir für *diesen* Herrn ein Empfehlungsschreiben zu geben, da ich eine kleine, ganz abseits liegende Gefälligkeit von ihm erbitten möchte. Die Biene begriff sofort!!! O, es ist erstaunlich! Erstaunlich!! Erstaunlich!!! Das Ganze war eine der schönst aufgeholten, seltenst balancierten Erpressungskomödien ... das illusterste Lied, das ich jemals solch ein Tierchen singen ließ, nicht einen Flügel in den Fingern, nicht ein Beinchen ... Es war wunderbar, rührend, erlesen ... Enfin, bath! Denn so holte ich mir – nicht von Mister Holger, sondern von einem gewissen Herrn von Stötvink, einem edlen Dänen, zweitausend Francs. Vermutlich hat die Hallermünde dieselben Handschuhe wie Mister Holgers zur Zeit amtierende Katze. Es könnte aber auch sein, daß sich beim Anblick des fraglichen Kleidungsstückes lediglich das böse Gewissen der Hallermünde erfolgreich regte. Nur, sei dem, wie ihm wolle: jedenfalls dachte Stötvink gar nicht daran, ein Gespräch vorzusenden. Zweifellos bereits telephonisch avisiert, wünschte er, ganz nett gelangweilt, die Höhe des Betrages zu kennen. Ich sagte mir sofort, unter zweitausend dürfte er sich nicht inkommodieren. Und da ich keine Zeit hatte, eventuelle Inkommodierungen zu bearbeiten, verlangte ich nicht mehr. Das heißt man glattes Arbeiten. Ja, es ist mein bester Erfahrungssatz: Mensch, sei unter allen Umständen von absolut größtmöglicher Frechheit; das weckt stets das böse Gewissen auch der edelsten Naturen ... Minouche, ich fühle mich sehr, verspreche dir aber, es dich entgelten zu lassen ... Daß Mister Holger mir entschlüpfte, war nicht mein Fehler. Das heißt, bis zu einem gewissen Grade vielleicht doch. Du weißt ja, wie ich mich bei der Hallermünde eingestellt hatte: meine Karte und die mündlich dem Boy mitgegebene Mitteilung, wenn ich störte, käme ich gern ein andermal. Das hört sich fast albern an, ist aber in diesem Milieu etwas außerordentlich Raffiniertes. Als ich dann vor ihr stand, sagte ich, noch bevor sie ihr Wiedererkennungsentsetzen zu Ende gespielt hatte: ›Madame la comtesse, was ich mir bei Rumpelmayer leistete, besaß die einzige Chance, Ihre Aufmerksamkeit wirksam zu erregen. Sie hören tagaus tagein nichts als Gewäsch ödester Durchseifung, so daß ein wohlgezielter zynischer Platzregen Sie nur erfrischen konnte. Seien Sie nicht undankbar!‹ Was begann? Nach mehreren zarten Kampfesstellungen eine heftig tastende Unterhaltung, voll kontinuierlicher Arrangements, bis ich eben plötzlich – den Handschuh zückte. Das tat ich selbstverständlich im ungeeignetsten Augenblick: nämlich, als sie sich gerade fest ins Recht gesetzt hatte. Übrigens, während sie langsam aus ihrem Sitz rutschte, sagte ich etwas sehr Holdes, das sie vermutlich innerlich gänzlich herunterstieß, und zwar, bitte: ›Recht, madame, ist die Geschwindigkeit, den anderen ins Unrecht zu setzen‹ ... Minouche, was soll das heißen? Ich prahle, dich genießend, empfinde mich durch deine bloße Anwesenheit wie mit sieben multipliziert, und du reagierst mit keiner Zügellosigkeit? ... Du sitzt schlecht? Nimm doch den Luftpolster hinters Kreuz! ... Mein Fehler war dann aber, daß ich, noch voll von den schweren Erheiterungen dieser Affaire, mit Mister Holger unwillkürlich ein wenig zu – sagen wir zu duftig sprach. Wäre ich richtig seriös geblieben, so hätte mein vortrefflicher Vortrag über Fruchtabtreibung vom Abend vorher eventuell noch einige Tausend eingetragen. Einmal aber das Mißtrauen geweckt: und die Erinnerung an jenen erquicklichen Speech machte es sofort unheimlich steigen. Zu spät erkannte ich meinen Fehler, der aber im Grunde doch keiner war. Auch die stärksten Naturen können die einmal erregte Nervenvibrations-Richtung nicht von einer Minute auf die andere umstellen. Ich hätte zumindest einige Stunden warten müssen, bevor ich mir diesen Insulaner vornahm. Das konnte ich aber nicht. Wir mußten abreisen, da der ›Rappel‹ unsere blöde Schußaffaire bereits in den Klauen hatte. Ein weiterer alter Erfahrungssatz, der leider aber nicht immer durchführbar ist, wenn die Ereignisse sich hetzen: *langsam* arbeiten, *sehr* langsam arbeiten. Die Nerven sind eben keine Maschinenbestandteile. Man müßte ein Umschaltungspulver für momentan unverwendbare Nervenvibrationen entdecken. So könnte man vielleicht *jedes* Malheur vermeiden. Und sicherlich das Genießen auf noch ungeahnte Weise heben ... Ha, Minouche, es ist Gold wert, tatsächlich Gold wert, wenn man vor einer Gestalt, deren Augen allein schon Gold wert sind, Reden halten kann. Das treibt den inneren Dampf ins Haupt, man gerät, wie sage ich's nur gleich sehr berückend – je nun, in Wallung, und es begeben sich fruktifizierbare Einfälle. Zudem ist es ein nicht zu unterschätzendes hygienisches Palliativ, luftig causieren zu können. Man erscheint kühl vor dem Feind, und es fällt nicht mehr schwer, die Zunge still zu drücken. Das ist der Papstfehler aller Anfänger: daß sie, weil im Pyjama ohne würdiges Gegenüber, zu viel sich selber bemerken wollen, zu viel des Persönlichen tun, des besten Schlechten, zu viel des ... Ich merke, daß mein über alle Zweifel soignierter Wortschatz sich vergaloppiert, zu sehr sich selbst gefällt ... Minouche, heilige Ménilmonteuse, ich rase gelinde, schwelge fast irr, zaudere süß ... doch nur an dir und um dich ... O, segne mich mit einem Pfiff! ... Merci. O, wie sie lacht! ... Aber auch ... aber auch das Eisenbahnfahren besorgt Wichtiges an diesem Rederausch. Man bekommt ja den Takt gleichsam in den Leib gestampft. Und er, der Takt, und es, das Tempo: voilà, das Allerwichtigste! Was ist Tempo? Arrangierte Bewegung. Und da Reden gleichfalls eine derartige Bewegung ist, nur kontrollierter, ist der Takt dazu nicht ohne Bedeutung. Ich bin gegen Leute, die nur im Sitzen und bei großer Ruhe auf Ideen kommen, nicht einmal mehr mißtrauisch. Da *bin* ich überhaupt nicht. Das sind keine Begabungen. Das sind *Sitz-*Gelegenheiten. Sie haben schließlich auch nur Ideen, diese Leute. Und fallen deshalb sofort hinein, wenn sie sich in Bewegung setzen.

Unsereiner hat Einfälle. Das Wort schon enthält Bewegung. Die besten Einfälle hat man übrigens im Fallen. Deshalb sind die gefallenen Mädchen so erfinderisch vor dem Zwang, sich irgendwie – aufzuhalten. Und die gelandeten Fische nicht faul und überhaupt auf der Höhe, auf der sie nicht verweilen, weil dort die Geschäfte zu schlecht gehen. Aber die Höhe ins Betriebsleben verpflanzt: und das große Geschäft beginnt. Minouche, du bist auf der Höhe. Ich kannte dich kaum zwei Tage, als ich mir bereits mit äußerster Lebhaftigkeit dich in den Armen eines sogar hübschen jungen Mannes vorzustellen vermochte, wie du, eine Zigarette liebkosend zwischen den Lippen und die Augen in einem Lehrbuch über praktische Astrologie, plötzlich auf deine Armbanduhr siehst und lakonisch meldest: ›Mein Herr, wenn Sie weitermachen wollen, müssen Sie nachzahlen.‹ Auf diese phantastische Höhe, die nicht nur ein übernatürlicher Einfall ist, sollst du von der Bewegung, die ich dir machen werde, dereinst noch gebracht werden. Denn dirigiert läufst du großartig ... Minouche, bitte deine Augen! ... Du bist meine tag- und abend- und nachtfüllende Bewegung. So wie ich die deine bin. Und zusammen und bewegt, wie wir es von einander sind, werden wir den höchsten Dampf entknüpfen, den allerhöchsten. O, Minouche, ich bin, ich bin ... Viens, ma gosse, machen wir uns Bewegung! In diesem Hängebett wird es eine doppelte sein und im Coupé eine dreifache. Wenn aber der Geist, der ach so lasterhaft ist, mich dabei überkommt und Sentenzen zischen läßt, so hast du mich zu stören ... zu schimpfen ... wenn ich nicht hören will ... zu zählen ... wenn ich nicht ... zu reden ... wenn ich nicht ... von den Geheimnissen deiner Berechnungen ... von den Gepflogenheiten deiner Überlegungen ... von den Bedürfnissen deiner Beendungen ... von ... den ...«

»Wep, par ici!«

»O, Minouche, Minouche ... Minouche ... o ...«

Nach einer Stunde hielt der Nacht-Rapide Paris-Lyon-Mediterranee in Nizza.

Pfeffer weiß sich zu helfen

Genoveva, höchste Neugier in den durch Belladonna erweiterten Pupillen, freute sich des würdevollen Schwankens ihres Federhutes. »Wie sieht er denn aus?«

»Er besitzt einen roten Knebelbart, pechschwarze, bläulich schimmernde Haare und weder Augenbrauen noch Wimpern. Deshalb sagte ich mir sofort, als ich ihn vor einigen Wochen kennen lernte: der Mann ist nicht ohne.«

Genoveva wirbelte leicht der Kopf. »Verstehe ich nicht.«

»Wenn man schon einen Beruf ausübt«, Pfeffer wieherte geübt, »muß man unter allen Umständen auffallen. Als Arzt ganz besonders. Da nun alle Ärzte an der Hand von meterlangen Bärten und ähnlichen patriarchalischen Requisiten es auf abgrundtiefe Vertrauenswirkung abgesehen haben, ist es einfach großartig, als Arzt sich eine Halunkenfresse anzuschaffen.«

Genoveva, immerhin ergötzt, begann sich zu pudern. »Hat man denn aber auch wirklich Vertrauen?«

»Zu Maxe?« Pfeffer gluckste originell. »Wollte sagen zu Dr. Edelmaier. Ha! Er hat mir seine Anfänge erzählt. Naturgemäß hatte kein Mensch Vertrauen zu ihm. Als er aber einmal einen günstigen harmlosen Fall in die Finger bekam, richtete er ihn, ohne dem Kranken dabei zu schaden, sich zu einem allerschwersten her. Man hatte nicht den Mut, ihn wegzuschicken, da er nächtelang am Bett des also Zugerichteten blieb. Als die ganze Familie zwei Tage lang geweint hatte und bereits an Trauerkleidern nähte, rettete er den Kunden innerhalb von vier Stunden durch eine kleine Scheinoperation mit riesigem äußeren Aufwand. Von diesem halsbrecherischen Erfolg an datiert seine Praxis. Heute ist dieser Pfiffikus steinreich.«

»Er kann also doch etwas.«

»Obwohl mir dieses ›Doch‹ imponiert – nicht viel. Er weiß sich der wirklich gefährlichen Fälle stets sehr geschickt zu entledigen und behandelt nur die einfachen, die er sich eben zu schwierigen gestaltet.«

Genoveva, deren innere Ausgeglichenheit nun doch auseinanderstob, verschüttete Puder auf ihren Busen. »Bist du deshalb allein sein Freund?«

»Nein.« Pfeffer säuberte sie, etwas zu gewissenhaft. Dann ließ er seine gut entjüdelte Stimme ins Lyrische hinüber: »Dieser Herr mit der gräßlichsten Gaunervisage, die ich je gesehen habe, und mit der unerschütterlichsten Vertrauensstellung, die ich je behohnlächelt habe, dieser Herr ist einer der gefährlichsten Verbrecher, die ich je gekannt habe.«

Genoveva wurde rot vor Angst und Neugier. »Was macht er denn?«

»Reiche krank.« Pfeffer, saftig schnalzend, reinigte seine Fingernägel vermittels einer Stecknadel. »Niemand denkt auch nur daran, seine Diagnosen anzuzweifeln und sich für gesund zu halten. Aber das ist nicht alles. Spitz deine Hörer! Seine Diagnosen sind so überaus genau, daß er seine Einbrüche fast wie Besuche macht. Nachher heilt er den Geschädigten, nimmt manchmal sogar in Anbetracht des finanziellen Ruins kein Honorar. Neuer Ruhm. Neues Vertrauen. Neue Einbrüche.«

»O!« Genoveva genoß zitternd die Aufregungen kommender Sensationen. »Und was willst du jetzt bei ihm?«

»Dich erkranken lassen, Vevi.«

»Mich? ...« Genoveva tanzte es vor den Augen.

Pfeffer griff ihr lange unter die Achseln ...

Obwohl die Sprechstunde Dr. Edelmaiers erst um drei Uhr begann, war sein Wartezimmer bereits halb vor drei überfüllt. Pfeffer aber wurde, als er seinen Namen durch eine Nebentür lispelte, sofort eingelassen.

»Det also is deine Zieje?« Dr. Edelmaier tätschelte Genoveva ab wie einen kranken Gaul. »Macht se imma Knixe?«

»Nur vor dir«, versicherte Pfeffer stimmungsvoll.

Dr. Edelmaier spie in eine Aluminiumpfanne. »Wem soll ik se ordinieren?«

Pfeffer grunzte bedeutungsvoll. »Professor Hanseborg soll ihr das Leben retten.«

»Nachdem ik ihr uffjejeben habe, wat?« Dr. Edelmaier rieb sich mit dem Handballen seine grauenerregende Nase. »Is det Meechen im Bilde?«

»Sie ist es.« Pfeffer klappte den Operationsstuhl nieder und winkte Genoveva einladend mit der Hand.

»Ziehn Se sich aus«, kommandierte Dr. Edelmaier dumpf, während er Pfeffer zur Tür hinausdrängelte.

Nach einer überaus minutiösen Untersuchung, die dazu dienen sollte, die am leichtesten produzierbare Diagnose festzustellen, wurde der am Schlüsselloch harrende Pfeffer wieder eingelassen.

Er kam, mit eiergroßen Blicken die noch halb Entkleidete umspülend, händereibend näher. »Hanseborg ist nicht nur schwerreich, Maxe, sondern ... sondern sogar homosexuell.«

»Pfefferchen, biste meschugge?«

»Mir macht es auch manchmal den Eindruck.« Genoveva, welcher die allzu intensive Art der stattgehabten Untersuchung bereits keimende Bedenken keineswegs zu zerstreuen vermocht hatte, strengte sich, da ihre Hände den Rock hielten, vergebens an, ihren linken Busen, den Dr. Edelmaier wie versehentlich immer noch in der Hand hielt, freizubekommen.

»Macht es, macht es ...« höhnte Pfeffer beweglich. »Mädchen haben zu schweigen, wenn von ihrem Glück die Rede ist.«

»Pfeffa, du bist een würdjer Sohn deines ... Ui!« Dr. Edelmaier schrie plötzlich schrill auf.

Genoveva hatte mit dem Fuß gegen ein Schienbein ihres Peinigers gestoßen und so ihren Busen befreit.

Pfeffer versetzte ihr, die Gelegenheit nützend, aber sehr indigniert mehrere leichte Hiebe auf Schulter und Arm. »Setz dich, Vevi! Also die Sache wird gemacht, wie projektiert. Du, Maxe, stellst die Diagnose.«

»Wanderniere«, fletschte Dr. Edelmaier.

»Da kann er lange suchen.«

»Natierlich.« Dr. Edelmaier untersuchte seine fetten roten Hände.

»Gut.« Pfeffer liebkoste seinen Bauch. »Hanseborg muß also den Fall übernehmen. Ich überrasche die beiden in einer stattlich geschlechtsverkehrten Situation. In dieser Hinsicht glaube ich mich auf Vevis Eingebungen verlassen zu können. Hanseborg wird, wegen Mißbrauchs der Berufsgewalt, ein Prozeß an den Hals gehetzt. Er wird einerseits sehr glücklich sein, einen guten Zeugen gefunden zu haben, mit dem er dem Gerücht von seinen abnormalen Neigungen wirkungsvoll entgegentreten kann; andererseits aber wird er für seine Professur und seine soziale Stellung mit Recht schwere Besorgnisse hegen. Es wird ihm nun vorgeschlagen, dafür zu bezahlen, daß man ihn den Prozeß gewinnen läßt, indem ja Vevi die Aussage machen könnte, sie habe sich ihrem Lebensretter in unwiderstehlichem Drang hingegeben. Hanseborg wird den Braten riechen, aber seinen Vorteil nicht verkennen.«

»Wat, jloobste, wird er bezahlen?« Dr. Edelmaier biß sich nachdenklich in seinen roten Knebelbart.

Pfeffer bekreuzigte sich. »Ich denke an hunderttausend Emmchen.«

»Det is nett von dich.«

»Jeder kriegt ein Drittel.«

»Möchte ich schriftlich haben«, rief Genoveva dreimal.

»Kriegste!« Pfeffer suchte seinen Hut. »Übermorgen.«

Dr. Edelmaier rannte sehr unruhig umher. »Och und ik habe die janze Bude voll von Erkrankten!«

»Ha!« schrie Pfeffer. Hierauf hatte es den Anschein, als überlege er délirant. »Ha! Hanseborg wird nach dem Prozeß Wert darauf legen, Vevi noch einige Zeit herumzuzeigen. Herrliche Gelegenheit für uns, bei ihm einzubrechen. Hab ich Ideen?«

Dr. Edelmaiers abscheuliche Äuglein lohten nur so. »Pfeffa, du bist een würdjer Sohn deines jottjefälljen Volksstamms ... Und nu jeht mal, Kinder! Klingl mir an, hörste?«

Pfeffer, der Genovevas beleidigenden Äußerungen auf der Treppe wortlos standgehalten hatte, wurde unterm Haustor, als sie ihn bereits gewisser Vergehen und Verbrechen zu zeihen begann, welche ihm ein Strafausmaß von mehreren Menschenaltern zuzuziehen geeignet gewesen wären, sozusagen rabiat: »Halts's Maul, oder ich laß dich verhungern!«

»Du schnappst wirklich noch einmal über.«

»Das wäre ein ehrenvoller Abschluß meiner Biographie.«

»Saujud miserabler, dreckiger!«

Pfeffer lächelte wonnig. »Vevi, willst du ein Schnitzel?«

Dieser Vorschlag erschütterte Genoveva für Sekunden so sehr, daß Pfeffer Zeit fand, ihr zu sagen, der ganze Auftritt bei Dr. Edelmaier wäre von A bis Z – »gestellt« gewesen, um den durch einen anonymen Brief hinter die Seitentür des Ordinationszimmers gelockten Staatsanwalt zu einer Anklage zu veranlassen, die ihm seine Existenz kosten würde, Dr. Edelmaier einen öffentlichen Lacher und beiweitem weniger als die Reklame in Hotels, Kurorten und Fachzeitschriften. »Ich erhalte nach dem Freispruch zehntausend Mark, du fünftausend.«

Genoveva haschte mit beiden Händen nach der Hauswand. Als sie Halt hinter sich fühlte, versuchte sie, endlich mit Erfolg, ihre immer noch umhertaumelnden Augen einzufangen und auf Pfeffer zu richten. »Also ist kein Wort von all dem wahr?«

»Keine Silbe!«

»Warum hast du mich denn aber nicht eingeweiht?«

Pfeffer kniff sie, irgendwo. »Du bist eine sehr gute Schauspielerin, Vevi. Wie alle unwiderstehlichen Mädchen. Aber in solch einem immensen Fall ist es sicherer, auf echt zu arbeiten.«

Genoveva war alsbald nicht nur völlig versöhnt, sondern versprach Pfeffer, der nun wirklich Effekt gemacht hatte, spontan die nächste Nacht und den heißesten Dank.

Unmittelbar nach dessen Abstattung, während Pfeffer eben den noch dampfenden Leib sich wusch, fragte Genoveva: »Hast du dem Edelmaier schon telefoniert?«

»Was? ... Ach so ... Nein.« Pfeffer setzte sich auf den Fußboden.

»Ja, warum denn nicht ...?«

»Die Sache ist doch aus.« Pfeffer bearbeitete sich den Rücken mit grimmigen Handtuchschlägen.

»Wieso aus. Sie fängt doch erst an.«

»Nebbich. Das *Ganze* war gestellt.« Pfeffer befühlte einen seiner hohlen Zähne.

Genoveva rutschte langsam aus dem Bett. Ihrem Mund entrangen sich unbeschreibbar qualvolle Laute, bevor sie zu stammeln vermochte: »Bitte sag mir ... was ... ich ...«

»Gewiß.« Pfeffers behaarter Körper machte geschmeidige Wendungen. »Maxe ist nicht der Dr. Edelmaier, sondern sein Faktotum. Er ist, wie du ja bemerkt haben wirst, zu häßlich, um auf schöne Mädchen folgenschweren Eindruck zu machen. Deshalb ging er auf meine Stellungen ein, die ihm die Möglichkeit geben, sich wenigstens bis zu einem gewissen Grade zufriedenzustellen. Und die auch mich zufriedenstellen. Denn mit einem Kerl, höchst unromantischen Äußerns wie ich, schläft ein Mädchen von deinen körperlichen Qualitäten nur nach reichlicher psychologischer Bearbeitung.«

Genoveva warf sich mit einem unartikulierten Aufschrei auf Pfeffer und verprügelte ihn mit ihren kleinen Fäusten, bespie ihn, kratzte und biß. Minutenlang. Endlich hielt sie erschöpft inne. Beim Anblick Pfeffers aber packte sie von neuem die Wut. Abermals stürzte sie sich auf ihn und verhaute ihn erbärmlich.

Da, mit einem Mal, stutzte sie. Sie hatte ein Stöhnen vernommen, das ihr sonderbar geklungen hatte.

Von einem unbestimmten Verdacht erfaßt, neigte sie sich über ihr Opfer und mußte zu ihrem Entsetzen erkennen, daß der Unhold in mühsam unterdrückten Krämpfen äußersten Entzückens sich wand.

Genoveva erblaßte gänzlich. Also auch um ihre Rache sah sie sich betrogen. Wie irrsinnig torkelte sie auf ein Fauteuil zu, in dem ihre Kleider lagen, stolperte dabei über einen kleinen Teppich und taumelte an die Wand, die bei ihrem Anprall dumpf widerhallte. »Was ist das? Ist das eine Tür? Hier ist doch das Haus zu Ende!«

Und schon suchte sie fieberhaft, von einer fürchterlichen Ahnung geschüttelt, nach der Klinke oder dem geheimen Knopf. Sie fand einen kurzen Strick, zog an ihm und fuhr aufkreischend zurück:

Hinter der aufgesprungenen Tapetentür stand, die scheußlichen Züge lustverzerrt, Maxe, Speichel in den Mundwinkeln. Und zwar halbnackt. Und in einem unwiedergebbaren Zustand.

Genoveva fiel in Ohnmacht ...

Als sie erwachte, saß vor ihr ein schöner Herr in Gehrock und hellroter Krawatte, der aussah wie ein Veteran des Heiratsschwindels, und schlug ihr, ölig lächelnd, langsam vor, in diesem Zimmer und in seinem Hause verbleiben zu wollen; der Klient, der sie hergebracht hätte, zahle so unpünktlich, auch sei seine Spezialität zu geräuschvoll und hätte schon gelegentlich zu Mißhelligkeiten mit der Polizei geführt; sie solle die Gelegenheit ergreifen und ihrem Ärger, der ja nur zu verständlich sei, mit einem »Ende gut, alles gut« etc. etc.

Genoveva erraffte noch so viel Besinnung, sich wortlos anzukleiden und mit ihren Siebensachen die Treppe und die Straße zu gewinnen. Ihren Federhut, dessen Pleurosen geknickt waren, trug sie in der Hand. Ihre Augen hatten, mangels Belladonna, jeden Glanz eingebüßt.

Seit diesem Abenteuer ist Genoveva Antisemitin, Männerfeindin und überhaupt gegen den Geschlechtsverkehr. Gegenwärtig sieht sie wegen Verführung minderjähriger Mädchen einer längeren Gefängnisstrafe entgegen. Aber durchaus hochmütigen Herzens.

Das Geheimnis der Concetta Capp

Neapel ist die einzige Stadt Italiens, die den Strich verboten hat. Dessen um das Ende des vorigen Jahrhunderts ganz unverhältnismäßiges Überhandnehmen bedingte diese gewiß sehr erstaunliche Maßnahme, die, einmal getroffen, beibehalten wurde, weil sie der großen Frömmigkeit der Bevölkerung entsprach, vor allem aber, weil man bemerkte, daß es auch so ging. Zwar etablierten sich in der Folge allenthalben neue Bordelle und die Kupplerinnen tauchten in ganzen Rudeln auf, aber der eigentliche Zweck war doch erreicht: die direkte Verlockung fehlte. Allerdings nur während einiger Jahre. Denn allgemach bildete sich ein gänzlich neuer Brauch heraus, der nicht sowohl das Verbot erfolgreich umging, als auch eine gewisse Gewähr dafür bot, daß er beschränkt bleiben würde.

Die Sängerinnen der Kabaretts, die fast ausnahmslos ihre Gunst verkaufen, fuhren nämlich nach Schluß der Vorstellung, meist erst nach Mitternacht, in Mietdroschken nach Hause und wurden unterwegs von ihren zahlreichen Verehrern stets mehrmals angehalten, mit Blumen und Liebesworten überschüttet. Und manchmal kam es auch vor, daß einer das Glück hatte, im Wagen mitgenommen zu werden. Bald wurden die Droschken der Sängerinnen immer häufiger angehalten und immer häufiger wurden Glückliche mitgenommen. Und nach Verlauf einiger Monate konnten besonders aufmerksame Beobachter bereits feststellen, daß auch Damen, die allem menschlichen Ermessen nach keine Sängerinnen waren, gegen Mitternacht sehr langsam nach Hause fuhren, immer wieder die Via Roma passierten und erst verschwanden, wenn sie glücklich einen ergattert hatten.

So kam es, daß Neapel den vornehmsten Strich der Welt bekam: den Droschken-Strich. Seine Exklusivität erwies sich allerdings erst nach einiger Zeit. Die Regiekosten waren nämlich sehr hoch und mußten auf den Kavalier abgewälzt werden, so daß einerseits dem hohen Preis eine schöne Dame entsprechen mußte, andererseits der schönen Dame ein zahlungsfähiger Kavalier. Deshalb bildete sich zunächst folgende Gepflogenheit heraus: die Droschke anhalten, um mit der Insassin zu reden und sie zu begutachten, war gratis;

wer aber, ohne sich schon endgültig entschlossen zu haben, die Droschke bestieg, war, wenn er nachträglich gleichwohl sich zurückziehen wollte, verpflichtet, die mitgefahrene Strecke zu bezahlen. Daß in solchen Fällen nicht nur die bis dahin von der Dame allein zurückgelegte Strecke angerechnet wurde, sondern oft das Vielfache, war ebenso selbstverständlich wie die Folge davon: die Herren wurden überaus vorsichtig und stiegen überhaupt erst ein, wenn man sich über den Gesamtpreis geeinigt hatte. Da diese langwierigen Unterhandlungen vom Wagen aus zum Trottoir hinab weder nach dem Geschmack der Damen waren noch nach dem der Herren, vollzog sich die definitive Siebung: die Droschken wurden nurmehr von Herren angehalten, die jeden Preis zu zahlen willens waren, und nur jene Damen, die darauf verzichten konnten, täglich Erfolg zu haben, fuhren auf den Strich.

Die Königin dieses allnächtlichen Wagen-Korsos war jahrelang die schöne Maria Cappi gewesen, deren geheimnisvoller Tod viel von sich reden machte. Sie wurde eines Nachts an der Ecke der Via Chiaia durch einen Flintenschuß in den Hals getötet. Der Mörder wurde nicht entdeckt; sei es, weil die Richtung, aus der der Schuß gekommen war, nicht mit Sicherheit festgestellt werden konnte, sei es, weil der Kutscher nach dem Schuß, den er nicht gehört hatte, noch minutenlang weiterfuhr. Erst als der Körper der Ermordeten bei einer holprigen Stelle fast aus dem Wagen fiel, hielten Passanten den Kutscher auf.

Dieses Ereignis gab umso mehr Grund zu den unglaublichsten Kommentaren, als die einzige Tochter der Ermordeten, die siebzehnjährige Concetta, die fast noch schöner war als ihre Mutter, nach deren Begräbnis ihre Verlobung mit dem jungen Principe Faradossi, der, um sie gegen den Willen seines Vaters heiraten zu können, Bankbeamter geworden war, brüsk löste und noch in derselben Nacht im Wagen ihrer Mutter auf den Strich fuhr. Als man es Faradossi hinterbrachte, rannte er wie ein Toller auf die Via Roma. Zufällig war der Wagen Concettas einer der ersten, die ihm begegneten. Faradossi blieb aufbrüllend stehen und schoß dreimal. Als der Wagen hielt und Concetta ihn wachsbleich, aber unverletzt verließ, feuerte Faradossi vor ihren Augen sich eine Kugel in den Mund. Und nun geschah das Allerunglaublichste. Concetta stieg wieder in den Wagen, ohne ihren toten Bräutigam auch nur berührt zu haben, und gab ihrem Kutscher barsch den Befehl weiterzufahren. Man erzählte sich, daß sie bis gegen fünf Uhr morgens die Via Roma auf und ab fuhr. Niemand wagte, den Wagen anzuhalten, weil alle sie kannten, alle wußten, was sich ereignet hatte, und alle die Jungfrau Concetta Cappi für wahnsinnig hielten. Als sie aber nachts darauf wieder auf der Via Roma erschien und die folgenden Nächte wieder, war der Bann gebrochen. Dennoch war der erste, der ihren Wagen anhielt, ein unbekannter Fremder gewesen.

Kersuni war kaum zwei Tage in Neapel, als ein Bekannter, mit dem er spät nach Mitternacht über die Via Roma heimging, beim Erscheinen des Wagens Concettas ihm deren Geschichte erzählte.

Kersuni, für den sie weniger romantisch sich ausnahm als für den Erzähler, wurde immerhin so neugierig, daß er sich vornahm, obwohl ihm Concettas hoher Preis genannt worden war, diese Frau kennen zu lernen und vielleicht, koste es, was es wolle, ihr Geheimnis.

Schon in der nächsten Nacht wartete er vor einer kleinen Bar in der Nähe der Piazza Dante. Gegen Mitternacht trabte der elegante Dogcart Concettas vorbei. Kersuni, der nicht wußte, daß Concetta gewöhnt war, es ihren Liebhabern nicht leicht zu machen, erreichte deshalb zu spät den Fahrdamm. Er wartete nun hart am Rand des Trottoirs, bis der Wagen zurückkam, und gab schon von weitem dem Kutscher ein Zeichen mit dem Stock. Der Wagen hielt knapp vor ihm.

Kersuni grüßte mit einem leichten Kopfneigen und stieg wortlos ein.

Der Wagen setzte sich wieder in Bewegung.

»Sie sind Ausländer?« fragte Concetta französisch und mit einer Stimme, die Kersuni durch ihren gebrochenen Klang aufhorchen machte.

»Ja.«

»Sie zahlen zweitausend Lire?«

»Ja.«

»Für jede weitere Stunde zahlen Sie ebenso viel?«

»Ja.«

»Geben Sie mir bitte Ihren Paß.«

Kersuni, der stets auch einen falschen bei sich trug, gab ihr diesen.

Nach einer Weile sagte sie: »Damit es keine Differenzen gibt.«

Kersuni nickte höflich. Es fiel ihm auf, daß sie kein anderes Bijou trug als um den Hals ein kleines Kruzifix aus schwarzen Steinen.

Von Zeit zu Zeit stellte sie noch allerlei Fragen, unterließ es aber bald, da Kersuni nur ausweichend oder gar nicht antwortete.

Sobald die Via Roma passiert war, nahm der Kutscher scharfen Trab und hielt nach einer Viertelstunde vor einer versteckt liegenden kleinen Villa auf dem Vomero.

Das Weitere vollzog sich in der üblichen Weise. Kersuni war lediglich darüber erstaunt, daß Concetta das schwarze Kruzifix nicht ablegte, obwohl sie sich völlig ausgekleidet hatte. Als er nach etwa einer Stunde das Bett verließ, fragte er nach dem Grund.

Concetta bewegte verächtlich ablehnend die Lippen. »Sie haben ja bisher überhaupt sehr hartnäckig geschwiegen. Wollen Sie doch bitte auch weiterhin dabei bleiben.« Sie dehnte ihren schlanken ebenmäßigen Körper und warf dann rasch einen rotseidenen Peignoir über.

Kersuni hatte sich bereits zuvor im Zimmer, das aussah wie alle eleganten italienischen Boudoirs, umgesehen und soeben auf dem Toilette-Tisch einen dunklen, durch einen runden Bilderrahmen halb verdeckten Gegenstand bemerkt, der seine Aufmerksamkeit dadurch fesselte, daß er zu irisieren schien.

Noch bevor Concetta es hätte verhindern können, hielt Kersuni eine längliche Bronze-Statuette in der Hand, darstellend einen geschwänzten bocksbeinigen Teufel, dem ein nacktes kleines Mädchen ehrerbietig den Hintern küßt.

Doch da riß Concetta ihm auch schon die Statuette aus der Hand und schleuderte sie in eine offen stehende Wäsche-Schublade, die sie hastig zustieß und versperrte. »Was sind das plötzlich für Manieren?« rief sie empörter, als es dem Vorfall entsprach.

Kersuni beobachtete sie unbeweglich. »Was sind das für Steine, die Sie um den Hals tragen?«

»Schwarze Brillanten.« Concettas Lippen verschoben sich drohend. »Wünschen Sie noch ...«

»Sie legen dieses Kruzifix niemals ab?«

»Niemals.« Concetta schrie es fast. »Hier haben Sie Ihren Paß.« Sie warf ihn in ein Fauteuil. »Wünschen Sie noch zu bleiben?«

Kersuni steckte seinen Paß ein und setzte sich. »Ja.«

»Sie erinnern sich unserer Vereinbarung?«

»Ja.«

»Für jede weitere Stunde ...«

»Ja.«

Concetta, die ihn während ihrer Fragen wild angeblitzt hatte, ließ sich achselzuckend in ein Fauteuil fallen, schlug ein Bein über und sah, das Kinn in der Hand, zum Plafond empor.

Kersuni, Knie und Fäuste rechtwinklig an einander gepreßt, saß ihr gegenüber und starrte sie unausgesetzt an.

Nach drei Viertelstunden bewegte Concetta sich zum ersten Mal. »Es dürfte die zweite Stunde um sein.«

Kersuni blickte auf seine Armbanduhr. »Es fehlen noch fünfzehn Minuten. Aber wollen Sie sich nicht vergewissern?«

»Danke.«

Kersuni schwieg und starrte sie weiter an.

Nach einer halben Stunde nahm Concetta ihren Kopf aus der Hand, wandte Kersuni voll das Gesicht zu und fragte rauh: »Was wollen Sie eigentlich noch?«

»Einige Fragen an Sie richten.«

»Gehört das zu unserer Vereinbarung?« Ihre Stimme zitterte vor Wut.

»Nein.«

»Es freut mich, daß Sie wenigstens Gentleman sind.«

»Danke.«

Concetta senkte die Augen. Dann riß sie ihr Fauteuil mit einem heftigen Ruck beider Hände zur Seite, so daß Kersuni nicht einmal ihr Profil sah.

Nach einer weiteren halben Stunde folgerte Kersuni, der Concetta nach wie vor, nur vielleicht noch verbissener, angestarrt hatte, aus nahezu unmerklichen Bewegungen, daß seine Suggestion zu wirken begann. Da er immerhin mit einer unvorhergesehenen Störung rechnen mußte, hielt er es für angezeigt, sofort zu sprechen. »Ich weiß«, sagte er laut, aber mit tunlichst gleichmäßiger Stimme, »daß Ihre Mutter erschossen wurde. Daß der Principe Faradossi ... Ich weiß, was alle Welt weiß. Ich weiß aber auch, daß das Geheimnis, das noch heute jene Ereignisse umgibt, durchaus nicht so undurchdringlich ist und keineswegs auf das Konto einer Maffia zu setzen ist oder gar Gefühlvolles oder Leidenschaftliches verbirgt, sondern ...«

»Sondern?« kreischte Concetta halblaut und riß ihr Fauteuil mit einem mühsamen Ruck in die frühere Lage zurück.

»Sondern es ist ein kleines schwarzes Kreuz und ein Teufel.« Kersuni hustete erregt.

»Schweigen Sie!« Concetta war schwerfällig aufgestanden und taumelte nun zu Kersuni, dessen Arm sie erfaßte und zitternd umspannte. »Schweigen Sie zu jedermann!« Ihre Stimme hatte fast keinen Klang mehr. Ihre schwarzen unruhigen Augen waren trüb geworden und glotzten ins Leere. »Sie haben es erraten. Meine Mutter wurde erschossen, weil sie nach Spanien fliehen wollte. Ich hätte ihr Schicksal geteilt, wenn ich – *jenem* Mann nicht gehorcht hätte. Faradossi wollte mich töten, weil er mich liebte und nichts begriff. Es brachte ihn um den Verstand. Meine Mutter wollte, daß ich ihn heirate. Heute weiß ich, warum. Jetzt aber fällt mir das – *andere* schon so schwer wie meiner Mutter. Wenn das Maß voll sein wird, werde ich mich selbst töten. Nun wissen Sie es. Schweigen Sie, wenn Ihnen Ihr Leben lieb ist.« Sie ließ sich erschöpft zu Boden gleiten.

Kersuni hielt ihre Hand fest. »Die schwarze Messe.«

»Ja. Wir haben unsere eigene Synagoge. Eine grauenhafte Parodie der Peterskirche. Und mehr als vierhundert Satanisten und Satanistinnen.« Concetta hielt gepeinigt inne. Ihr Blick schien gänzlich zu erlöschen. »Anfangs war ich wie rasend ... Hören Sie, wie es war. Faradossi war mein Erster. Es war mir zu wenig. Und da ereignete sich jener Mord. Es war um ein Uhr nachts. Ich erfuhr es eine Viertelstunde später von – *jenem* Mann, den ich für den Geliebten meiner Mutter hielt. Ich warf mich schluchzend auf den Diwan und er sich über mich und ... und diesmal war es mir nicht zu wenig. So daß ich ihm blindlings gehorchte und zwei Tage später auf den Strich fuhr. Am nächsten Nachmittag brachte er mich in die Synagoge und las die Messe auf meinem Bauch. Ich mußte eine junge Katze in der Luft zerreißen. Ich mußte einem Hahn die Kehle durchbeißen. Ich mußte den Kelch mit Urin und Menstruationsblut leeren. Und ich tat es. Tat es mit Vergnügen. Glauben Sie mir, Grausamkeit und Ekel sind das größte Vergnügen ...« Sie lächelte irr.

»Weiter ... weiter ...«, flüsterte Kersuni gierig.

»Anfangs war ich wie rasend darüber, daß ich das alles tat und daß ich es mit Vergnügen tat. Doch diese Abscheulichkeiten retteten mich vor dem Abscheu vor mir selber. Aber man hält es nicht aus. Und wenn der Körper es nicht mehr hergibt, das ist das Ende. Man ist zum Brechen voll und soll weiter essen ...« Concettas Kopf fiel, wie im Genick gebrochen, auf die Brust.

Kersuni streichelte ihre Hand, ihre Haare. »Nur noch eins. Wer pißt auf den verhaßten Philipp?«

»Jedesmal ein anderer.«

»Ich meine ... wer ist euer Katharer?«

Concetta schloß schläfrig die Augen. »Derselbe.« Sie sank in sich zusammen. » *Jener* Mann.«

Kersuni hob ihr Kinn. »Wer?« Er starrte ihr lange und fest in die Pupillen.

Concettas Augen füllten sich plötzlich mit einem solch seltsam müden alten Haß, daß Kersuni erschauerte.

Dann zischte sie einen in Neapel gefürchteten Namen.

Kersuni schwieg lange. »Warum schickt er Sie auf den Strich?«

»Wir müssen alle huren. Aber auch wegen der Irreführung.«

»Müssen Sie ihm Geld geben?«

»Der Synagoge. Aber er hat auch schon von mir ...«

»Warum haben Sie meinen Paß verlangt?«

»Wir müssen alle spitzeln. Und dann für alle Fälle ...«

Concettas Lippen schlossen sich nicht mehr. Ihre Augäpfel verdrehten sich.

Kersuni rieb ihr die Schläfen, bis sie einschlief. Dann trug er sie ins Bett und deckte sie bis ans Kinn zu ...

Es gelang Kersuni, ungesehen das Haustor zu erreichen. Der Schlüssel steckte von innen.

Auf der Straße blieb Kersuni stehen. Doch das Lächeln darüber, daß er nicht bezahlt hatte, erstarb vor der jähen Einsicht, so rasch wie möglich abreisen zu müssen.

Das sicherste Spiel

Reinac betrat, seit einigen Stunden erst in Genua, gegen elf Uhr nachts einen geheimen Spielklub in einem Neubau auf dem Corso Andrea Podestà. Die Adresse besaß er von dem beflissenen Portier seines Hotels.

Es wurde Bac gespielt. Reinac verlor sechshundert Lire und brachte es über sich, aufzuhören.

In der Bar machte er die Bekanntschaft des jungen Baron Cavarri, der mit seiner Maitresse, einer zierlichen Französin aus Avignon, so meisterhaft die Bar beherrschte, daß sein erster Eindruck gewesen war: »Der Junge macht das als Nebenverdienst.«

Nach wenigen Worten wurde er jedoch an dieser Auffassung irre. Er nahm, sein Interesse hinter witzigen Äußerungen verbergend, allerlei über die Vermögensverhältnisse Cavarris wahr, das ihm in solchem Maße bemerkenswert erschien, daß er das Paar für den nächsten Abend zum Diner lud, um in einem sicheren Spiel sich zu versuchen ...

Es war ein Uhr nachts, als Reinac auf die Straße trat. Vom Wein und Spielverlust erregt und bereits eine Kombination erwägend, winkte er einem Taxi und fuhr in die Via Caffaro.

Huguette, im Nachthemd, flog ihm mit einem Aufschrei an den Hals. Es dauerte länger als eine Viertelstunde, bis sie so weit zu Atem kam, um zusammenhängend sprechen zu können.

Plötzlich bemerkte sie, während sie Reinac noch durch feuchte Schleier hindurch betrachtete, was eine Frau sonst augenblicklich fühlt. Sie jubelte: »O, meiner süßer kleiner Bébert, komm her zu mir!« Und schon riß sie ihn, dem sie lediglich zuvorkam, an sich und wälzte sich mit ihm auf die Ottomane ...

Nachher weckte sie ihre Zofe, ließ ein frugales Souper auftragen und gebärdete sich närrisch vor Vergnügen. »Et Spielmann? Was er macht der ganzer Zeit?«

Reinac trank belustigt. »Der hat sich schwer verkühlt bei jener Reise.«

»Va, gouchat que t'es! Spiel nicht der Schwierigen!«

»Er singt in Marseille.«

»Singt?«

»Noch drei Jahre.«

Huguette senkte ein paar Sekunden ihr hold zerwühltes Köpfchen.

»Pardon, das ich es machte nur aus der Gewohnheit ... O, und er sagte solcher entzückender Witze. Wie du, fast. Du dich erinnerst, wie er hat an Marie empfohlen, sie soll nicht lassen so oft sich dividieren, das marschiert dann auf einen Bruch hinauf ... hinab ... *hinaus?* Et Georges? Ça biche bien?«

»Ah, das ist ganz schrecklich!«

»Er hat vielleicht einen magasin?«

»Schlimmer. Eine erotische Wäscherei.«

»Erotique?« Huguette zerfurchte erfolglos ihre kleine Stirn. »Je n'y vois pas d'inconvénient.«

Reinac hielt sich, als träume er, die Wangen. Dann wimmerte er: »Er soll in Meran verheiratet sein.«

»Filons!« Huguette schmatzte schmerzerfüllt. »Mais toi, toi, Bébert! Woher du kommst? Wo du gehst hin? Was hast du bei ... mit ... *vor?* Eh bien, was du hast hinter dich?«

»Ma chère Guette ...«

»Chiqué! Du liebst schon mir noch. Dis pas non! Du mich hast immer geliebt, Bébert. Und zwar heiß.«

»Ein Wiedersehen nach langer Zeit macht stets so erregt und neugierig, daß man diesen Zustand gerne mit Liebe verwechselt.«

Huguette machte reizvoll böse Augen. »O, ich wiedererkenne. Ich habe immer gesagt, daß du bist einer mit der esprit. O, meiner süßer kleiner Bébert ... Aber das ist Unsinn!«

»Meine Belobung!« Reinac schmunzelte, ein wenig zu selbstgefällig. »Liebe ist wirklich ein Unsinn. Es sei denn, man übt ihn aus.«

»C'est kif kif. Wir haben doch sogleich geübt.« Huguette gab ihren schwarzen Augen einen gewissen Ausdruck von Stupidität, den Reinac und auch sie selbst sehr kleidsam fand.

Reinac sah auf seine Armbanduhr. »Guette, ich muß gehen. Es ist schon drei.«

Huguette betrachtete ihn halb prüfend, halb lauernd.

Reinac fuhr ihr mit der Hand geschwind übers Gesicht. »Selbstverständlich habe ich eine Frau bei mir«, log er, ihren Blick erratend, aber auch aus Überlegung. »Ebenso wie du zweifellos hier irgendwo einen süßen Jungen sitzen hast. Das soll mich aber nicht hindern, dich gelegentlich zu besuchen, und dich nicht ...« Er hielt inne, zu einem bestimmten Vorgehen entschlossen. »... morgen abend bei mir im Hotel zu dinieren. Acht Uhr. D'accord?«

Huguette war es und erschien andern Abends pünktlich und in strahlender Toilette.

Reinac weidete sich an den stürmischen Abklopfungsversuchen, welche die beiden Frauen, kaum daß sie einander vorgestellt waren, vornahmen, und an der dabei aufgebotenen Technik, die, da auf beiden Seiten von ihm mit Absicht in keiner Weise dirigiert worden war, die persönlichen Talente in voller Pracht entfaltete.

Huguette, die nur nach außen hin sich Zwang aufzuerlegen für gut fand, bewahrte durchaus die dem Ort angemessene Haltung, sprach aber in sehr lockerer Art und erzählte amüsante Geschichten, die sie mit Reinac zusammen erlebt haben wollte; teils in der Absicht, Reinacs Eigenliebe zu wecken und ihn wieder an sich zu ziehen, teils um ihre Gegnerin zu ärgern. Sie hielt nämlich Germaine, die Maitresse Cavarris, für Reinacs Kumpanin und Cavarri für das Opfer.

Germaine vermied es immer deutlicher, in Huguettes lockeren Ton mit einzustimmen, und parierte auch damit, daß sie die noch Unerfahrene spielte. Sie zeigte durch sehr schlau gestellte naive Fragen eine schmeichelhafte und zugleich lächerliche Neugierde, ergriff aber zwischendurch jede Gelegenheit, über die engeren Beziehungen Reinacs zu Huguette sich zu informieren.

Als Reinac, mit Cavarri am Arm, den beiden Frauen, die er allein gelassen hatte, sobald er bemerkte, wie vorzüglich das Spiel begann, sich wieder näherte, waren diese auf dem Punkt Freundschaft zu schließen, so sehr haßten sie einander bereits.

Cavarri, der die immerhin ungewöhnliche Einladung Reinacs nur angenommen hatte, weil er von dessen Witz angezogen worden war, war bald auch von Huguette entzückt, die er ebendeshalb geflissentlich mied, umsomehr als Reinac, sachte scherzend, ihn vor ihr gewarnt hatte. Gegen Mitternacht konnte er aber doch nicht umhin, sich ihr zu nähern.

Unterdessen rückte Reinac Germaine näher, faßte sie so um die Taille, daß nur Huguette es sehen konnte, und bat sie harmlosen Gesichts, unter allen Umständen Cavarri an sich zu fesseln. Einmal fest in dessen Federn, ließe sich ein ausgezeichneter Coup machen. Er denke an nichts Geringeres als eine notarielle Schenkung zu ihren und selbstverständlich auch zu seinen Gunsten. Näheres würde er ihr mitteilen, wenn sie überhaupt für die Sache sich interessiere.

Germaine, welche der Ehrgeiz, über Huguette zu triumphieren, mehr beherrschte als etwa eine plötzliche Leidenschaft für Reinac, bekundete augenblicklich dieses Interesse; und umso lieber, als Cavarri sie ihrer Meinung nach für ihre Leistungen viel zu knapp honorierte. Reinac, danküberströmten Auges, vereinbarte ein Rendez-vous für den nächsten Nachmittag.

Aber auch Cavarri hatte ein Rendez-vous erreicht, gleichfalls für den folgenden Nachmittag. Huguette hatte sofort erkannt, daß sie Chance habe, und alle ihre Reize abgeprotzt, um einen doppelten Sieg sich zu holen.

Am Abend darauf dinierten Reinac und Huguette in dem luxuriös eingerichteten Appartement Cavarris.

Das Diner verlief in eisigem Schweigen, da inzwischen allerlei sich zugetragen hatte.

Germaine, der nachträglich Reinacs Absichten nicht geheuer vorkamen, hatte es nämlich für schlauer gehalten, Cavarri das Vorgefallene mitzuteilen. Worauf man unter beiderseitigen Empörungsanfällen übereingekommen war, den Hochstapler zu entlarven.

Dennoch aber hatte Cavarri, von ihrer Schönheit machtvoll herbeigetrieben, zum Rendez-vous mit Huguette sich eingefunden. Und da er nicht den kleinsten Anhaltspunkt für ihre Teilhaberschaft zu finden vermochte (ihre amüsanten Geschichten hielt er für naiv erlogen und deshalb für den Hauptbeweis ihrer Unschuld), gelang es ihm mühelos, sich einzureden, daß er sie vor Reinac warnen müsse.

Huguette nun hatte, nachdem Cavarri zur Gänze verheert worden war, dessen Warnung mit der Aufklärung beantwortet, daß Reinac der heimliche Freund Germaines sei und zweifellos allerhand gegen ihn plane. Sie hoffte, durch diesen Schachzug Cavarri sich zu verpflichten, Germaine abzusägen und Reinac endgültig für sich zu gewinnen, indem sie ihm eine weitaus bessere, über sie hin zu führende Sache vorschlug, die überdies den Vorteil hätte, sicherer zu sein.

Reinac hatte länger als eine halbe Stunde auf Germaine warten müssen, die so unpünktlich erschien, weil sie, durch Cavarris Nervosität mißtrauisch geworden, ihm gefolgt war und ihn an der Seite Huguettes ein Absteige-Quartier hatte aufsuchen sehen. Sie schäumte vor Rachelust, vergaß alle Bedenken und erklärte sich zu allem bereit. Reinac legte sie auf den Rasen und, nachdem er sich emsig betätigt hatte, ihr ans Herz, Cavarri ja nicht merken zu lassen, was sie wisse. Hierauf entwickelte er ihr einen Plan zu Cavarris Dupierung, der ebenso unausführbar war wie verlockend.

Beim Dessert endlich hob Cavarri, der das Diner nicht durch den unausweichlich schrecklichen Eclat sich hatte verderben lassen wollen, langsam den Kopf und schnarrte: »Herr Reinac, Sie sind ein Hochstapler.«

Reinac aß gemächlich weiter. »Beweisen Sie es.«

Cavarri bewies es in einer viertelstündigen Rede, voll der gräulichsten Injurien.

»Ihr Beweis enthält vor allem einen Irrtum, den ich berichtigen möchte.« Reinac hämmerte mit seinem Obstmesserchen auf den Teller, um die Stimmung noch gereizter zu machen. »Ich bin zwar tatsächlich der Freund Ihrer Maitresse, aber erst seit heute nachmittag vier Uhr zehn.«

Huguettes Lider röteten sich. Ihre Öhrchen desgleichen. »Quoi? ... Est-ce vrai, Germaine? ... Tu m'as empilé, chien que t'es!« Sie nahm in ihrer Wut an, Reinac hätte ihr gegenüber behauptet, Germaine sei seine Freundin.

Reinac schwang kokett sein Obstmesserchen sich um die Nase. »Ich habe allerdings, ma chère Guette, seit vorgestern unsere mehr als ein Jahr hindurch unterbrochen gewesenen intimen Beziehungen wieder aufgenommen. Das ist aber doch wohl schwerlich ein Grund, mich als Hochstapler zu verleumden. Und keineswegs ein Gegenbeweis dafür, daß Guette Ihnen, Herr Baron, heute nachmittag intensiv ihre Gunst geschenkt hat.«

Cavarri strich sich den Schweiß von der Stirn. »Was soll das alles bedeuten? Germaine, hast du wirklich heute nachmittag ...?«

Germaine kannte sich einfach nicht mehr aus und machte eine irrsinnige Handbewegung.

Huguette steckte zwei Finger in den Mund und biß sie erbarmungslos.

»Bitte keine weiteren Inkommodierungen mehr, Herr Baron.« Reinac warf sein Obstmesserchen wie ermattet auf den Tisch. »Sie haben mich zur selben Zeit fast wie ich Sie hintergangen. Wir sind quitt. Ebenso die beiden Damen. Und da die freundschaftlichen Beziehungen eines Vierecks stets so lange von der Furcht gegenseitigen Betrugs getrübt bleiben, als diese Furcht nicht endlich begründet wird, besteht nunmehr die größte Hoffnung, daß unsere so frisch und freundlich begonnene Geselligkeit sich so angenehm gestalten wird, wie dies in Anbetracht der beteiligten Personen nur zu wünschen ist.«

Die Folge dieser Auseinandersetzung war die Verabschiedung Germaines, der Hinauswurf Huguettes und die dickste Freundschaft zwischen Reinac und Cavarri, der, nachdem er von jenem um zehntausend Lire geprellt worden war, sich nächtelang darüber ärgerte, daß er ihn nicht rechtzeitig durchschaut hatte und im Grunde immer noch nicht recht durchschaute.

Huguette, die Reinac eine Stunde vor seiner Abreise noch einmal besucht hatte, fragte ihn, vielleicht zum hundertsten Mal: »Und du hast keinen Plan gehabt, vraiment?«

Und Reinac, ein Auge eingekniffen gegen den Rauch seiner Zigarette, antwortete wie immer: »Ich hatte den, die anderen Pläne machen zu lassen.«

»Ferme ça! Das ist doch nicht sicher. Unsinn.«

»Du irrst. Das ist das sicherste Spiel. Wo mehr als drei beisammen sind, und darunter wenigstens eine Dame, wird unausbleiblich gespielt. Man spiele nur selbst ein bißchen mit. Wie, das ist fast gleichgültig. Am Ende hat man, wenn man nur aufpaßt, das As in der Hand und die Damen aus dem Spiel.« Reinac flatterte mit den Fingern, einen leichten Cäsarenanfall dergestalt überwindend.

»Va!« Huguette schwippte sich, unklar empört, auf die Sofalehne. »Also ich bin herausgeschoben, soi-disant, Mademoiselle Huguette ...«

»Denke an Spielmann! Man soll sich nicht so oft dividieren lassen.«

»Voyou que t'es! Der Bruch, das ist die fünfhundert lächerlichen Lire, welche du mir hast übergeben.« Huguette segelte bleich durchs Zimmer.

»Die hat ja doch schon dein süßer Junge. Ich wette.«

»Wieso du weißt das?« Huguette schnaufte wütend.

»Ich habe es soeben von dir erfahren.«

»Espèce de crapule!« Huguette biß sich in die Hand.

»Ich dich hören singen schon auch in Marseille.«

»Ma chère Guette ...«

»Va-z-y, idiot! Du fängst immer so an, wenn du wirst sehr gemein.« Huguettes Augen bekamen einen gewissen Ausdruck von Stupidität.

Als Reinac ihnen einen Tausendlire-Schein zeigte, begannen sie zu glänzen.

Eros vanné

Henriette war eine von jenen Frauen auf dem Montmartre, die gegen neun Uhr morgens sich auf den Heimweg machen, unterwegs aber in ein Bistro treten, um für die nachtsüber zu sehr übermüdeten Nerven in Gestalt eines Chauffeurs, eines Negers oder eines sonstwie vakanten Costaud das letzte Tonicum zu finden. Dabei liebte sie es zu erzählen, daß sie ihre Stute vor der Vorstellung mit Champagner wasche, deshalb aber diesen Wein als Drogue empfinde.

Als Béschof, ein Raté undefinierbarster Art, das gehört hatte, bestellte er eine halbe Flasche Mumm brut und reichte Henriette, die am selben Tisch ein Beefsteak aß, ein volles Glas.

Henriette griff hastig danach und goß den Inhalt in einem Zug hinunter.

Béschof, der daraufhin auch den Zirkus ernstlich bezweifelte, fragte nun, von ihrem grünlich schillernden Unterarm dazu bewogen: »Salben Sie Ihren Leib?«

»Nur vor der Vorstellung.« Henriette raubte seine Zigarillo.

»Médrano?« Béschof las eine Paranuß vom Boden auf. Henriette, ohne auch nur eine Sekunde sich zu besinnen, nickte.

»Ich bin dort Habitué.«

»Jedenfalls in den Ställen«, meinte Henriette gelassen.

»Wo waschen Sie denn Ihre Stute, wenn nicht ...« Béschof steckte die Paranuß in den Mund und zerbiß sie vergnügt.

Henriette untersuchte die Haltbarkeit ihres Gebisses.

Béschof verlangte es erklärlicher Weise, in ihre schwärzlich unterwühlten Augen zu sehen. Aber es glückte ihm nicht. Deshalb äußerte er herausfordernd: »Wissen Sie, daß die Araber die Pferde höher schätzen als die Frauen?«

»Das beweist noch gar nichts für Sie.« Henriette schlug ein Bein so schwungvoll über, daß dessen violette Kniescheibe oberhalb des heruntergerutschten Seidenstrumpfes sichtbar wurde, und schmiß das Ende der Zigarillo, das sich zu entblättern begann, einem Stummelsammler durchs offene Fenster an den Kopf.

Béschof dauerte die Ouvertüre bereits zu lange. Er neigte sich schnell vor, packte routiniert Henriettes Kopf und küßte sie lange und detailliert.

Als Henriette sich ihm endlich entwand, bekundete alles an ihr beträchtliches Wohlgefühl. »Hierher kommst du also auch immer erst nachher?«

»Nachher – das ist nicht das richtige Wort. Mein Minimum sind drei Damen. Dann erst bin ich auf der Höhe.«

»Ah ...« Henriettes Bein fiel unter den Tisch. Ob es bloß ausgeglitten war oder hinunterreflektiert, blieb zweifelhaft. »Du suchst dir also hier eine, die es noch brauchen kann.«

»Pas la blague!« Béschof zwickte skeptisch sein Kinn, »Aber ich liebe Damen mit der äußersten Müdigkeit.«

Henriettes halb entrougte Lippen schmatzten langsam.

»Spuck doch endlich diese gräßliche Nuß aus!«

»Du willst also?«

Henriette preßte ihren Leib geil an das Tischbein. »Ja. Wenn du mir glaubst, daß ich es noch ... gut ... sehr gut ... brauchen kann.«

Béschof verteilte die inzwischen Purée gewordene Nuß auf der Zunge, so daß seine Worte breiig wurden. »Ich glaube es dir, wenn du es au pair machst.«

Henriette ließ das Tischbein pikiert los, kam sich nun jedoch wie verwaist vor. »Ich esse aber stets noch ein Aloyau, zwei Mille-feuilles und einen Brie.«

Béschof blickte auf die Uhr über der Bar. »Bist du in einer halben Stunde damit fertig?«

»Pour sûr.« Henriette trommelte mit ihrem enormen Tourmaline an das Glas und wies, nachdem sie schleunig zu Ende getafelt hatte, den Kellner mit einer stolzen Geste an Béschof ...

In der Rue Gabrielle zog Henriette Béschofs Hand sich auf die Brust, schob sie unters Kleid und flüsterte, dergestalt zu beseligen anhebend: »La poitrine urf, hein?«

Béschof, keineswegs dieser Auffassung, ließ es dabei bewenden, weil es ihn, solchem hingegeben, eines Gesprächs enthob. Spleenig Straßen hassend, wünschte er, rasch anzukommen.

An der Ecke der Place du Calvaire und der Rue Berthe entfernte sich Henriette mit einer schnellen Körperwendung Béschofs müde knetende Hand und schritt, seiner ganz sicher, voraus ins Haus.

Béschof lächelte ob dieser Sicherheit: es hätte nur eines kleinen Entschlusses bedurft, um ihn sofort umkehren zu lassen. Wenige Sekunden lockte ihn sogar diese Möglichkeit als neues Plaisir. Als er aber erkannte, daß er es konzipierend schon genossen hatte, folgte er Henriette nur noch vergnügter.

Im fünften Stock, gegenüber der Treppe, stand eine Tür offen, hinter der, als Béschof sich ihr näherte, Henriettes orientierende Stimme erscholl: »Passe par-là, mon coco.«

Béschof betrat ein unaufgeräumtes Zimmer, auf dessen verbogenen Dielen zerbrochene Näpfe, schmierige Tücher, Haarnadeln und Papierfetzen herumlagen. An der streckenweise in langen Streifen herunterhängenden Tapete klebten zerquetschte Wanzen. Auf dem unsauberen Bett schlief eine kleine gelbliche Katze. In der Mitte auf einem frisch gestrichenen Tisch gärten die Reste einer Mahlzeit. Über dem ganzen Ensemble hing eine säuerliche Schlafstuben-Atmosphäre.

Béschofs Sinne soffen selig diese Details. Mit gierig gehendem Atem schlich er zu einem Stuhl, ließ sich, vor Wonne zaghaft, nieder und betrachtete eben die schweinisch bemalte Tür, als Henriette sie mit einem Fußtritt schloß.

»Me voilà.« Henriette, die ihre Abendrobe mit einem Schlafrock vertauscht hatte, darauf unterhalb des Nabels japanische Funktionäre auf den Steinschenkeln einer Pagode sich berieten, setzte sich auf eine niedrige Chaiselongue dicht neben der Tür und strampelte mit den Füßen.

Béschof wiegte sich auf dem Stuhl. »Dieses Möbel schätze ich nicht. Leg dich ins Bett!«

Henriette schlenkerte sich hoch, ließ den Schlafrock fallen, knöpfte das bis zu den Knien reichende fleckige Hemd an den Schultern auf und streifte es mit berechneten Zwischenakten ab. Als sie nackt dastand, postierte sie die Hände mit gespreizten Fingern auf die fetten Hüften und drehte sich odaliskenhaft im Kreise. »Hein, sagt dir das etwas?«

»Du hast unterm Hals schmutzige Schatten.« Béschofs Augen umschlossen kundig ihren Akt. »Neben den Brüsten auch. Und dort ... eine wüste bläuliche Röte ...«

Henriette stellte ihre Drehungen mit einem schnellen Blick auf ihre ungewaschenen Füße ein. »Was sind das für versaute Beobachtungen?«

»Im Gegenteil, profundeste Wahrnehmungen!« Béschof hatte Mühe, seine Hände zu beherrschen. »Das linke Knie ist arg zerschlagen. Heb das rechte Bein!«

»Quelle pitié!« Henriette tat es aber doch.

Béschof hustete, heiser vor Wollust. »Komm her!«

Henriette trippelte auf ihn zu.

Béschof schlang sie sich mit beiden Armen zwischen die Knie. Seine Nase wanderte, nacktselig schnüffelnd, über Henriettes wogendes Fleisch, während deren Rechte seinen Hals umspielte und ihre Linke den eigenen.

»Da ... da ... da ...« Béschofs Hände waren außer sich, tollten über Haut und Wülste. Es schien, als sammelten sie habsüchtig etwas ein und hielten es immer wieder der Nase hin. »Wie eine Mischung von Heu, Safran und Moder.«

»Warum nicht gar Teer und Schlamm, nein?« Henriette gluckste unbestimmt.

Vor Béschof dampfte alles. Er schwamm. » *Dich* müßte man mit Champagner waschen.«

Henriette fing an, sich verhöhnt vorzukommen. Sie stieß Béschof zurück und hüpfte zur Chaiselongue.

Béschof rächte sich sofort. »Von einer Salbe keine Spur.«

»Prahler!« Henriette gelang es, zu rülpsen.

»Schade, daß deine eklatanten Fähigkeiten unter dem Mangel an Regie leiden.«

»Du hast weder Fähigkeiten noch ...«

»Talg!«

»Was ...?«

»Bade wieder einmal!«

Henriette stürzte wie tobsüchtig auf ihn zu. Ihre Hand traf aber nur in die Luft, da Béschof rechtzeitig entwichen war. Von hinten her packte er ihre schwappigen Arme und schlug seine Zähne ihr zischend zwischen die Schultern.

Henriette schleuderte sich geschickt zu Boden, derart sich befreiend. »Assez!« schrie sie aufspringend. Das rote Mal seiner Zähne leuchtete auf ihrem Nacken.

Béschof fühlte, daß er, wollte er nicht zu kurz kommen, sofort einlenken mußte. »Weißt du übrigens schon ...«

»Ich will nichts wissen«, heulte Henriette und fuchtelte mit ihren Fäusten.

»... daß Clémenceau sich heute früh um sechs erschossen hat?«

Henriette blieb sekundenlang ohne Atem. Dann aber krümmte sie sich vor Lachen. Der ganze Bauch war eine Falte.

Woraufhin Béschof mit rekordähnlicher Geschwindigkeit sich auszukleiden begann.

Und während Henriette noch lachend sich hin und her bog, griff Béschof nach ihren Händen und zog die über seine stürmische Nacktheit erregt Kreischende bettwärts. Beide achteten nicht der kleinen Katze, die fauchend über sie hinwegsprang und auf einer Stuhllehne einen zornigen Buckel machte.

Béschof proponierte sofort sehr diffizile Nuancen, so daß Henriette, von so viel Kenntnissen und Elan gleicherweise impressioniert, ihr Allerletztes hergab, die erlesensten Erschöpfungen genießend ...

Beide waren eben im Begriffe einzuschlafen, als an die Tür gepocht wurde.

Henriette fuhr hoch.

»Wer ist da?«

»So mach doch auf!« krächzte eine häßliche Männerstimme.

»Ah, der von der Polizei.« Henriette ließ sich aus dem Bett gleiten. »Ich muß ihn hereinlassen. Steh auf und setz dich hierher! Es dauert nicht lang.« Sie warf einen Polster hinters Bett, schob, nachdem Béschof leise fluchend dahin gefolgt war, einen Stuhl davor und verhängte ihn mit Kleidungsstücken. Dann öffnete sie.

»Warum läßt du mich so lange warten?«

»Keine Litanei!« befahl Henriette gelassen. »Sei froh, daß ich dich nicht hinauspfeffere.« Da diese Behandlung zu den Bedürfnissen des Klienten gehörte, fügte sie hinzu:

»Ich habe heute keine Minute zu verschenken, du Drecksau!«

»La ferme! Ich lasse mich nicht mehr abspeisen. Jetzt mußt du das Ganze machen.«

Henriette, die vor Schläfrigkeit taumelte, hätte sich am liebsten entrüstet. Doch dazu fehlten ihr die Argumente. Zur Zustimmung aber die Gewißheit der – Möglichkeit.

Der Klient erriet, was in ihr vorging. Seine Hand verließ die Hosentasche und stellte ein Fläschchen, auf dem »Purgativ Pink« zu lesen war, hämisch vor sie hin auf den Tisch.

Béschof vernahm die Vorbereitungen, die ihn höchst merkwürdig deuchten. Und plötzlich hörte er die häßliche Männerstimme wieder: »Ah und gestern hab ich die Anezka Tritt gehabt. Weißt du, das ist die kleine Polin, die wir vor ein paar Tagen bei ›Peignen‹ beobachteten, Boulevard de Belleville ... Noch, noch, Henriette ... Jack hat sie aufgespürt, als er die alte Flouche abholte. Anezka wollte aus dem Klosettfenster springen. Das war ein guter Fang. Nihilistin und Hure und Kupplerin und weiß der Kuckuck was noch alles in einer Person. In der Präfektur schimpfte sie herrlich. Da kannst du mit deiner Gueulerie einpacken. Sogar Lépine staunte. Ich war direkt ergriffen. Aber dann sprang sie doch aus dem Fenster. Eine tolle

Katze ... Bitte hierher, Henriette, hierher ... War sofort tot. Aber glücklicherweise hab ich meine Beziehungen zum Lariboisière. Gestern nacht war ich dort. Und so bekam ich mein Täubchen doch noch. Durch den Leichendiener. Und noch was ganz Besonderes ... Ah, so ists recht, Riette, Riette ... So konnte ich sie ausnehmen. Mit diesen Händen da. Mit diesen Fingern. Und haute den ganzen Salat in die Pfannen. Herrlich! Ah, es war ... Aber nachher hatte ich entsetzliche Angst wegen des Leichengifts, wie der Diener sagte. Ich nahm sofort ein Sublimatbad. Zwanzig Francs! Billiger tat ers nicht, der alte Falot. Schließlich, die Sache war es wert. Es war ganz herrlich!«

»Du Dreckspitzel!« heulte Henriette, wirklich angewidert.

Béschof, der atemlos gelauscht hatte, überwand sich erst jetzt, so sehr hatte seine eigene Phantasie ihn gefesselt: er hob den Kopf und sah ...

Dann sank er wie benommen zurück, unfähig, etwas zu denken oder zu tun. Es war ihm, als wäre bereits viel Zeit vergangen, als er miteins Henriettes Gesicht über sich erblickte.

»Das Schwein ist schon fort. Kannst aufstehen.«

Béschof kroch todmüde hervor. Alles roch in übelster Weise. Sein Kopf drehte sich. Er zog sich hastig und unbeholfen an und vergaß, als er aus der Tür eilte, zu grüßen.

Henriette blickte ihm verächtlich nach. Dann machte sie das Fenster weit auf und nahm ihre schwierige Coiffure vorsichtig auseinander.

Der gelbe Terror

»Was? Sie wollen nicht?« Kauner sprang empört auf, kaum daß er sich gesetzt hatte. »Auch nicht, wenn ich Ihnen wiederhole, daß diese kleine grüne Kiste Diamanten enthält? Wasserreine Diamanten? Und daß wir drei ...«

Fogoschin, bleich und mager, nickte mit gefalteter Stirn auf ihn ein. »So seien Sie doch nur nicht so ungeduldig! Ich sage ja nicht, daß ich dagegen bin, sondern ...«

»Sondern ...?« winselte Kauner feixend.

»Fogoschin ist nämlich gelber Terrorist geworden.« Stenka, der vollendete Typ der häßlichen intellektuellen russischen Jüdin, erhob sich würdeschwankend. »Und zwar durch mich.«

Kauner ließ sich lachend die Haare ins Gesicht stürzen. »Gelber Terrorist? Darf er deshalb keine grüne Kiste knacken?«

»Ich bitte Sie, Kauner, lassen Sie diese infantilen Späße!« Stenka riß ihre aufgebürsteten Wimpern energisch hoch und trat, nunmehr geradezu majestätisch, ans Fenster.

»Gelber Terrorist? Das ist infantiler noch als spaßhaft.« Kauner warf sich aufprustend in ein Fauteuil und drehte sich kopfschüttelnd grinsend eine Zigarre zwischen die Lippen.

Fogoschin zog einen Stuhl neben ihn, legte ihm die Hand aufs Knie und hielt ihm eine fast einstündige Rede über den gelben Terror:

Es handle sich um eine gänzlich neue Gründung, durchaus nicht um die altrussische Terroristenpartei, auch nicht um die gleichfalls längst unaktiv gewordene Ssavinkow-Gruppe. Deren Ziel, die gewaltsame Untergrabung der bestehenden Ordnung zum Zwecke der Errichtung einer neuen, billige *seine* Partei nicht, die deshalb zum Unterschied von jener ihren Terror den gelben heiße. Dessen Ziel sei die Herbeiführung des allgemeinen Chaos, nicht nur in bezug auf die bürgerliche Rechtsordnung, sondern auch in bezug auf die Gehirne, denen keine neue Idee, keine neue Irrlehre serviert werde. Das Chaos der Zustände *und* Köpfe habe als der normale Zustand hergestellt zu werden. Alles sei allen erlaubt, so weit und so wie es einem jeden eben gefalle. Die Menschheit, die mit ihren

Ideen nicht anders fertig wurde, als daß diese in der Hand einzelner mit ihr fertig wurden, habe jetzt endlich mit sich selber fertig zu werden. Es sei außer Zweifel, daß eine allgemeine, absolute und direkte Vogelfreiheit einen Weltzustand herbeiführen werde, der, obwohl er sich durchaus nicht bis ins Letzte vorstellen lasse, dennoch *natürlich* sein müsse. Sämtliche höchste Verbrechen, wie Mord, Diebstahl, Notzucht, Blutschande, überhaupt alle sogenannten Laster, welche bisher von dem Privatinteresse einer international herrschenden Gaunerbande als Verbrechen gestempelt wurden, seien für vogelfrei erklärt. Obenan naturgemäß der Machttrieb, die Hefe aller Vergnügungen; ob er sich nun direkt äußere, indem er in abertausend Formen zu herrschen trachte, oder indirekt, indem er in abertausend Formen sich pervertiere. Die ganze Welt sei vogelfrei. Die Folge würde sein, daß es drunter und drüber ginge. Und da es im tiefsten Grunde auch bisher stets drunter und drüber gegangen sei, würde auf diese Weise nur ein bereits latent bestehender, lediglich von einigen wenigen vogelfrei schaltenden Exemplaren eingeschnürter Zustand publik werden und allgemein. Es würde toll werden. Unvorstellbar. Unsäglich. Verrückt. Aber es sei die letzte Möglichkeit der Menschheit, auf sich selbst zu kommen. Würde die ganze Menschheit schrankenlos auf sich selbst losgelassen sein, so müßte sie, nachdem sämtliche Triebe, eine freilich nicht bestimmbare Zeit hindurch, mit noch nie dagewesener Aufrichtigkeit und Vehemenz auf einander geprallt wären, eines Tages zweifellos auf einem Punkt anlangen, von dem aus es nicht mehr weiterginge. Auf diesem Punkt könnte eine gänzlich neue, aber, weil aus keinem Arrangement hervorgegangen, natürliche Regelmäßigkeit (oder Gesetzmäßigkeit oder Ordnung) sich einstellen, die ebendeshalb jeder erkennen und anerkennen würde. Damit wäre das Paradies erschienen. Es könnte aber auch sein, daß diese natürliche (und darum allein richtige) Ordnung *nicht* erschiene. In diesem Falle würde eine rasende Übersteigerung aller Triebe beginnen. Ein grauenhafter Wahnsinn, Vielleicht würde die Menschheit in diesem Zustand sich selber unerträglich werden. Vielleicht würde sie in letzter Raserei ein Attentat auf die Erde begehen ... die Erde in die Luft sprengen ...

Kauner, der bemerkt hatte, daß Stenkas Finger immer nervöser über das Fensterbrett wischten, machte in diesem Augenblick unwillkürlich eine ironisch ablehnende Körperbewegung, so daß Fogoschin zornig innehielt. »Lieber Fogoschin, Sie entwickeln da nichts Geringeres als eine Weltanschauung. Das tun *Sie*, der mir erst vor einem Jahr in Petersburg gesagt hat, er wäre gegen jede Art von Weltanschauung, und daß die meine, welche eigentlich nur die sei, keine zu haben, die allein diskutable sein könne.«

Fogoschins blasse Lippen machten kleine bogenartige Bewegungen. Seine Fingerspitzen tippten aufgeregt auf einander. »Nein, nein, nein, nein ... Ich war darauf vorbereitet, das von Ihnen zu hören. Haben Sie doch nur Geduld! Was ich sagen will, ist ... Ich muß doch weiter ausholen. Bevor ich Sie in Petersburg kennen lernte, war ich das, was man einen gewöhnlichen Verbrecher heißt. Wie ich das wurde, ist gleichgültig. Jedenfalls war meine Weltanschauung nihilistisch, wenngleich durchaus subjektiv. Ich kümmerte mich lediglich um mich und um die anderen nur insoweit, als ich beabsichtigte, sie zu plündern. Sie waren der erste Mensch, den ich nicht zu plündern versuchte, weil er mir Dinge sagte, von denen ich bis dahin geglaubt hatte, sie allein zu kennen. Hinzu kam, daß Sie diese Dinge gleichsam erst unter Dach brachten, während sie in mir mehr oder weniger abstrus durcheinander geflossen waren. Es war eine komplette Weltanschauung negativer Observanz, die Sie vor mir entrollten, eine philosophisch-epikureische Determination des Verbrechens. Es war die Weltanschauung der tabula rasa, eine letzthin nicht wertende Glorifikation des Verbrechers. Aber es *war* trotz allem eine Weltanschauung. Denn eine Weltanschauung hat man *immer*. Solange man lebt, schaut man die Welt unter einem bestimmten oder unbestimmten Gesichtswinkel an. Nur ein Toter hat keine Weltanschauung mehr.«

»Das ist richtig.« Kauner nahm seinen Kopf aus den Händen. Dabei wechselte er mit Stenka, die sich kurz umgewandt hatte, einen scharfen Blick.

Fogoschin wischte sich den Speichel vom Mund. »Ich will Ihnen mit all dem ja nur sagen, daß ich, der ich völlig Ihrer Anschauung war, augenblicklich die Stenkas und ihres Kreises annahm, als ich sie das erste Mal hörte, weil diese Anschauung nur eine großartige Fortsetzung der Ihren ist, Kauner. Ihre Anschauung enthält kein Ziel, das weiter läge als in Ihnen selbst. Jene geht weit darüber hinaus. Wie, das habe ich Ihnen ja bereits auseinandergesetzt. Was Sie aber noch nicht wissen, ist, daß Sie bisher durch Ihre ganze Arbeitsart beinahe schon gelber Terrorist waren. Und daß Sie nur Weniges hinzutun müssen, um ein ganzer und vielleicht einer unserer allerersten Terroristen zu werden. Und nun hören Sie: der gelbe Terror, wie wir den Zustand des hergestellten allgemeinen Chaos nennen, wird dadurch herbeigeführt, daß ganz einfach praktisch mit ihm begonnen wird. *Jeder* Verbrecher ist Terrorist. *Alle* müssen Verbrecher werden ...«

»Wenn ich Sie recht verstehe ...« Kauner bat Fogoschin um Feuer, um zu verbergen, daß er jede von Stenkas Bewegungen überwachte, »... so dürfte ... danke! ... das, was der gewöhnliche Verbrecher, um gelber Terrorist zu werden, noch hinzutun muß, doch wohl sein, daß er sich weniger um grüne Kisten kümmert, als um ... Ja, worum?«

Fogoschin biß sich auf die Unterlippe, schmatzte ein wenig und ballte die Hände, daß die Knochen weiß hervorschimmerten. »Kauner, ich erkenne Sie nicht wieder. Bitte hören Sie weiter! Das allgemeine Mittel zur Herbeiführung unseres Ziels ist, kurz gesagt: hemmungslose Gewaltanwendung, wo immer es nur angeht. Was ist Gewaltanwendung? Jede Art von Verbrechen. Damit wühlt man am Fuße des Baues der bestehenden Ordnung, ohne sich um den *Effekt* weiter zu kümmern. Nun aber hat man sich um den *Effekt* zu kümmern. Und das tut man durch ein hinzugefügtes Attentat auf die Gehirne. Der gelbe Terrorist muß das Chaos der Köpfe herstellen, ohne das die direkten Gewalttätigkeiten keine Nachahmung finden, wenigstens nicht in solchem Ausmaß, daß die große Panik beginnt, die am Anfang des allgemeinen gelben Terrors stehen wird. Diese Nebentätigkeit, die aber dennoch durchaus essentiell ist, besteht in sexuellen Hemmungslosigkeiten aller Art, um durch Lockerung der geschlechtlichen Urtriebe Entsetzen zu verbreiten und sie zugleich aufzupeitschen. Sie besteht in der systematischen Störung sämtlicher Gewohnheiten der Menschen, um jene Unzufriedenheit und bis zu Wutanfällen sich steigernde Gereiztheit herbeizuführen, von der es nicht mehr weit zur Gewalthandlung ist. Indem man zum Beispiel in Restaurants Stinkbomben legt; in den Cafes die Tische beschmiert, bespuckt; auf der Straße plötzlich einen gellenden Schrei ausstößt; Regenschirme zerschneidet; Häuserwände schweinisch bemalt; falsche Telephongespräche zu Tausenden führt; phantastische Irrlehren verbreitet und nach wenigen Tagen das Gegenteil; anonyme Briefe schreibt, um jede Art persönlicher Beziehungen zu zerstören; kurz, indem man lügt, betrügt, stänkert, verwirrt, entsetzt ... Das Feld dieser Tätigkeit ist unüberblickbar groß. Der Haupteffekt aber, neben dem die soeben geschilderte Tätigkeit wahrlich nur eine Nebentätigkeit ist, wird dadurch erzielt, daß man ... daß man dem jeweils Ermordeten eine kleine Papierrolle hinters Ohr steckt, auf der zum Beispiel eine religiös-unsittliche Zeichnung zu sehen ist und darunter zu lesen: ›So du nicht wirst wie ein Kindlein, bringt dir kein Kakadu den lange ersehnten Spazierstock‹. Oder: ›Sie reichten mir stets die Hand, ohne sie zu drücken. Deshalb glaubte ich, Vertrauen zu Ihnen haben zu können. Sie haben mich betrogen, indem Sie mir vertrauten.‹ Oder: ›Du sagtest einmal, du hättest in einem gewissen Augenblick dir gewünscht, nicht aufblicken zu können. Ich nannte dich die geborene Nulpe. Du zweifeltest. Empfange deine Strafe, nichtsnutziger Träumer!‹ Oder: ›Waren nicht Sie es, den ich soeben anspie?‹ Oder: ›Hier ist ein Blumenkorb untergegangen. Was ist ein Blumenkorb, so frage ich?‹ und so fort, daß den Leuten der Atem im Halse stecken bleibt vor Entsetzen, vor Irrsinn. Die Leichen sollen derartige Inschriften, auf gelbem Papier, ins Knopfloch bekommen, mit gelben Girlanden geschmückt werden, gelbe Papierkronen auf dem Kopf tragen, auf die zum Beispiel ein Eselskopf gemalt ist, quer von einer Stricknadel durchstoßen etc. ... Dadurch wird jene allgemeine vorbereitende Verwirrung in den Köpfen angerichtet, von der es nicht mehr weit zur großen ist, zur gelben ...«

»Warum sagen Sie gerade zur – gelben?« Kauner war immer vergnügter geworden; sonderlich, seit Stenka sich mit einem Blick, als könne sie Telegraphenstangen umlegen, ihm zugewandt hatte.

Fogoschins Augen leuchteten fanatisch auf. »Weil gelb von allen Farben die irrsinnigste ist. Man hat festgestellt, daß ganz gesunde Menschen, andauernd dieser Farbe ausgesetzt, Spuren von leichtem Irresein aufweisen und daß reguläre Irre diese Farbe am meisten lieben. Im übrigen aber, weil man für jede neue Sache ein handfestes Wort braucht.«

Längst dazu entschlossen, etwas zu provozieren, reichte Kauner wie in überwallender Ergriffenheit Fogoschin die Hand. »Sie haben mich überzeugt. Es gilt. Ich bin gelber Terrorist.«

Da trat Stenka vom Fenster weg und schnell auf Kauner zu. »Sie lügen! Sie haben sich andauernd über Fogoschin lustig gemacht.«

Kauner stand stramm und salutierte mit der Rechten. »Zu Befehl!«

»Kauner!!!« Fogoschin schlug sich die Hände auf die Ohren. »Sind Sie verrückt?«

»Nein. Ich übe mich im gelben Terror.« Kauner setzte sich johlend. »Wenn ich Sie ermorden würde, bekämen Sie ein Papier ins Knopfloch gesteckt, mit der Inschrift: ›Du warst der größte Schweinhund, den der Teufel in seinem Zorn erschuf. Warum bist, Unglücklicher, du es nicht geblieben?‹«

Stenka lächelte hochnäsig. »Sie wollen damit sagen, daß Fogoschin Idealist geworden ist.«

»Parfaitement, madame.« Kauner machte eine Hoftheatergeste.

Stenka lehnte sich an den Tischrand und schob ein Buch mit erregter Hand weit von sich. Es war unverkennbar, daß sie sich zu einer großen Rede anschickte. »Was Fogoschin Ihnen soeben entwickelte, hätte ich Ihnen nicht besser erklären können. Gewiß, es ist eine Art von Idealismus, aber ...«

»Genug!« Kauner sprang auf, den Blick dunkel vor Eifer. »Ich kenne Ihren Kreis nicht, madame, bin aber überzeugt, daß er, wenn er überhaupt existiert, aus Schwachköpfen besteht. *Sie* halte ich überdies für eine Dame, die mit Hilfe dieses gelben Terrors Herrn Fogoschin sich eingefangen hat. Für irgendeine große Lumperei. Oder für andere Privatzwecke, die, Fogoschins schlechtem Aussehen nach zu schließen, behäbigerer Natur sein dürften als das Mittel, das schwerlich auch nur kleine Anwendungen erleiden wird. Fogoschin ist, so schwer er als ›Junge‹ ist, ein leichtes Opfer für Schwadroneure. Deshalb fürchteten Sie während dieser ganzen Unterredung für Ihre Herrschaft über ihn, der ja von je auch für meine Suada eine Schwäche hatte. Das wußten Sie. Und deshalb versuchten Sie vorhin, mich durch einen frechen Affront mit ihm zu brouillieren. Rechts um! Kehrt euch! Marsch!«

»Fogoschin!« schrie Stenka zornbleich. »Wenn du ihn nicht sofort hinauswirfst, verlasse ich das Hotel.« Sie legte beide Hände übereinander auf die Stirn und atmete gleich einer Sterbenden.

Fogoschin sah verstört auf. »Ich entsinne mich, Stenka, daß du immer gegen diese Zusammenkunft warst. Und auch dem Kreis wolltest du mich nie vorstellen ... wenigstens nicht früher, bevor ich mein ... mein Meisterstück abgelegt hätte ...«

»Meisterstück?« Kauner schleuderte, um besonders endgültig zu wirken, ein Glas zu Boden. »Das wäre ja fast tatsächlich ein Meisterstück geworden, madame ... eine ganz große Lumperei.«

Fogoschin massierte seinen Hals.

Stenka unternahm es, zu husten.

»Meine Adresse wissen Sie, Fogoschin.« Kauner stieß ein paar Glasscherben mit dem Fuß gegen Stenka. »Wenn Sie Lust haben ... Die grüne Kiste ... Ich erwarte Sie nur bis morgen abend. Aber ohne diesen gelben Terror da neben Ihnen. Au revoir, mon cher.«

Überkombiniert

»Die Sache entwickelt sich einfacher, als ich für möglich gehalten hätte.« Passi seifte sich, die Lippen leckend, Brust und Arme ein. »Ich habe eben einen großen Vorteil vor allen Herren meines Metiers: den, überzukombinieren.«

Georgettas lange Wimpern fielen tief herab. Sie begann, mit ihrem Schminkstift allerlei Gliedmaßen sich auf die nackten Oberschenkel zu malen.

Passi rieb sich seine schäumende Brust. »Meine Pläne sind sehr oft zu weit gespannt. Die Leute, gegen die ich manövriere, stellen sich als weitaus ungefährlicher heraus und die Sache kommt an, fast als hätte ich gar nichts gestartet. Noch vor drei Tagen hätte ich es nicht für möglich gehalten, daß Wannemakers Psychologie von solcher Ärmlichkeit ist.« Er fühlte, daß er ins Übertreiben geraten war, und wurde ärgerlich. »Freilich kann ich nicht mit letzter Gewißheit urteilen. Es könnte ja auch sein, daß diese Haltung sein Manöver ist.«

Georgetta kratzte sich unter der Achsel. »Ein schlankes Männerprofil!« Und meinte, es mit dem Hemd sich vom Bauch wischend: »Du überkombinierst schon wieder.« Sie erhob sich träge, achtete aber sorgfältig darauf, graziös aufzutreten, um die Übung, ihren Akt voll zur Geltung zu bringen, nicht zu verlieren. »Wannemaker ist trotz seiner achtunddreißig Jahre ein dummer Junge. Wer anders ließe sich denn vier Abende lang besuchen, stundenlang zurückweisen und immer wieder hinhalten?«

»Hm.« Passi schnupperte an einem Finger. Ganz undeutlich war es ihm, als entziehe sich etwas seiner Kenntnis. »Auch Aliette benimmt sich anders, als ich erwartet hatte. Sie scheint es für listiger zu halten, sich nicht neben dir zu zeigen. Vielleicht, um mich öfter ins Bett zu bekommen und gegenüber Wannemaker sich leichter zu behaupten.«

Georgetta sang: »Möglich.« Dann machte sie sich schimpfend daran, ihren Kimono zu suchen.

»Weißt du, daß Wannemaker seit zwei Tagen mit Aliette schläft?«

»Nein.« Georgetta beobachtete interessiert ihr weißes Kätzchen, das sich mit der Zunge wusch. »Aber es wundert mich, daß du es mir erst jetzt sagst. Übrigens glaube ich es nicht.«

»Ich weiß es erst seit vier Stunden. Es beweist, daß Wannemaker doch kein so dummer Junge ist und den peinlichen Zustand, in dem du ihn stets zurückläßt, sich von Aliette beseitigen läßt.«

»Wann holst du das Halsband?« Georgetta spie ihrem Kätzchen auf den Kopf und jauchzte, als es sich heftig puddelte.

Passi zuckte mit der Stirn, nahm ein Wasserglas und fing an zu gurgeln ...

Die auf den Diebstahl des Perlenhalsbands folgende Woche war für beide eine schwere Geduldsprobe. Wannemaker kam unter dem Vorwand, den Verdacht endgültig abzulenken, allabendlich; aber auch Aliette, die einen Tag lang in Untersuchungshaft gewesen und nur durch Wannemakers Eingreifen freigelassen worden war. Sie bekundete eine nichts Gutes verheißende Schweigsamkeit, da sie nicht mehr daran glaubte, daß Georgetta von dem Diebstahl nichts wisse und es nach der ganzen Sachlage ein Fehler wäre, jetzt schon mit ihr zu brechen. Sie besaß jedoch, außer Wannemakers jüngsten Liebenswürdigkeiten für Georgetta, nicht den kleinsten Anhaltspunkt und vermochte Passis Absichten nicht zu durchschauen.

Da Passi weiterhin mit ihr schlief und Wannemaker allem Anschein nach blind war vor Liebe zu Georgetta, wäre die ganze Angelegenheit wohl wunschgemäß in jenes Stadium gekommen, in dem Passi mit Georgetta hätte still verschwinden können. Da aber geschah etwas ganz Unerwartetes.

Aliette kam eines Abends angerast und meldete zitternd, man habe Tiller, ihren Freund, verhaftet. Es läge ihr ja weiter nichts mehr an ihm, erklärte sie sofort Passi, der nur mühsam schwerste Besorgnisse hinter lächelnder Verwunderung verbarg, aber er hätte sie ohnedies im Verdacht, daß sie mit ihm, Passi, nicht nur des Geldes halber schlafe, und wenn er nun von ihrem Abenteuer mit Wannemaker erfahre, das sie ihm dummer Weise verschwiegen habe, wäre er imstande, das Tollste zu erfinden, um sich zu rächen.

Die Situation wurde noch um vieles kritischer, als Wannemaker, der inzwischen erschienen war, von der eifrigen Konversation, in der Passi und Aliette begriffen waren, zu profitieren sich beeilte, indem er Georgetta gegenüber allerlei versteckte Zärtlichkeiten sich herausnahm, die diese vergeblich zu verhindern trachtete.

So geschah es, daß Aliette plötzlich Wannemakers Hand in Georgettas Decolleté verschwinden sah.

Es war Aliette, als fiele eine dünne Wand vor ihr ein. Sie erbleichte bis auf die Stirn.

Passi bemerkte es. Ein Blick in die Augen Aliettes, die sich mit einem feuchten weißen Schimmer überzogen, und in die Georgettas, die groß und warnend auf ihn gerichtet waren, orientierte ihn sofort. Er wußte, daß es galt, augenblicklich zu handeln. Schnell packte er Aliettes Finger und so fest, daß der Schreck ihr die Stimme verschlug, und raunte ihr scharf ins Ohr: »Du gehst mit mir auf den Balkon! Sofort! Vorwärts!«

Draußen setzte Passi sie in einen Korbsessel, pflanzte sich vor ihr auf, die Hände über der Brust gekreuzt, und musterte sie schweigend.

Aliette faßte sich schneller, als ihm lieb war: »Ah, wie konnte ich nur so dumm sein, das nicht früher bemerkt zu haben! Aber ich habe es geahnt.«

»Was denn.« Passi, an seinem Handrücken schnuppernd, versuchte, irreführend zu lächeln.

»Ah, ich durchschaue dich jetzt!« In Aliettes Augen zuckte es haßerfüllt. »Georgetta war der Köder, nicht ich. Mit Georgetta allein war dir die Sache bloß nicht sicher genug. Du brauchtest zwei Hennen. Durch mich sollte Wannemaker sich dir gegenüber gedeckt glauben. Durch mich wolltest du Georgetta und dich gegen die Polizei decken. Und durch Tiller. Du hast gewußt, daß er mein Freund ist. Jetzt ist mir alles klar ... Ah, Georgetta hat ja schon mit Wannemaker geschlafen. Denn ich habe nicht mit ihm geschlafen. Ah, jetzt begreife ich erst die idiotische Haltung dieses schlanken Männerprofils ... Bewundernswert! Ich sollte Georgettas Besuche verschleiern. Wir haben ja beide fast dieselbe Gestalt. Ah, das ist, das ist ...«

Passi war, als das »schlanke Männerprofil« wiederkehrte, stutzig geworden. Die Wahrscheinlichkeit, Georgetta könnte bereits mit Wannemaker geschlafen haben, deuchte ihn mit einem Mal sehr groß. Aber er rührte sich gleichwohl nicht, hoffend, er werde noch Genaueres erfahren.

»Passi, sag mir, hast du den Schmuck gestohlen, während ich bei Wannemaker war oder während sie bei ihm war? ... Ah, es war sicherlich sie! Sicherlich!« Aliette zerriß ihr Seidentaschentuch zwischen den Zähnen.

Passi säuberte sich mit der Zunge das Zahnfleisch. »Und selbst wenn es so gewesen wäre. Wäre das nicht sehr unwichtig?« Es war seine Spezialität, in den kritischesten Momenten, auch wenn er durchaus nicht wußte, wie er sich aus der Affaire ziehen konnte, am sichersten zu erscheinen.

Aliette weinte. Ihre Stimme aber klang trotzdem gefährlich. »Wenn du dir einbildest, daß ich für diesen niederträchtigen Verrat meinen Hans verhängen lasse ... für dieses Dreckschwein ... dann irrst du. Du hast diese Verhaftung kalkuliert, kein Zweifel, und vielleicht sogar direkt besorgt ... Nein, nein, so billig setzt man Aliette nicht vor die Tür und auf den Sand!« Sie schneuzte sich entschlossen.

Passi, immer noch nicht im Klaren, was er am besten täte, sagte, wohl wissend, daß er unter allen Umständen sich halten müsse: »Du bist eine dumme Gans.« Er lächelte innerlich über den Kontrast: Aliette, die sich zwar teilweise irrte, hatte dennoch unerwartet viel Scharfsinn bewiesen.

Eigenartiger Weise aber wirkte diese Beschimpfung sichtlich beruhigend auf Aliette. Sie hob das Köpfchen und betrachtete Passi, mehr neugierig prüfend als zornig.

Passi wunderte sich. Da aber erinnerte er sich daran, daß Aliette ihn ja eigentlich liebe; und daß Georgetta ihn vielleicht doch betrogen haben könnte. Und augenblicklich stand sein Plan in der Hauptsache fest. »Ich wollte zwar, aus sehr bestimmten Gründen, noch einige Tage warten. Da ich aber sehe, daß du infolge des blödsinnigen Zustandes, in dem du dich jetzt befindest, imstande bist, die rasendste Dummheit zu machen ... Ja, es ist schon gut! Komm

mit! Du wirst einsehen, wer in dieser Affaire die dupe ist, du oder –
Georgetta.«

Aliette traute ihren Ohren nicht. Ein Lächeln, das bis hinter die
Haare floß, überquoll ihr Gesicht. Sie ließ sich willenlos von Passi
an der Hand ins Zimmer zurückführen.

Passi hätte es nun lediglich mit einigen Worten vermeiden können, die von ihm geplante, immerhin nicht ganz unriskante Szene
aufzuführen. Aliette hätte ihm trotzdem wieder geglaubt. Aber er
war neugierig, zu sehen, wie Georgetta sich verhielte.

Er trat schnell auf das Paar zu und sagte leise, aber mit einem gut
gemeisterten Zittern in der Stimme, zu Wannemaker: »Mein Herr,
ich hatte soeben Gelegenheit, Sie ein wenig zu beobachten. Ich hoffe, Sie werden Ihre Beziehungen zu meiner Frau dadurch vereinfa-
chen, daß Sie sie in einer Stunde von hier abholen.«

Wannemaker starrte sekundenlang steif auf einen Paravent. Dann
küßte er Georgettas Hände, verneigte sich gemessen gegen Passi:
»Ich werde in einer Stunde meinen Wagen schicken«, und ging.

Kaum hatte die Tür sich hinter ihm geschlossen, als Passi auf
Georgetta zusprang, sie brutal zu Boden schleuderte und mit den
Füßen gegen die Wimmernde stieß: »Du Dreckschwein!«

Georgetta, die Passis Absicht, Aliette zu beruhigen und andererseits Wannemaker gegenüber eine schnelle Abreise zu motivieren,
sofort begriffen hatte, kroch stöhnend zu Passis Füßen, küßte seine
Schuhe und schluchzte herzzerbrechend.

Passi stieß sie, von ihrem verständigen Verhalten irgendwie enttäuscht, von sich und ging mit Aliette, die leise triumphierend lachte, ins Vestibül des Hotels.

Nach einer Weile sehr genußreichen schweigenden Nebeneinan-
dersitzens füllte Passi Aliettes kleine Hände in die seinen. »Nun,
weshalb wollte ich mit Georgetta nicht früher brechen? Um sie bei
der ersten Gelegenheit Wannemaker an den Hals zu werfen. Hätte
diese Gelegenheit sich nicht geboten, hätte ich sie eben herbeigeführt. Sollte er bereits mit Georgetta geschlafen haben, so wird er sie
sich unfehlbar holen. Er ist ja Amerikaner. Und sollte er noch nicht
mit ihr geschlafen haben, so wird er sie sich erst recht holen. Er ist ja

Amerikaner. Auf jeden Fall aber bin ich beide los. Und das Halsband gehört gefahr- und komplikationslos uns. Noch heute nacht reisen wir, Aliette.«

»Ist Georgetta denn nicht deine Frau?«

»Nein. Eine gewöhnliche Kokotte, die ich aus einer peinlichen Situation befreite, in der Absicht, mir ihre Dankbarkeit dienstbar zu machen. Daß du in Griffnähe warst, konnte ich nicht wissen.«

Aliette machte vor Glück ein ganz strenges Gesicht. Hierauf versprach sie, in zwei Stunden mit ihren Koffern an der Ecke vorzufahren ...

Als Passi ins Zimmer tänzelte, küßte Georgetta ihr Kätzchen auf die Schnauze. »Wo ist dieses Häufchen Unglück von einem dummen Luder?«

»Sie kommt in zwei Stunden wieder, um sich zu überzeugen, daß wir beide abgereist sind. Aber weshalb packst du nicht längst? Ich nahm an, du hättest alles begriffen. Wir müssen sogleich fort. Weit fort.« Passi, sich außerordentlich bewundernd, trällerte ausgelassen. »Dieses schlanke Männerprofil ist wirklich ein dummer Junge. Nicht einmal mit Aliette hat er geschlafen.« Plötzlich aber wurde er neuerdings mißtrauisch. »Vielleicht aber *doch* mit dir ...?«

»Du überkombinierst schon wieder.« Georgetta begann sich hastig umzukleiden. »Wannemaker wird mir zwar seinen Wagen schicken, aber zu einem einigermaßen anderen Zweck.«

Passis Mund klappte auf und blieb offen.

»Er verlangt nämlich, daß ich ihm endlich zuwillen sei, widrigenfalls er uns verhaften ließe. Wenn ich drei Wochen lang täte, was er wolle, gehöre der Schmuck uns.«

Passi schnappte. »Kein dummer Junge!«

»Finde ich auch.«

»Leider etwas spät. Er hat also *doch* mit Aliette geschlafen!«

»Glaube ich nicht.«

»Wie aber sollte er sich die Gewißheit verschafft haben, daß ich es war, der das Halsband stahl?«

»Seine Psychologie ist doch nicht von solcher Ärmlichkeit, mir das auf die Nase zu binden.«

»Diese Haltung war also doch sein Manöver. Daß ich das nicht früher ... Ja, selbstverständlich, seine Unverschämtheiten dir gegenüber vor Aliette waren zwischen euch abgekartet. Wie überhaupt alles. Denn er hat *doch* mit dir geschlafen ... Ja, selbstverständlich!«

»Es wundert mich, daß du nicht bemerkst, wie gleichgültig das alles ist – angesichts des Zwangs, den Wannemaker ausübt.« Georgetta warf ihr Kätzchen in eine Hutschachtel.

»Du lügst. Aber schließlich habe *ich* ja das Halsband.«

»Und Aliette.« Georgetta, eine verdächtig süße Mattigkeit auf den Lippen, schminkte sich unbekümmert weiter.

Als Wannemakers herrlicher Mercedes-Wagen mit Georgetta die Rampe des Hotels hinunterglitt, hatte Passi, der am Fenster stand, das peinliche Gefühl, daß sie nicht zurückkehren würde. Nicht ohne Grund.

Un débrouillard

Selbst für einen ungewöhnlich schönen jungen Mann ist es in Paris schwer, weibliche Gunst gelegenheitsweise und gratis zu erlangen. Denn auch jene Damen, die keine festen Preise haben, besitzen sehr lukrative Grundsätze, welche es ihnen schlankweg verbieten, der Liebe mit einem noch so imposanten Fremdling sich hinzugeben, wenn er nicht durch sichere Anhaltspunkte Gewähr dafür bietet, daß es zu nennenswerten Zahlungen kommt.

Ulescu bot diese Gewähr in keiner Hinsicht. Schon daß sein Akzent ihn als Rumänen verriet, also dem klassischen Volk der Rastas angehörig, wirkte ungünstig; nicht weniger aber seine üppige Eleganz, seine allzu dégagierten Manieren und sein geflissentliches Meiden jedweder größerer Spesen. Dennoch war es ihm in den ersten Wochen seines Pariser Aufenthaltes, kraft seiner Neuheit als Erscheinung und nonchalant vorgewiesenen gefälschten Hundert-Dollarscheinen, ziemlich mühelos gelungen, zwischen Clichy und Barbés mehreren Bar-Heroinen den Eindruck eines Mannes zu machen, dem gegenüber restloses Vertrauen das klügste Verhalten wäre. Bald aber sprach es sich unter den Geblitzten herum, daß Ulescu nichts Seriöses sei, und eines Abends stieß er allenthalben auf jene beunruhigend leeren Blicke, die selbst den neuartigsten Versuch aussichtslos machen.

Da Ulescu in übergroßer Vorsicht es verschmäht hatte, das Wohlgefallen, das er einigen kleinen Kokotten erregte, zu einer Einnahme auszubauen, andererseits aber plötzlich wahrnehmen mußte, daß die Polizei, der sein Metier als Pickpocket nicht verborgen geblieben war, bereits ein Auge auf ihn hatte, befand er sich angesichts der Unmöglichkeit, seinem Beruf nachzugehen, in einer umso schwierigeren Situation. Diese nachhaltig und einträglich zu klären, sann er Tag und Nacht. Der ohnehin sehr unbedeutende Barbetrag, den er noch sein eigen nannte, war bereits katastrophal dem Nichts entgegengeschmolzen, als er auf einen, seinem Balkan-Gehirn wahrlich Ehre machenden Ausweg verfiel: er denunzierte sich selbst der Präfektur in einem ausführlichen Brief als gefährlichen Anarchisten, der sich mit der Absicht trüge, den Ministerpräsidenten meuchlings über den Haufen zu knallen. Als gründlicher Kenner der Praktiken der Polizei zweifelte er keinen Augenblick an den Folgen dieses Schreibens und begab sich andern Abends, eine diabolische Genugtuung um die Augen, weichen Schrittes auf den Boulevard Rochechouart.

Er hatte ihn kaum zur Hälfte hinter sich, als eine weidlich angejahrte Dame mit lastermüder Miene, strohgelben abgeschnittenen Haaren und defekter Nase ihre geröteten Äuglein vor ihm entfaltete und, lüstern grinsend, ein sehr schadhaftes Gebiß entblößte.

Obwohl es Ulescu empörte, wie gering man ihn auf der Präfektur einschätzte, vermochte er gleichwohl einer gewissen freudigen Regung, endlich wieder Beachtung zu finden, nicht zu wehren. Hinzukam, daß er dringend eines Weibes bedurfte, so daß die Überlegung, er könnte durch Auslassung der ersten Attacke die Zurückziehung des weiblichen Personals verursachen, ihm nicht schwer fiel; umso weniger, als seine Absicht, die jeweilige Dame nicht zu repetieren, überhaupt seinen Gepflogenheiten entsprach.

Um nicht durch rasches Kehrtmachen aufzufallen, stellte Ulescu sich kurz vor ein Schaufenster, bevor er seiner Dupe folgte. Nach wenigen Schritten hinter sie gelangt, legte er mit bemerkenswerter Unverfrorenheit ihr die Hand auf den Nacken und schnob, während sein Blick sich wie in fesselloser Begehrlichkeit bog:

»Von welchem Betrag aufwärts haben Sie Empfindungen für mich?«

»Hein?« Sie blieb zusammenzuckend stehen und lächelte erschreckt. »Ich begreife nicht, was ...« Es war außer Zweifel, daß sie fürchtete, sich irgendwie verraten zu haben.

Ulescu lächelte maliziös. Dann ließ er seine Hand ihre Schulter entlang in die Achselhöhle gleiten und verlieh gleichzeitig seiner ganzen Haltung etwas Distinguiert-Verworfenes. »Ich meine ... Sie sind sicherlich ebenso teuer wie schön.«

Sie gewann, obwohl noch nicht ganz beruhigt, langsam ihre Haltung zurück. »Auch wenn ich schön wäre, würde ich niemals Geld verlangen.«

»O!« Ulescu entfernte, wahrend er mühselig ein Gelächter unter-
drückte, respektvoll seine Hand. »Für solch eine Ausnahme habe
ich Sie freilich nicht gehalten.«

Der morbide Schatten unter ihrer Nasenwurzel verlängerte sich
hochmütig. »Sie werden sich dazu herbeilassen müssen.«

»Mit Vergnügen.« Ulescu würgte. »Schließlich erreichen Leute,
die sich rar machen, nach einiger Zeit ohnedies, daß man sie dafür
hält. Aber ich würde doch vorziehen, daß Sie es mir sofort beweisen.«

Sie bewegte miteins, ohne jeden Übergang, wie unzurechnungs-
fähig die Arme, so sehr bedrängte sie die Schwierigkeit einer Rep-
lik. Deshalb hielt sie es für forscher, das Weib herauszukehren. »Sie
gefallen mir ja sehr ... nur ... es ist ...«

»Ich weiß. Sie können sich bloß furchtbar schwer entschließen.«

Sie nickte mit dem wallenden Federhut wie ein Leichenwagen-
pferd.

Ulescu beroch galant ihre Hand, um sein Grinsen zu decken, und
schnarrte energisch: »Aber das ist doch kein Grund, nicht mitzuge-
hen.«

»Allerdings ...« Sie lachte schrill auf, ohne sich auch weiterhin
noch sonderlich anzustrengen.

Ulescu war überzeugt, daß sie sich ganz sicher fühlte. Deshalb
führte er sie, ununterbrochen schwatzend, so daß sie immer wieder
lächeln mußte, und jedem Lokal ausweichend, so daß sie ihn
schließlich schnippisch maß, direkt in das kleine Hofzimmer, das er
in einem Garno der Rue Belhomme bewohnte, warf sie ohne Umstände sogleich aufs Bett und wusch sich, nachdem er sich Genüge
getan, überaus gewissenhaft, ohne auf ihr Gezeter zu achten. Als sie
deshalb endlich erkannte, daß sie es an Taktik hatte fehlen lassen,
setzte sie sich, heftige Gene markierend, auf den Eimer, beanstande-
te mit tränenerstickter Stimme die Kleinheit des Raumes und lobte,
wieder munterer werdend, ein geräumiges helles Appartement, das
ihr seit kurzem winke, in dem allein zu hausen jedoch zu trist sei.

Ulescu wartete, hämisch die Lippen aufeinander pressend, bis sie
vor den Spiegel trat. Während sie ihren Federhut, der sich immer

noch, nun freilich in sehr desolatem Zustand, auf ihrem Kopf befand, vergeblich zu renovieren trachtete, schlich Ulescu sich zur Tür, öffnete sie geräuschlos und postierte sich draußen platt an die Wand.

Es dauerte nicht lange, da erschien die Erwartete erstaunt vor der Tür und trat, noch erstaunter, auf die Treppe; Ulescu aber in diesem günstigen Augenblick schnell ins Zimmer zurück. Er schloß die Tür und nahm aus dem Handtäschchen, das er kurz zuvor unter das Traversin geschoben hatte, einen Zehnfrancs-Schein, gerade, als heftig an die Tür getrommelt wurde.

Ulescu öffnete gefährlichen Blicks und warf das Handtäschchen vor die Füße der gänzlich verwirrt Stammelnden: »Aber ... das ist ... das ist ja ...«

»C'est jeune et ça ne sait pas«, sang Ulescu in höchstem Tremolo, nachdem er die Tür zugeschmettert und abgesperrt hatte ...

Am folgenden Nachmittag, als Ulescu vor dem Café Dupont saß und an einem Picon-Citron zwitscherte, setzte sich ein würdevoller alter Herr mit einem außergewöhnlich gepflegten weißen Bart und bläulichen Brillengläsern an seinen Tisch, obwohl die Terrasse noch freie Tische aufwies, und bat nach einiger Zeit höflich um den Petit Parisien, der neben Ulescu lag. Dieser überhörte es. Der Herr bat noch einmal, sich krümmend vor Höflichkeit. Ulescu warf nachlässig hin, er vermute, daß es schon spät sei, und begann, innerlich gröhlend, mit der Lektüre des Petit Parisien, die er jedoch nach wenigen Minuten unterbrach, um in heftigen Ausdrücken des Unwillens darüber sich zu ergehen, daß die Regierung von unverständlicher Laxheit in der Erteilung von Aufenthalts-Bewilligungen an unsichere Ausländer sei. Der alte Herr schmunzelte fröhlich und meinte, Frankreich könne wegen einer Handvoll Balkan-Filous seinen Ruf der Gastfreundschaft nicht gefährden. Ulescu beruhigte sich darob, äußerte sich noch des Breiteren über die vorzüglichen Sicherheitsverhältnisse in Paris, bedauerte hierauf flüchtig, daß so viele junge Damen infolge der Geschlechtskrankheiten außerordentlich an Reiz verlören, und suchte plötzlich das Pissoir auf, von dem aus er, seinem Tischgenossen die Begleichung der Zeche überlassend, ungesehen durch den Seitenausgang den Boulevard Barbès erreichte.

Die Folge dieser Konversation war, daß Ulescu, als er gegen elf Uhr nachts die Rue Victor Masse passierte, unmittelbar vor dem Eingang zum Tabarin eine wohlige Frauenstimme hinter sich locken hörte:

»Offrier mir was, schöner Schwarzer, ja?«

Ulescu wandte sich um und stellte mit einem schnellen Blick fest, daß seine Beschwerde berücksichtigt worden war: diesmal hatte man keine halbinvalide alte Kokotte auf ihn losgelassen, sondern einen mittleren Jahrgang, der nicht nur noch sehr wenig gelitten hatte, dessen hohe feine Beine sogar höchst eindringlich warben.

»So. Offerieren.« Ulescus Stimme klang so mild, daß sie ihn selbst beglückte. »Sehe ich aus, als würdest du Geld von mir nehmen?«

»Quel culot!« Sie ergriff seinen Oberarm und zog ihn in das Etablissement, immer wieder versichernd, sie wolle nur ein Bock und es verpflichte ihn zu nichts.

Vor der Bar klagte Ulescu sofort über die unverschämten Preise der Nachtlokale, den infamen Egoismus der Frauen und die Schwierigkeiten, in Paris billig und einigermaßen komfortabel zu wohnen.

Sie meinte leise, daß es auch in Paris Frauen gäbe, die trotz ihrem diesbezüglichen Beruf unter der Vakanz ihres Herzens litten; verriet schelmisch, daß der Bar-Keeper stets ihr Konto zu belasten pflege, wenn sie den Spazierstock ihres Kavaliers an sich nehme (was sie gleichzeitig tat); und erinnerte sich plötzlich, freudig in die Hände klatschend, daß sie gerade vorgestern die Adresse eines kleinen, aber ganz entzückenden Appartements, das sofort beziehbar sei, erfahren habe.

Ulescu lächelte, als das Wort »Appartement« fiel, ganz besonders maliziös, flüsterte dann aber schlicht, ob sie sich vielleicht mit all dem über ihn lustig machen wolle. Als Antwort zerrte sie ihn von seinem Hocker und, obwohl er, lediglich zu seinem Vergnügen allerdings, lange und ernstlich sich sträubte, endlich auf die Straße, woselbst sie wie leidend auf ihre gelben Seidenhalbschuhe blickte, während sie ihn fragte, wo er wohne.

Ulescu wies mit dem Daumen hinter seine Schulter, jedoch in die falsche Richtung.

Gleichwohl ging sie mit ihm in der richtigen weiter und fragte erst an der Ecke der Rue Belhomme, wo denn eigentlich sein Hotel sei.

Ulescu behielt sie die Nacht über bei sich, vereinbarte gegen Morgen ein Rendez-vous um Mitternacht im Tabarin und steckte ein Fünffrancs-Stück, das sie, zweifellos absichtsvoll, auf dem Tisch vergessen hatte, ostentativ ein, so daß sie ihn darob mit überlauter Aufgeräumtheit verließ.

Selbstverständlich begab Ulescu sich nicht ins Tabarin, sondern ins Café Dupont, wo gegen ein Uhr morgens ein eleganter junger Mann, der den leicht Angetrunkenen spielte, sich neben ihm auf die Bank fallen ließ und von seinem Pech mit Weibern daherstotterte; er habe schon zwei Vermögen mit ihnen durchgebracht und nur schwärzesten Undank geerntet. Ulescu antwortete ebenso heiter wie beiläufig, daß er hinwiederum das Vermögen zweier Damen durchgebracht habe und, was das Ernten betreffe, auf sofortige bare Dankesbekundung halte; leider aber entpuppten sich heutzutage die Weiber schon nach wenigen Stunden als geizig, wenn nicht gar als habgierig. Hierauf wollte er das Pissoir benützen, wurde aber unterwegs vom Kellner um Zahlung gebeten ...

Am nächsten Nachmittag sprach auf dem Boulevard des Batignolles eine pompöse Blondine Ulescu an und bemühte sich alsbald in der Rue Belhomme zwei Stunden ausgiebig um ihn. Obwohl sie einen Fünfzigfrancs-Schein zu Boden flattern ließ, wurde sie noch am selben Abend versetzt. Tags darauf war es eine schlichte Rothaarige, die sechzig Francs opferte. Ihr folgte eine vornehme Schlanke mit hundert Francs. Dieser eine burschikose Dicke, die ein Manicure-Necessaire zurückließ und zwei Orangen. Auch fernerhin wechselte Quantitatives mit Qualitativem, Großes mit Kleinem, Raffiniertes mit Primitivem. Fast alle ließen ein Andenken zurück oder sich eines entwenden und alle hatten ein Appartement oder wenigstens in Aussicht. Sämtliche Bemühungen gestalteten sich intensivst, ja oft dermaßen hingebungsvoll, daß Ulescu manch Neues, manch Seltenstes an sich erfuhr. Und allnächtlich gab es Minuten, wo er unsäglich maliziös lächelte. Mehr als gratis schwelgte. Unerhörtes genoß.

Leider erfolgte allgemach der Wechsel mit größeren Unterbrechungen und die von Zeit zu Zeit im Café Dupont oder anderwärts auftauchenden, sehr verschiedenartig stilisierten männlichen Typen wurden zusehends zudringlicher. Und eines Tages mußte Ulescu konstatieren, daß er bereits seit einer Woche unbeschickt geblieben war; daß die zudringlichen Typen sich zwar nicht mehr zeigten, dafür aber eine äußerst scharfe Überwachung seiner Person eingesetzt hatte, die eine ganze Kette von Unannehmlichkeiten nach sich zog: der Patron seines Hotels grüßte nicht mehr und setzte ihm eine Phantasie-Steuer auf die Wochenrechnung; das Stubenmädchen brachte sein Zimmer nurmehr fiktiv in Ordnung; die Kellner in den Cafés und Restaurants beflissen sich wohl einer krampfhaften Höflichkeit, in der Bedienung jedoch nicht des geringsten Eifers; und überall überhielt man ihn in der frechsten Weise mit den Preisen, was um so erschrecklicher war, als Ulescu jegliche Einkäufe versiegt waren. Er sah knirschenden Mundes eine Katastrophe nahen und verfluchte sich und die schicksalsschwere Stunde, die ihn jenen unheilvollen Brief hatte schreiben lassen.

Da rettete ihn ein Zufall. Ein Russe verübte ein Revolver-Attentat auf den Ministerpräsident, das fehlschlug. Da der Attentäter in Vaugirard wohnte und nicht die kleinste Spur von ihm zu den Kreisen führte, die Ulescu auf dem Montmartre gezogen hatte, konnte dieser bereits am Tage nach dem Attentat beobachten, daß sein Patron ein freundliches Gesicht machte, daß sein Zimmer in neuem Glanz erstrahlte, die Kellner ihn sofort bedienten und die hunderterlei Gestalten, die ihn gleich zähen Insekten überall umschwirrt hatten, verschwunden waren.

Nach einer Woche war Ulescus Sicherheit derart gestiegen, daß er es wagte, vorsichtig zu seinem Metier zurückzukehren. Der Erfolg war ihm sogar ungewöhnlich hold. Überraschender Weise auch bei den Damen, deren Interesse an ihm durch den rapiden Wechsel auffallendster Erscheinungen machtvoll sich erhöht hatte. So daß Ulescu neuerdings gratis schwelgte und Unerhörtes genoß.

Über tredition

Eigenes Buch veröffentlichen

tredition wurde 2006 in Hamburg gegründet und hat seither mehrere tausend Buchtitel veröffentlicht. Autoren veröffentlichen in wenigen leichten Schritten gedruckte Bücher, e-Books und audio-Books. tredition hat das Ziel, die beste und fairste Veröffentlichungsmöglichkeit für Autoren zu bieten.

tredition wurde mit der Erkenntnis gegründet, dass nur etwa jedes 200. bei Verlagen eingereichte Manuskript veröffentlicht wird. Dabei hat jedes Buch seinen Markt, also seine Leser. tredition sorgt dafür, dass für jedes Buch die Leserschaft auch erreicht wird.

Im einzigartigen Literatur-Netzwerk von tredition bieten zahlreiche Literatur-Partner (das sind Lektoren, Übersetzer, Hörbuchsprecher und Illustratoren) ihre Dienstleistung an, um Manuskripte zu verbessern oder die Vielfalt zu erhöhen. Autoren vereinbaren direkt mit den Literatur-Partnern die Konditionen ihrer Zusammenarbeit und partizipieren gemeinsam am Erfolg des Buches.

Das gesamte Verlagsprogramm von tredition ist bei allen stationären Buchhandlungen und Online-Buchhändlern wie z. B. Amazon erhältlich. e-Books stehen bei den führenden Online-Portalen (z. B. iBookstore von Apple oder Kindle von Amazon) zum Verkauf.

Einfach leicht ein Buch veröffentlichen: **www.tredition.de**

Eigene Buchreihe oder eigenen Verlag gründen

Seit 2009 bietet tredition sein Verlagskonzept auch als sogenanntes "White-Label" an. Das bedeutet, dass andere Unternehmen, Institutionen und Personen risikofrei und unkompliziert selbst zum Herausgeber von Büchern und Buchreihen unter eigener Marke werden können. tredition übernimmt dabei das komplette Herstellungs- und Distributionsrisiko.

Zahlreiche Zeitschriften-, Zeitungs- und Buchverlage, Universitäten, Forschungseinrichtungen u.v.m. nutzen diese Dienstleistung von tredition, um unter eigener Marke ohne Risiko Bücher zu verlegen.

Alle Informationen im Internet: **www.tredition.de/fuer-verlage**

tredition wurde mit mehreren Innovationspreisen ausgezeichnet, u. a. mit dem Webfuture Award und dem Innovationspreis der Buch Digitale.

tredition ist Mitglied im Börsenverein des Deutschen Buchhandels.

Dieses Werk elektronisch lesen

Dieses Werk ist Teil der Gutenberg-DE Edition DVD. Diese enthält das komplette Archiv des Projekt Gutenberg-DE. Die DVD ist im Internet erhältlich auf **http://gutenbergshop.abc.de**